Jón Kalman Stefánsson   **Das Knistern in den Sternen**

Jón Kalman Stefánsson
Das Knistern in den Sternen

Roman

Aus dem Isländischen
übersetzt
von Karl-Ludwig Wetzig

Teil I

1

Ich wohne in einem Block. Er steht in der Stadt Reykjavík als oberster in einer Reihe von vier Blöcken. Ich wohne im Erdgeschoss links, Hauseingang Nr. 54, in einer Dreizimmerwohnung mit fensterlosem Abstellraum, Balkon und Keller. Vor dem Block liegt ein Parkplatz, und wer abends oder vielleicht auch sonntags aus dem Fenster guckt, kann vor unserem Küchenfenster einen Trabant stehen sehen und auf sein rotes Dach hinabblicken; auf dem Beifahrersitz liegt eine Maurerkelle.

Schräg gegenüber steht eine zweigeschossige Ladenzeile mit der Reinigung *Björg*, einer Buchhandlung und einem Frisiersalon mit großen Fenstern im Untergeschoss, die sich bis um die Ecke ziehen. An warmen Sommertagen steht der kahlköpfige Friseur in der Tür und klopft mir mit einer zusammengerollten Zeitung auf den Kopf, wenn ich vergesse, Guten Tag zu sagen. An den Friseurladen schließt sich ein kleines Geschäft mit Kinderbekleidung an, und daneben gibt es so etwas wie eine Grotte oder Höhle mit einer Luke davor. Das ist Söbekks Kiosk. Keine Tür, nur diese Luke, und wer erst sieben ist, muss sich auf die Zehenspitzen stellen, um nach drinnen zu linsen. Ein paar Schritte neben der Luke befindet sich die Eingangstür zu Söbekks Kiosk, dann kommt das Milchgeschäft und am Ende Böðvars Bäckerei.

Böðvar hat eine Glatze wie der Friseur, ist aber so groß und kräftig, dass manche Schiss vor ihm haben. Dabei kann es ihm einfallen, dir ein ofenwarmes Wienerbrot zu schenken, das dir im Mund zergeht, während er mit seinen roten und traurigen Augen dein Mienenspiel beobachtet. Böðvar schläft nie; es ist viele Jahre her, seit er das letzte Mal geschlafen hat. Jede Nacht starrt er in seinen glühenden Backofen und denkt an etwas Trauriges. Die Schlaflosigkeit, die vom Ofen ausstrahlende Hitze und seine traurigen Gedanken machen seine Augen so rot. Man weiß nie, was in Böðvars Broten stecken mag: ein Löffel, ein Spießchen, ein Stück Plastik, ein Korken. Die Frauen im Stoffgeschäft *Vogue* zischeln missbilligend oder tuscheln über den Bäcker und vergießen auch schon mal ein Tränchen seinetwegen. Vier oder fünf sind es, alle gutmütig. Sie erinnern an leicht muffelnde Islandpullover. Über ihrer Eingangstür hängt eines der Weltwunder, eine leuchtende Riesenschere von der Größe eines Automobils, wenn nicht gar eines Krokodils. Die Schere schneidet lautlos jeden Tag. Klipp, klapp, und zerschneidet doch nichts, außer vielleicht diese Erinnerungen; denn wenn ich abends zu Bett gehe, nicht mehr sieben Jahre alt, sondern bald vierzig, und der Schlaf sich dichter um mich legt wie Dunkelheit, dann sehe ich die Schere tief in den Nebel der Zeit schneiden.

Die Schere

Nächtens schneidet die Riesenschere von *Vogue* das Erdgeschoss links aus der Zeit, und die Wohnung schwebt durch die Leere des Alls wie ein Planet auf der Suche nach einer Sonne. Die Schere schneidet die Maurerkelle meines Vaters aus, mich, über meine Spielzeugsoldaten auf dem

Fußboden im Wohnzimmer gebeugt, sie schneidet eine Frau aus, die aus dem Schlafzimmer kommt, Peter mit den empfindlichen Händen und zwei Brüder, Urgroßmutter mit ihrem Kopf wie eine Kartoffel, sie schneidet und schnippelt, schneidet meine Mutter aus, die mich unter fürchterlichen Schmerzen zur Welt brachte, meinen Vater auf dem Weg den Hügel von Skaftahlíð hinab, Großvater, der gerade ein Malergerüst aufstellt, und Großmutter, die aus Norwegen stammte. Sie schneidet schneller und schneller, schneidet die Vesturgata aus und Uroma, siebzehn Jahre alt und duftend wie ein Berghang voller Heidekraut. Sie schneidet und schneidet tief in den Nebel der Zeit, schneller und schneller, sie schneidet die Halbinsel von Snæfellsnes aus, einen rothaarigen Schiffer, einen Großkaufmann, eine Kellerwohnung und sie schneidet Urgroßvater aus der Zeit.

Urgroßvater

»Er war ein staatser Mann«, sagte meine norwegische Großmutter über meinen Urgroßvater mütterlicherseits, aber es gab eigentlich keine Bestätigung dafür.*

Urgroßvater wuchs in Akureyri auf, wo er das Druckerhandwerk lernte. Mit zwanzig kommt er nach Reykjavík, findet Arbeit in der Druckerei *Ísafold* und mietet sich ein kleines Zimmer. Dort erhält er Brief um Brief von seiner

---

* Siehe Anmerkung des Übersetzers S. 237

Mutter, die will, dass aus ihm etwas Anständiges wird, er soll eine Familie gründen und überhaupt ein Muster von einem Mann werden. Nichts liegt ihm ferner. Ich weiß nicht, woher es kam, ob eine tiefe innere Unruhe dahintersteckte oder die Abenteuerlust eines jungen Mannes, jedenfalls sollte Reykjavík für ihn nur eine Durchgangsstation sein. Er hatte sich vorgestellt, dort ein paar Jahre zu arbeiten, zwei oder drei, Geld zu sparen, damit nach Kopenhagen zu gehen und von dort hinaus in die große, weite Welt. Er wollte auf einem Frachtschiff anheuern oder auf einem Walfänger, einen großen Strom hinauffahren und Urwälder durchstreifen. Ein Abenteurerleben führen und als alter Mann nach Island zurückkehren und ein Buch schreiben wie seinerzeit Jón der Indienfahrer. Tatsächlich aber arbeitet er in einer Druckerei, und die Jahre gehen dahin. Es dauert lange, die Reisekasse zu füllen, und er verdient sich ein paar Extragroschen, indem er bessergestellte Bürger auf ihren Wochenendausritten begleitet. Auf einer dieser Touren lernt er den späteren Großkaufmann Gísli Garðarsson kennen.

Der Herbst ist nicht mehr weit, und als die Reitertruppe unterhalb des Berges Úlfarsfell angekommen ist, sinkt besagter Gísli von seinem Pferd, zu betrunken, um sich noch im Sattel zu halten. Es ist noch warm, die Sonne überstrahlt den halben Himmel. Vergeblich versuchen die Ausreitenden, Gísli wiederzubeleben. Sie geben es schließlich auf und setzen ihren Ausflug fort, während sie Urgroßvater beauftragen, sich um den Mann zu kümmern, ihn irgendwann aufzuwecken und nach Hause zu bringen. Kaum ist der Trupp verschwunden, setzt sich Gísli auf. Sicher ist er betrunken oder vielmehr ziemlich angeheitert.

Er greift in die Jackentasche, zieht einen Flachmann hervor und reicht ihn Urgroßvater.

»Diese Leute«, sagt er und winkt mit dem Kopf in Richtung der Davongerittenen, »kennen keinen Ehrgeiz und keine Hingabe. Sie trauen sich kaum, zu leben. Bei dir scheint mir das anders zu sein. Trink!«

Auf dem Heimweg legen sie auf zwei Bauernhöfen Rast ein und enden im Hotel Island, wo der Rausch längst all die üblichen Hemmungen zwischen erwachsenen Menschen weggeschwemmt hat und Uropa von seiner Kindheit erzählt. Sein Vater war ein armer Handwerker, der so gut wie nie aus seiner Lethargie erwachte, seine Mutter eine Tochter des Pastors auf Glaumbær, eine stolze und ehrgeizige Frau. Sie hatten nur zwei Söhne, und die Mutter war bereit, alles zu opfern, um anständige Männer aus ihnen zu machen. Fast die gesamte Habe ging für die Ausbildung des Ältesten drauf, der es so bis in die höhere Schule in Reykjavík schaffte. Er war ein begabter Schüler, begann aber zu trinken, wurde im letzten Schuljahr der Schule verwiesen und ertrank im Stadtteich – würdelos und sturzbesoffen.

Der Pfarrer von Glaumbær verzieh seiner Tochter nie, dass sie einen armen Schlucker aus dem einfachen Volk geheiratet hatte; er hatte sich einen Propst, einen Großbauern oder einen Bezirksrichter vorgestellt und verschmähte und verachtete seinen Schwiegersohn.

»Einmal habe ich meinen Großvater gesehen«, sagt Uropa zu Gísli und hebt einen Finger. »Ein einziges Mal. Und weißt du, was dieser Mann Gottes auf die Nachricht vom Tod meines Bruders gesagt haben soll? ›Es war ja nichts anderes zu erwarten.‹«

Es ist eine Spätsommernacht, sie stoßen miteinander an, Uropa und jener Gísli, der zu Geld kommen, sich vor anderen hervortun und einmal Großkaufmann werden soll. Er will einmal als der bedeutendste Mann Reykjavíks durch die Straßen flanieren.

»Die Straßen von Reykjavík!«, sagt Urgroßvater und schnaubt. Dann beugt er sich über den Tisch, sieht seinem neuen Freund tief und gerade in die Augen und wiederholt dessen Äußerungen über den Ehrgeiz und den Wagemut, zu leben.

»Und da wusste ich, dass wir zusammen noch etwas erleben würden.«

»Vergiss Reykjavík, dieses gottverlassene Nest! Geh mal auf den Skólavörðu-Hügel und schau über das Meer! Dahinter wartet die ganze Welt auf uns. Warum sollten wir unser gesamtes Leben hier verbringen? Wir haben doch nur ein Leben, und das sollten wir dazu nutzen, die Welt zu bereisen. Nur der hat gelebt, der einmal in Italien eingeschlafen und in Griechenland aufgewacht, der im Mittelmeer nach Schätzen getaucht und im Stillen Ozean an die Oberfläche gekommen ist. Wenn du unbedingt anstoßen willst, dann bring ein Prosit darauf aus!«

Urgroßvaters Leidenschaftlichkeit ist so ansteckend, dass Gísli mitgerissen wird. Es ist Nacht, die beiden sind jung, so jung und so sternhagelvoll. Sie schwören einander, gemeinsam ins Ungewisse aufzubrechen.

»Aber erst einmal müssen wir dir eine gute Arbeit besorgen«, sagt Gísli entschieden, »und wir brechen erst auf, wenn du genug gespart hast, denn man sollte sich nur mit ausreichend Proviant in ein solches Abenteuer begeben.«

»Afrika! Pazifik!«, gröhlen sie den Rest der Nacht und beruhigen sich erst, als die Sonne den östlichen Horizont in Brand steckt.
Wenige Tage später wird Urgroßvater von einem Immobilienmakler als Assistent eingestellt und scheint für diese Tätigkeit wie geschaffen zu sein. Das kommt von seiner Beredsamkeit, seiner Überzeugungskraft und einer gehörigen Portion Unverschämtheit. Bald hat er seinen eigenen Arbeitsbereich und inseriert in den Tageszeitungen:

> Größtes Angebot und reichhaltigste Auswahl
> an Immobilien, Baugrundstücken, Häusern
> (besonders in Reykjavík)
> und Grundbesitz in sämtlichen Landesteilen
> (vor allem im Süd- und im Westland).

Nicht selten trinkt er mit Gísli ein Bier, sie machen im Hotel Island eine Flasche Whisky nieder – dem dazu geeignetsten Haus des Landes – und beenden die Nacht mit dem Kriegsruf des Lebens: Afrika! Pazifik!
Der Aufbruch lässt allerdings auf sich warten. Gísli heiratet, und Urgroßvater wird vom Einerlei des Alltags gefangen gehalten.

Ein Giebelzimmer in der Vesturgata

Wie andere Immobilienmakler gegen Ende des neunzehnten Jahrhunderts und zu Beginn des zwanzigsten profitiert auch Urgroßvater manchmal vom Unglück anderer. Er kauft Menschen, die in Schwierigkeiten geraten sind, Wohnungen oder Häuser ab und verkauft sie wieder mit gutem bis anrüchigem Gewinn. Aber das stört ihn nicht sonderlich; er genießt es, zu den vornehmeren Einwohnern der Stadt gerechnet zu werden und hochgewachsen und schlank in einem Cut einherzustolzieren, wobei seine zierlichen, wohlgepflegten Hände einen Stock mit Silberknauf kreisen lassen. Dazu trägt er eine Lorgnette und auf dem dichten, fast schwarzen Haar einen Hut aus Tweed. Doch trotz bester Vorsätze fällt es ihm schwer, die Rolle des ehrbaren Bürgers zu spielen. Dem steht so manches entgegen. Ich nehme nur sein Zuhause als Beispiel. Ein Mann in seiner Position sollte im Besitz einer eigenen Wohnung mit gediegenen Möbeln sein; Urgroßvater aber mietet bloß ein – wenn auch geräumiges – Giebelzimmer in der Vesturgata beim Hafen. Einmal gibt er allerdings dem Druck seiner Umgebung und seiner Kundschaft nach und kauft tatsächlich eine kleine Wohnung in der Bergstaðastræti auf dem Hügel der Wohlhabenden, stattet sie mit passenden Möbeln, Bücherregalen und einem Klavier aus. Dann gehen ein paar Wochen ins Land, und jede Nacht träumt Uropa, er liege in großer Tiefe auf dem Grund des Faxaflói, die Wohnung wie ein riesiges Senkblei an sein rechtes Bein gebunden. Bleiche Fische knabbern von seinem Gebein. Mit Anbruch der siebten Woche gibt er auf, verkauft die Wohnung, packt die Bücher in Kartons und zieht zurück in seine Dachkammer.

2

Spielzeugsoldaten sind klein und brauchen wenig Schlaf. Meist schlafen sie erst gegen Morgen ein, wenn die Berge aus der Nacht hervortreten und in der Dämmerung bläulich schimmern. Dann erwache ich, setze mich im Bett auf, schaue vor mich hin und lausche auf Füße, die draußen im Wohnzimmer über den Teppichboden gleiten. Zum Glück brauchen Spielzeugsoldaten kaum mehr als eine Viertelstunde Schlaf, manchmal reicht es sogar, dass ich intensiv an sie denke, und schon wachen sie auf, vergessen ihre internen Streitigkeiten, sammeln sich um mich, richten die Läufe ihrer Waffen auf die Tür, und wir warten, bis nichts mehr zu hören ist, außer dem Schlagen unserer Herzen.

Wenn ich schon eine Weile wach bin, klingelt drinnen bei Papa der Wecker; so laut und plötzlich, dass es sich wie eine Explosion anhört. Vater wirft sich herum, schlägt auf der Suche nach dem Wecker in sämtliche Richtungen um sich, und das mit einer Miene, als ob man ihn vom Dach unseres Blocks stürzen wolle. Oft stehe ich in der geöffneten Tür und sehe mir das an. Bemerkenswert, wie sich ruhiger Schlaf in Sekundenschnelle in verzweifeltes Erwachen verwandeln kann. Ein paar Minuten später geht Vater aufs Klo. Dann ist er schon dabei, zu einem Maurer mit einem weißen Trabbi mit rotem Dach zu werden.

Das Durcheinander in meinem Kopf

So war es früher: Papa, ich und die Spielzeugsoldaten, die sich in britische und deutsche Streitkräfte teilten, die Letzteren zahlenmäßig deutlich unterlegen. Das alles änderte sich an jenem Frühlingsmorgen, an dem die Frau aus dem Schlafzimmer meines Vaters kam und in die Küche ging.
Ich sitze im Wohnzimmer auf dem Fußboden, blicke der Frau nach und traue mich nicht, mich zu rühren, die britische Armee und die kümmerlichen Reste der deutschen Wehrmacht ebenso wenig.
Vater und ich leben seit geraumer Weile allein. Wir waren auch noch allein, als ich am Vorabend schlafen ging, und jetzt ist auf einmal diese Frau da, kommt aus dem Schlafzimmer und geht in die Küche. Wasser läuft, der Kessel wird auf die Herdplatte gestellt, Besteck klappert. Ich schlucke, Zeit vergeht, und aus dem Schlafzimmer ist kein Ton zu hören. Es ist Samstag, und ich halte mich schon eine ganze Weile im Wohnzimmer auf, bin wie gewöhnlich im ersten Morgengrauen aufgewacht und habe mich mit meinen Soldaten ins Wohnzimmer geschlichen, wo gerade eine heftige Schlacht tobt, als diese Frau erscheint und alles verstummt. Jetzt wird der Kessel vom Herd genommen, und die Frau kommt mit versteinertem Gesicht aus der Küche auf mich zu. Einen Meter vor mir bleibt sie stehen. Das Schweigen ist so drückend, dass sich die Fensterscheiben biegen. Sag was, denke ich, und da sagt sie etwas:
»Die Hafergrütze ist fertig.«
Die Stimme klingt rau. Es ist das erste Mal, dass in dieser Wohnung im Erdgeschoss links Hafergrütze gekocht wurde; doch da ich schon viel herumgekommen bin und in

anderen Haushalten Hafergrütze zu essen bekam, weiß ich, dass sie in meinem Leben völlig überflüssig ist. Trotzdem fällt es mir nicht ein, die Frau auf diese unumstößliche Tatsache hinzuweisen, diese Frau, die plötzlich und überraschend wie der Blitz eingeschlagen hat, doch an Stelle des Donners räuspert sich Vater im Schlafzimmer. Ich erhebe mich, und schwere Schritte tragen mich schleppend der Hafergrütze entgegen. Die Frau geht voraus, die Royal Army erwacht aus ihrer Starre und geht gnadenlos zum Angriff gegen die Deutschen über. Und während ich – trotz heftiger Proteste meines Halses und obwohl mein Magen Kopf steht – steife Hafergrütze in mich hineinstopfe, irren die Deutschen kopflos über den Fußboden. Manche rufen mich, ihre dünnen Stimmen fordern Gerechtigkeit, es sei unfair, sie seien doch viel weniger.

»Stimmt genau«, sage ich. »Sobald ich die letzten Reste der verfluchten Hafergrütze runtergewürgt habe, mache ich euch zu Partisanen. Dann könnt ihr in die Berge fliehen, aber passt auf die Trolle auf! Tagsüber verwandeln sie sich in Felsen, unter denen man gern ein Nickerchen hält.«

»Kannst du nicht gleich kommen?«

»Nein. Ihr kapiert auch überhaupt nichts. Ihr habt nicht diese Frau über euch. Sie hat fürchterliche Augen. Schrecklich. Sogar Söbekk würde zusammenzucken, wenn er die sehen würde.«

»Wie sind sie denn?«

»Ich weiß nicht. Sie sind einfach irgendwie. Ich bin gerade mal sieben. Ich habe Probleme mit Mengenlehre, weiß nicht, welche Länder an Frankreich grenzen, erst recht nicht, welche an die Schweiz. Ich habe keine Worte dafür, wie man Augen beschreibt. Haltet die Klappe und versucht, am Leben zu bleiben. Vielleicht kann ich die Grütze bald vernichten.«

Aber ich kämpfe noch immer gegen die Grütze und einen revoltierenden Magen, als Vater auftaucht. Er geht aufs Klo und macht die Tür hinter sich zu. – Es ist seit langer Zeit das erste Mal, dass jemand diese Tür schließt. Sie ist sicher dankbar dafür, hat so lange offen gestanden, dass sie leise quietscht, als Papa sie zumacht. Trotzdem ist sein Pinkeln in der Küche deutlich zu hören; wie der Strahl in die Kloschüssel plätschert. So ist es gewesen, seit ich denken kann: Ein schwerer Strahl ins Wasser und ein dumpf prasselndes Geräusch.

Ich glaube, Papa hat eigentlich wenig für Hafergrütze übrig. Jedenfalls isst er jeden Tag Graubrot mit Butter und kalte Kartoffeln zum Frühstück. Jetzt aber löffelt er wortlos Grütze. Wir hocken über unsere Teller gebeugt, die Frau steht an der Spüle, die Arme verschränkt, und starrt nach draußen. Schweigen füllt die Küche wie Watte; erst angenehm, dann wird es schwer, zu atmen. Papa räuspert sich, er will etwas sagen, stottert, sagt zehnmal Ähemm, klopft mir auf die Schulter, ziemlich vorsichtig, als wäre ich zerbrechlich, und bringt dann einen einzigen Satz raus, ehe ihn der Tag draußen verschluckt: »Äh, ja, am besten, ich mache mich auf den Weg, die Arbeit ruft.«

Damit ist er verschwunden.

Unten stottert der Trabant los, und die Maurerkelle auf dem Beifahrersitz fängt an zu rappeln. Dann ist endlich die gesamte Grütze in meinem Magen angekommen, einem gedemütigten Magen, und die Frau steht noch immer an der Spüle. Ich düse ins Wohnzimmer, organisiere die Reste der deutschen Wehrmacht zu einer frischen und kühnen

Partisanentruppe um und mache mich, die bitteren Vorwürfe der Engländer wie eine dichte Schneewolke im Rücken, aus dem Staub: »Willst du uns hier an so ausgesetzter Stelle ohne Deckung zurücklassen? Was machen wir, wenn diese Frau kommt? Ihr Schweigen ist wie eine Zeitbombe in unseren Köpfen. Sie respektiert uns sicher nicht. Sie glaubt bestimmt, wir wären nur ein paar lächerliche Spielzeugsoldaten. Sie ...«

Ich achte nicht darauf, sehe zu, dass ich nach draußen komme, die Treppen hinab, durch die Haustür, und dann nimmt mich der Tag in Empfang. Er ist größer, als ich ihn mir vorstellen konnte.

Ich gehe den Block entlang, durchquere die Baumreihe, die den ganzen Hang hinabführt und in der Ferne verschwindet. Ich stehe da und sehe Autos die Miklabraut entlangfahren. Es sind viele. Da ist ein Moskwitsch, da ein Volvo und da sind zwei amerikanische Straßenkreuzer, so groß und breit, dass der Trabant in ihren Kofferraum passen würde. Ich beobachte sie lange. Ich denke nach. Ich versuche Worte für das Durcheinander in meinem Kopf zu finden.

Als wenn jemand sie verloren hätte

So ist es seitdem: Statt dass die Uhr die Zeit zerstückelt und Papa sich im Bett räkelt, kommt die Frau aus dem Zimmer, kocht Hafergrütze, und dann erst fängt Vater an, sich im Bett zu rühren.

Ich weiß nicht, wo sie herkommt, aber sie muss wohl in einem Moment drinnen bei Papa erschienen sein, der zwischen dem Einschlafen der Soldaten und meinem Aufwachen lag; darum haben wir keinerlei Verdacht geschöpft, deshalb hat sie eingeschlagen wie der Blitz und daher glauben wir, dass sie ein Ungeheuer oder ein Trollweib ist. Nein, ich habe keine Ahnung, woher sie gekommen ist, weiß nur, dass sie jetzt da ist, dass Hafergrütze eklig schmeckt, dass sie Vater die Butterbrote schmiert und dass das Essen, das sie abends kocht, sehr anders ist als das, was Vater und ich das letzte Jahr über gegessen haben – offen gestanden sogar anders als alles, was ich bisher gegessen habe. Ich unternehme lange Spaziergänge und denke nach. Rede mit niemandem. Doch am dritten Morgen, nachdem die Frau aus dem Schlafzimmer gekommen ist, gehe ich rüber zu Pétur. Er wohnt im nächsten Haus, Nummer 56, im Erdgeschoss rechts. Ich suche ihn auf und berichte ihm von der Frau.

»Sie hat einen Gesichtsausdruck, der ist härter als der vom fiesen Frikki«, erkläre ich.

Pétur ist ein Jahr jünger, schmaler und kleiner als ich. Man sieht auf den ersten Blick, dass ich älter und viel stärker bin. Wenn wir nebeneinander stehen, bin ich größer und breiter in den Schultern. Glücklicherweise sieht man nicht, dass Pétur eine ganze Menge mehr weiß als ich. Er kann völlig unvermittelt herausplatzen: »Kolumbus entdeckte Amerika im Jahr 1492. Hast du das gewusst?«

Entweder schweigt man dazu oder tritt ihm kräftig vors Schienbein. Man weiß vermutlich noch, dass Amerika jenseits des Ozeans liegt, der im Schulatlas Atlantik heißt. Man weiß, dass in Amerika Indianer leben, die manchmal »Jippyjeh!« rufen und sich unheimlich leise anschleichen können, aber ich hatte keine Ahnung, dass sie verloren gegangen waren, bis dieser Kolumbus sie wiedergefunden hat. Das lässt einen ja fast traurig werden, muss doch schlimm sein, so verloren zu gehen. Die Indianer haben sich gefürchtet; gut von diesem Kolumbus, sie wiederzufinden. Diesmal aber bringt mich Pétur mit seinem Wissen nicht aus dem Konzept. Diesmal ist er deutlich ein Jahr jünger, er staunt und sieht mich fragend an. Er bittet mich, alles noch einmal von Anfang an zu erzählen. Ich tu's und senke die Stimme, als ich in dem langen, dunklen Flur vor Péturs Zimmer ein geblümtes Kleid auftauchen sehe. Es ist seine Mutter. Sie trägt immer geblümte Kleider und macht meist ein sorgenvolles Gesicht. Péturs Vater ist kein Maurer; ich weiß eigentlich nicht so recht, was er ist. Jedenfalls steigt er jeden Morgen in einer blauen Kordjacke mit einer dünnen Tasche unter dem Arm in ein uraltes Auto, sein Haar ist wie eine graue Wolke, aus der Schnee auf seine blauen Schultern rieselt.

Ich senke die Stimme noch mehr und sage zu Pétur: »Du bist noch zu klein. Es gibt so vieles, was du nicht verstehst.« Und ich erzähle noch mehr von der Frau. Ich rede und rede und gestikuliere.

Dann gehen wir zu mir.

Pétur sagt, in der Tschechoslowakei werde viel Kohle abgebaut. Er sagt, es gebe eine Stadt namens Moskau, die unheimlich weit vom Meer entfernt liege. Und außerdem behauptet er, es gebe diese Frau sicher gar nicht, ich würde mir das ausdenken. Da wäre gar keine Frau und auch keine so steife Hafergrütze, dass man sie kauen müsste. Wenn es sie aber doch gebe, sei sie bestimmt eine ganz gewöhnliche Frau, spreche wie andere auch, trüge ein Kleid und ihre Hände suchten ständig einen Lappen zum Abwischen.

»Wart nur ab«, sage ich.
Wir betreten den Hauseingang, gehen die Treppen hinauf.
Ich öffne die Tür, ich triumphiere.

Die Frau steht im Wohnzimmer und schaut aus dem Fenster. Zu meinem Entsetzen hält sie einen Lappen in der Hand. Sie hat schwarzes Haar, das an einen schläfrigen Raben erinnert. Sie ist fast genauso groß wie Papa, und obwohl eklig viel Fett an dem Fleisch ist, das sie aus dem Topf angelt und das ich am Abend zuvor am liebsten wieder ausgespuckt hätte, bis ich Vaters flehenden Blick auffing, ist sie selbst kein bisschen fett. Sie ist sogar schlank, sehe ich jetzt in dem Tageslicht, das das Fenster einlässt. Sie ist dünner als andere Frauen in unserem Block. Sie schaut aus dem Fenster und scheint Pétur und mich nicht zu bemerken. Es ist seltsam, sie jetzt zu betrachten. Es sieht aus, als wenn jemand sie verloren hätte. Ich sehe aus den Augenwinkeln, wie sich Pétur aufrichtet und ein Lächeln über sein Gesicht huscht. Wahrscheinlich habe ich sie so beschrieben, dass er sich auf ein grauenerregendes, drei Meter großes Ungeheuer mit behaarten Armen und scharfen Zähnen von der Größe eines Fleischermessers gefasst gemacht hat. Ich hasse Péturs aufgerichteten Rücken. Ich hasse sein Grinsen. Da dreht sie sich um, und Pétur duckt sich, sein Grinsen rutscht ihm zurück in den Hals und bis in den Magen. Sie dreht sich um, und ihre Miene ist härter als ein Fluch. Es ist, als würde sie etwas von uns fordern, und das Schweigen öffnet sich vor uns wie ein schwindelerregender Abgrund.

Pétur ist verschwunden.

Ich strecke meine rechte Hand nach ihm aus, um ihn in mein Zimmer zu ziehen, doch er ist weg. Pétur ist das Geräusch trampelnder Füße, die die Treppen hinablaufen, er ist das Zuschlagen der Haustür. Ich gehe langsam und vorsichtig in mein Zimmer, ihre Augen verfolgen mich wie zwei Büchsenläufe. Ich setze mich zu meiner britischen Armee. Pétur hat jetzt die Hosen voll, obwohl sie in der Tschechoslowakei viel Kohle abbauen. Später gehe ich noch einmal zu ihm rüber, und bald spricht es sich herum, dass jeden Morgen diese Frau aus Vaters Schlafzimmer kommt, die furchteinflößender ist als der schlecht gelaunte Griesgram auf der zweiten Etage, als die saftigen Flüche des Alten auf der dritten und geheimnisvoller als Söbekks Frau, die nie aus ihrem Range Rover steigt und lediglich ein Schatten hinter beschlagenen Scheiben ist. Bald werde ich berühmt, und ein Mädchen, das im ersten Stock links wohnt, wirft mir Blicke zu. Es heißt Gunnhildur und ist wie ein Komet, der von der Sonne kommt.

Die Macht des Schweigens

Das Schweigen der Frau ist ein weites Meer, das man nur schwer überwinden kann. Papa räuspert sich am Abend und lobt das Essen. Papa räuspert sich am Abend und lobt das Wetter. Papa räuspert sich am Sonntag und verkündet, er brauche eine neue Wasserwaage. Papas Räusperer sind kleine Steine, die das Meer verschluckt, seine Worte Vögel, die unstet über der Meeresoberfläche flattern und in der

Ferne verschwinden. Manchmal nickt die Frau mit dem Kopf, und man glaubt, sie habe eine Rede gehalten. Es hat wirklich eine besondere Bewandtnis mit diesem Schweigen. Ich komme langsam auf den Gedanken, es könne manchmal ganz gut sein, zu schweigen. Mir dämmert allmählich, Schweigen verleihe einem Macht. Also gehe ich in einen neuen Tag hinaus und schweige; die anderen Jungen weichen vor meinem Schweigen zurück. Da kommt der fiese Frikki, der schon elf ist und mindestens drei Jungen pro Tag verprügelt. Er packt mich, dreht mir den Arm um und spuckt mir in die Haare, ich aber blicke ihn nur unbewegt und schweigend an. Völlig verwirrt lässt er mich los. Ich nehme mir vor, viele Tage lang zu schweigen. Das Schweigen ist eine Eisenkeule. Der Teufel erhebt sich mit seiner schrecklichen Fratze aus dem Boden. Ich aber stampfe ihn mit meinem Schweigen zurück in die Erde.

Kaum etwas ist so erfreulich wie ein gefüllter Beutel

Dann klingelt das Telefon.
Ich bin allein zu Hause. Tage sind vergangen.
Sie sind zu Wochen geworden, und doch ist es noch weit bis zum Herbst, noch dauert es ziemlich lange, bis der Rektor die Eingangstür zur Schule aufschließen wird. Ich überlege, ob ich für den Rest des Sommers verstummen und mit der eisernen Keule meines Schweigens bewaffnet in der Schule aufkreuzen soll. Ich kann es kaum erwarten, die erste Stunde Werken zu haben und etwas auszufressen. Der Kunstlehrer wird hämisch grinsen, mich packen, hoch-

zerren und mit mir Richtung Keller marschieren, der fensterlos und dunkel unter der Schule kauert. Da geistert ein verstorbener Lehrer lautlos und mit stieren Augen umher. Ja, ich sehe es schon vor mir, wie der Kunstlehrer mich vom Stuhl zieht und droht: »Das bedeutet Keller.«
Zu seiner grenzenlosen Enttäuschung wird aber kein heulender, flennender Junge an seinem Arm zappeln, sondern das Schweigen selbst, tödliches Schweigen. Der Lehrer wird mein Schweigen ebenso ratlos aufnehmen wie Frikki und keine Ahnung haben, was er tun soll.
Das einzige Problem ist, dass es so schwer fällt, die Klappe zu halten.
Nach ein paar Stunden brummt einem die Zunge wie eine dicke Fliege im Mund, der Mund füllt sich mit Worten, und wenn man sich weigert, sie herauszulassen, schmelzen sie im Schweigen. Sie werden zu Spucke, und dann fängt man an zu sabbern wie ein Baby. Ich begreife nicht, wie diese Frau so hartnäckig schweigen kann. Ich begreife diese Frau nicht.
Andere Frauen stehen im Treppenhaus und halten ein Schwätzchen. Wenn sich zwei Frauen begegnen, fangen sie unweigerlich an, miteinander zu reden; das ist ein Naturgesetz. Wenn eine Frau in die Waschküche geht, um Wäsche aufzuhängen, gesellt sich eine zweite dazu und wirft eine Maschine mit Wäsche an; das ist ein Naturgesetz. Und wenn der Mann aus der ersten Etage ihnen begegnet, lächelt er und behauptet, sie seien so schön wie dieses oder jenes. Dann verwandeln sich die Frauen augenblicklich in große Mädchen und fangen an zu kichern; das ist ein Naturgesetz.
Es gibt, mit anderen Worten, Verschiedenes, das die Frauen im Block gemeinsam haben und das sie einander so ähn-

lich macht, dass man sie manchmal nicht unterscheiden kann. Ebenso wenig wie die Männer, die allesamt jeden Morgen mit müden Gesichtern zur Arbeit fahren und abends müde nach Hause kommen. Wir Kinder sind ihnen bloß im Weg, sie grüßen nicht, sondern lassen den Kopf hängen und sehen einander so ähnlich, dass man sie nicht auseinander halten kann. Selbst der Griesgram von der zweiten Etage ist genau wie alle anderen, wenn er mit dieser Leichenbittermiene und den müden Händen aus seinem Wagen klettert.
Aber es sind Tage vergangen, haben sich zu Wochen angesammelt, und das Telefon klingelt.
Ich bin allein zu Hause.
Das Telefon gefällt mir. Es verwandelt Erwachsene in weiche Stimmen, zu denen man eigentlich alles sagen kann. Ich nehme den Hörer ab, sage Hallo und bin förmlich wie ein Major.
Eine schrille Frauenstimme ruft: »Ein Gespräch« und weiter nichts. Ich bin so verwirrt, dass ich auf der Stelle zum Leutnant werde – eine große Degradierung. Erst herrscht Schweigen, dann kommt eine andere Stimme, aus weiter Ferne, als rufe jemand hinter einem Berg hervor. Die Stimme ruft einen Namen, ich weiß, dass er mit der Frau zu tun hat, die nicht zu Hause ist, und da ich nicht sie bin, bleibe ich stumm. Das Schweigen im Draht ist erfüllt von Rauschen, voll fremdartiger Ferne.
Die Stimme: »Wer ist am Apparat?«
Ich: »Ich.«
Die Stimme wiederholt den Namen der Frau. Die Stimme klingt dünner als andere am Telefon, sie erinnert mich an die Stimmen meiner Spielzeugsoldaten, wenn ich sie in

den Hosentaschen mit mir herumtrage und sie mich von da aus rufen. Ich kichere.

Die Stimme: »Wo ist sie?«

Die Stimme ist nicht mehr dünn, sie hat sich in eine Stahlsaite verwandelt. Ich weiß, was eine Stahlsaite ist, ich habe schon eine angefasst. Eine Stahlsaite ist hart und kalt. Ich bin kein Leutnant mehr, ich bin nicht einmal Soldat, sondern nur ein kleiner Junge, und mir gefällt das nicht. Die Stahlsaite befiehlt mir, die Frau zu holen. Ich lege den Hörer weg und habe schon eine Hand an der Türklinke, als ich zögere. Nicht, dass es mir zu viel wäre, die Frau zu suchen. Sie ist einkaufen gegangen, bei Söbekk, im Milchgeschäft, bei *Vogue* oder im Fischladen. Doch ich denke, es wäre höflich, Stahlsaite das alles genauestens auseinander zu legen. Es ist mir auf einmal wichtig, höflich zu erscheinen. Also nehme ich den Hörer noch einmal auf und möchte erklären: Sie ist einkaufen gegangen und so weiter, doch da erinnere ich mich, dass Stahlsaite aus großer Entfernung anzurufen scheint, womöglich liegt der ganze Atlantik zwischen uns. Es wird also nicht reichen, einfach zu sagen: Sie ist nur eben bei Söbekk was einkaufen oder sie ist da und da. Nein, das muss ich ausführlicher angehen, eine Art Lageplan der Umgebung entwerfen. Ich lasse mich also auf dem Stuhl am Telefon nieder und atme tief durch. Ich hatte mir schon zurechtgelegt, mit dem Parkplatz vor dem Block zu beginnen, dem großen Fußballplatz oberhalb der Garagen, dem Wartehäuschen an der Bushaltestelle und so weiter, aber dann lasse ich es und beschreibe bloß, wie die Frau, die die Stimme einfach bei einem Namen nennt, als wäre nichts selbstverständlicher, ihren braunen Mantel übergezogen, den traurig leeren Einkaufsbeutel genommen und das Haus

verlassen hat. Dann beschreibe ich den Weg und Söbekk, hebe besonders hervor, dass sein Nacken an ein Wolkenpolster erinnert, weil ich auf dieses Wort ungeheuer stolz bin: Wolkenpolster, und ich betone es sehr nachdrücklich. Ich erkläre auch, dass man erst gar nicht zu versuchen braucht, in Söbekks Kiosk etwas zu klauen. Denn selbst wenn er in seinem Büro hinter einer Wand sitzt, die von hohen Stapeln Klosettpapier verdeckt wird, bekommt er jede Bewegung in seinem Laden mit. Weiter berichte ich von *Vogue* und der Schere und gehe dann zu dem Mann im Fischgeschäft über, der manchmal böse ist wie ein Chinakracher am Silvesterabend. Da kommt es mir allerdings allmählich so vor, als würde mich ein Schweigen im Hörer unterbrechen. Ich lausche und kann in der Ferne schwere Atemzüge unterscheiden, wie ein Unwetter, das sich hinter dem Horizont zusammenbraut. Ich lege den Hörer weg, setze mich aufs Sofa und warte. Eine ganze Weile vergeht, dann öffnet sich die Tür, die Frau tritt ein, ein Kleiderbügel im Schrank bekommt den Mantel umgehängt und der Einkaufsbeutel wandert in die Küche. Kaum etwas ist so erfreulich wie ein voller Beutel, ein leerer hat dagegen etwas Trostloses an sich. Die Frau geht mit ein paar Rollen Toilettenpapier ins Bad.
Die Toiletten haben die größten Mäuler in ganz Island. Sie umfassen jeden Hintern, egal wie groß er ist. Toiletten haben aber nicht nur große Münder, sie sind so lang, dass ihr eigener Hintern weit entfernt im Meer mündet. Im Meer leben Fische. Macht bestimmt Spaß, Fisch zu sein. Man muss sich nur vor den Netzen, vor ertrunkenen Menschen und dem, was die Toiletten von sich geben, in Acht nehmen. Schiffe fahren auf dem Meer, und irgendwo sind Karius

und Baktus auf ihrem Floß unterwegs. »Grüß Karius und Baktus«, sage ich manchmal zu einem Haufen, ehe ich abziehe.
Als die Frau aus dem Badezimmer kommt, sieht sie den Hörer wie eine tastende Hand neben dem Telefonapparat. Sie nimmt ihn auf, horcht, haucht versuchsweise ein fragendes »Ja?« hinein und kurz darauf: »Papa!« Ein Wort, das ihr ebenso wenig passt wie ein Fußballtrikot.
Dann: »Ja.«
»Der Junge. Ja.«
»Gut.«
»Bless.«
Beim Abendessen – es gibt etwas, das sie Trockenfisch nennt, mich aber mehr an meine Turnschuhe erinnert – erklärt sie, dass in vier Tagen ihre »Leute« kämen. Ich bin total baff, dass sie ohne Anzeichen von Erschöpfung so viele Wörter auf einmal sprechen kann, Papa aber sagt: »Wie bitte? Wer?«
Die Frau: »Meine Eltern und meine Geschwister.«
Ich bin so geplättet, dass ich den getrockneten Fisch esse, ohne weiter darauf zu achten. Sehr erstaunlich, dass diese Frau so etwas wie Eltern und Geschwister haben soll. Ich bin begeistert. Ich bin entsetzt. Papa legt die Gabel weg. Er ist totenbleich. Wahrscheinlich gefällt es ihm nicht, dass die, die sie Eltern und Geschwister nennt, auch noch in seinem Bett schlafen sollen. Das wird eng, wahrscheinlich kann er sich nicht einmal mehr umdrehen. Ich stelle mir vor: Wow! In vier Tagen kommen sie alle nacheinander aus Papas Zimmer, sie und ihre Leute. Ich gehe ins Bad und sage: »Du bekommst bald genug zu tun.«

Der Stock des alten Mannes

Die Soldaten fürchten den Besuch. Stahlsaite gefällt ihnen gar nicht, sie möchten am liebsten, dass ich sie unter dem Bett verstecke oder in einer Schublade. Tage vergehen, der Besuch rückt näher, und jeden Morgen wache ich von dem schwachen Geräusch auf, mit dem die Spielzeugsoldaten schlucken.
»Ihr braucht keine Angst zu haben«, murmele ich noch im Halbschlaf und höre, wie die Frau in die Küche geht und Hafergrütze aufsetzt.
Es geht kein Weg daran vorbei, den Teller leer zu essen. Sie füllt auf und sie schaut zu. Papa bekommt die doppelte Ladung. Pech, erwachsen zu sein. Die Frau kontrolliert uns, wir essen alles auf; zwei blitzsaubere Teller, zwei abgeleckte Löffel, und dann geht Vater zur Arbeit. Eine Maurerkelle wartet auf ihn, schwere Zementsäcke, ein Betonmischer, der vor lauter Umdrehungen schon seit langer Zeit völlig durchgedreht ist. In meinem Zimmer warten die englische Armee und die Partisanentruppe auf mich. Wir kämpfen nicht länger im Wohnzimmer, im Bad oder in den Schränken. Das liegt an dieser Frau.
»Stahlsaite kommt heute nicht«, gebe ich nach der Hafergrütze bekannt, und da wollen sie eine Brücke vom Schreibtisch zur Fensterbank bauen.
»Okay«, sage ich, und die Royal Army nutzt die Bücher, die einmal die Herren Stefán Jónsson und Stefán Júlíusson geschrieben haben. Dann findet ein Kampf gegen Partisanen aus den Bergen statt, und nach der Schlacht ruhen sich alle an sogenannten Wachfeuern aus. Die Soldaten singen mit ihren dünnen Stimmchen. Seit gut dreißig Jahren klingen

sie in meinem Herzen nach. Einer von ihnen sagt: »He, was ist das denn Riesengroßes im Fenster?«

»Das ist der Tag«, antworte ich und stehe auf, weil ich Tryggvi draußen höre. Da rennt er über den Grasstreifen am Block, und sein jüngerer Bruder Gunni ist ihm stinkwütend auf den Fersen. Ich erzähle den Soldaten von den beiden Brüdern. Sie sind meine Freunde, wohnen im Eingang Nummer 56 im zweiten Stock. Tryggvi und ich sind gleich alt, Gunni ist ein Jahr jünger. Ich erzähle den Soldaten auch von Skúli. Sein Zimmer ist so mit Spielzeug voll gestopft, dass einem fast schlecht werden könnte. Sein Vater arbeitet in dem großen Haus mit dem Schiff auf dem First. Gerade kommt Tryggvi zurückgelaufen, Gunni in großem Abstand hinterher. »Stinkstiefel!«, ruft er seinem Bruder nach, dann verschwinden beide um die Hausecke.

Wir setzen uns. Die Soldaten sind von diesem neuen Wort sehr angetan: Stinkstiefel. »Ebenso schön wie Düsenjäger«, sagen die Engländer. Ich stimme ihnen zu und berichte von dem alten Mann im dritten Stock. Er hat uns das Wort beigebracht. Er kennt eine Unmenge erlesener Schimpfwörter, die noch nie jemand gehört hat. Bestimmt sind sie genauso alt wie er, aber nicht halb so schwach. Das eine oder andere von ihnen schleudern wir wie einen Feuerball zu den Kindern aus dem vornehmen Viertel auf der anderen Straßenseite hinüber. Der alte Mann bewegt sich vielleicht langsam, aber wenn er den rechten Arm vorstreckt, kommt aus seinem Ärmel ein langer Stock hervor und verlängert seine Reichweite beträchtlich. Es ist schwer, den Stock einzukalkulieren, und als wir Jungen einmal das Treppenhaus rauf und runter stürmten, was natürlich streng verboten war, da riss der Alte seine Tür auf, kam auf den Treppenabsatz und schaffte es, mir den gekrümmten Griff seines Stocks um den Hals zu legen. Damit zog er mich langsam zu sich heran, beugte sein Gesicht ganz dicht zu meinem herab, sodass ich seinen uralten Geruch einatmen musste und mehrfach die gammeligen Bartstoppeln zählen konnte, die aus seinem Kinn und aus seinen Wangen hervorstachen, während er mich mit seinem gewaschenen Wortschatz eindeckte.

»Ob Stahlsaite so einen Stock besitzt?«, erkundigt sich einer der Partisanen rasch, und da ist es, als ob es im Zimmer dunkel würde.

3

»Einmal glaubte ich, das Leben wäre das, was sich bewegt, der Tod demnach der Stillstand.« Das schreibt Urgroßvater dem späteren Großkaufmann Gísli Garðarsson um die Wende zum zwanzigsten Jahrhundert, zwei Jahre nachdem er in den Norden gefahren ist, um am Sterbebett seiner Mutter zu sitzen. Sein Vater ist schon einige Jahre zuvor gestorben. Zwei ganze Monate sitzt Urgroßvater – gequält von Gewissensbissen – bei seiner Mutter, hält ihre Hand und fühlt, wie das Leben aus ihr weicht. Doch anstatt nach ihrem Tod nach Reykjavík zurückzukehren, will er es seinem Geburtsort heimzahlen und sich für die Kälte gegenüber seiner Mutter und die Geringschätzung seines Vaters revanchieren. Er lässt sich dazu hinreißen, alles in eine abenteuerliche Unternehmung zu stecken, und verliert.
Eines Abends setzt er sich hin, schreibt seinem Freund einen Brief und bittet ihn darin, ihn vor dem Ruin zu bewahren.

»Nicht dass ich irgendwie von Bedeutung wäre. Wer ist das schon? Jeder von uns siegt und unterliegt. Ruhm und Schande, alles endet gleichermaßen in Schweigen, verschwindet im hohen Gras des Vergessens. Es zeichnet uns Menschen aus, dass wir von unserem eigenen Dasein viel Aufhebens machen, als wäre es von Bedeutung, dabei aber die wahrhaft großen Dinge ›vergessen‹: die Menschheit und das Universum. Einmal glaubte ich, das Leben wäre das, was sich bewegt, der Tod demnach der Stillstand. Aber ist das wirklich so? Manchmal glaube ich, in Wahrheit ist es genau andersherum: Die, die um weniges bitten, bekommen so gut wie alles, und die, die sich um gar nichts sorgen, erlangen Freiheit, und das ist das Äußerste, was man erreichen kann. Hätte ich doch nur die Standfestigkeit, nichts zu wollen! Aber was will ich aus diesem lächerlichen Treiben und Getue, das ich mein Leben nenne, herausholen? Aus diesen lauten Atemzügen vor dem großen Schweigen? Ich weiß es nicht!! Du erinnerst dich noch, einmal waren es Träume von Abenteuern. O Kinderzeit! Kindliche Träume waren es, oder sollte ich mich selbst verraten haben, indem ich ihnen nicht folgte? Unbedingt aber wollte ich den Namen meiner Eltern und meines Bruders hier im Norden wieder aufrichten. Ich spürte, dass mir das Ansehen meiner Mutter nach ihrem Tod ungeheuer wichtig war. Ich versuchte, so zu sein, wie sie mich haben wollte. Ich ackerte wie ein Ochse, damit die sogenannte öffentliche Meinung dieser toten Frau wieder wohl gesonnen sei und meine Verwandtschaft mütterlicherseits ihre Kaltherzigkeit bereute. Was für eine Eitelkeit! Dummheit! Öffentliche Meinung, um Gottes willen, was für ein schreckliches Wort! Lieber Freund, es wird dunkel über mir in Akureyri, die Sonne sinkt vom Himmel, und Abenddunkel strömt mir in die Brust. Ich bin klein und schwach, voll leerer Eitelkeit. Und daher – anstatt mich mit allem abzufinden und herzhaft zu lachen – bitte ich dich, mir zu helfen. Ich bettle um Geld, ach, es ist so entwürdigend. Du weißt, dass ich es dir zurückzahlen werde. Ich hatte für eine Weile ein Dachzimmer in der Vesturgata, du erinnerst dich. Da habe ich noch eine Kiste Bücher, ein Bett und einiges andere. Könntest du meine Außenstände bei diesen Leuten begleichen, damit ich ihnen nicht mit gesenktem Kopf gegenübertreten muss, wenn ich wieder in die Stadt komme, als armer, ruinierter, gescheiterter Mensch?«

Gescheitert, aber – wie immer – schnell dabei, wieder auf die Beine zu kommen. Ein paar Monate gehen ins Land, und schon spaziert Urgroßvater wieder über die ungepflasterten Straßen der Hauptstadt, sieht gut aus mit Stock und Mantel, ist gepflegt, stets frisch rasiert, und die grauen Augen blitzen voller Energie und Tatkraft. Die Spekulationsgeschäfte mit Immobilien blühen, und binnen Jahresfrist hat er seinem Freund die Hälfte der Schulden zurückgezahlt. Gísli meint allerdings, ihm komme es nicht weiter auf das Geld an, Urgroßvater solle lieber damit arbeiten, etwas für wohltätige Zwecke anlegen, sich vorbildlich zeigen, dann werde er ein gern gesehener Gast bei den besseren Familien. Doch Gísli predigt tauben Ohren. Urgroßvater, der solche Vorhaltungen von seiner Mutter kennt, verspricht leichthin, sich zu bessern, oder lächelt nur und wechselt das Thema.

Manchmal sitzen sie in Gíslis Bibliothek und genehmigen sich einen Whisky, doch nach zwei, drei Stunden fängt der Kaufmann an zu gähnen und möchte schlafen gehen. Für Urgroßvater aber wird es mit jedem Jahr schwerer, es genug sein zu lassen. Ein harmloser Whisky oder ein paar Bier enden nicht selten in einem schweren Besäufnis, das bis zum frühen Morgen währt. Manchmal geht es nach einem kurzen Schlaf sogar gleich wieder weiter. Es kommt vor, dass Urgroßvater in einem ihm unbekannten Haus zu sich

kommt und sich nicht erinnern kann, wie er dorthin gekommen ist. Dann kann er sich an gar nichts erinnern, hat nicht die leiseste Ahnung, und eines Morgens erwacht er auf einem weit abgelegenen Hof auf dem Lande.
Als Urgroßvater darum bittet, nach Reykjavík gebracht zu werden – das einen guten Tagesritt entfernt liegt –, zeigt ihm der Bauer ein Dokument, mit Urgroßvaters gestochener Handschrift geschrieben, in dem zu lesen ist, dass er sich bei dem Bauern für ein Jahr als Knecht verdingt habe. Ohne Lohn, bis auf »die Nähe der blauen Berge, jede Menge anständiger, schwerer Arbeit und die Gemeinschaft mit dem Himmel«. Der Bauer, ein schweigsamer, sturer Baum von einem Kerl, dem das geschriebene Wort heilig ist, bedroht Urgroßvater mit einem alten Lumpen von Arbeitsanzug. Es kostet Uropa drei Wochen, ehe er von dem Hof entkommen kann.

Hättest du die Freundlichkeit, mich umzubringen?

Nach diesen drei Wochen schwört Urgroßvater bei Gott, dem Andenken seiner Eltern und seines Bruders, den Guttemplern beizutreten und den Alkohol für den Rest seines Lebens zu verdammen. Und tatsächlich bemüht er sich, sein Gelübde zu halten. Ein ganzer Winter vergeht, ohne dass er einen Tropfen anrührt. Erst im darauffolgenden Sommer tragen ihn seine Füße erneut zum Hotel Island, und dort trifft er auf einen Engländer.
Dieser Brite ist in nordischer Mythologie und den Isländersagas wohl bewandert. Auf der Suche nach heiterem Him-

mel wie in alten Zeiten und nach Heidentum ist er nach Island gekommen, einem Land, das von Recken und Walküren besiedelt wurde; doch stattdessen landete er an einem Ort, der weder Stadt noch Dorf war, weder Gegenwart noch Vergangenheit kannte und keineswegs von Recken bewohnt wurde, sondern von niedergedrückten, depressiven Menschen. Ein Ort, der solchermaßen vor Dreck starrte, dass er seinen ursprünglichen Plan, Pferde, Zelte und einen Führer zu mieten und mit ihm über Land zu reiten, die Berge und uralte Sagas in sich aufzunehmen, verwarf und sich lieber in der *Kajüte* des Hotels Island voll laufen ließ.

Wir schreiben den Sommer des Jahres 1905, es ist ein warmer Tag, und Urgroßvater sagt zu sich selbst: »Es kann doch nicht schaden, sich mit einem Bierchen etwas Kühlung zu verschaffen.«

Aus dem einen Bier wird ein viertägiges Whisky-Gelage mit diesem dicklichen Engländer im Tweedanzug, mit rot geschwollenem Gesicht, dünnem Haar und dickem Schnauzbart. Er redet viel, und Urgroßvater versteht vielleicht ein Drittel von dem, was er sagt, aber jedenfalls genug, um zu begreifen, dass der Mann von Adel ist, ein großes Gehöft oder gar ein Schloss auf dem Lande besitzt und eine weitläufige Stadtwohnung in London. Er ist mit einer Baronesse verheiratet, und sie haben vier erwachsene Kinder, doch er und seine Frau haben sich auseinander gelebt und er schämt sich seines Nachwuchses, ja verachtet ihn sogar. Über dem Leben dieses Mannes scheint eine dunkle Wolke zu hängen, er hat eine geringe Meinung von England und der Welt überhaupt, das Meer kommt ihm unbedeutend vor und der Mensch ebenfalls. Dagegen hält er enorm große

Stücke auf die *Njáls saga*. Ihr Kosmos hat ihm über Jahrzehnte hinweg in einer ereignisarmen, grauen und tristen Welt Zuflucht geboten. Jetzt aber ist er es leid geworden, in ihr zu lesen. Das hat er an dem Tag festgestellt, an dem er in seinem Hotelzimmer beschlossen hat, den Ritt übers Land abzublasen. Es war ein ungeheurer Verlust, damit verlor er seine letzte Rückzugsmöglichkeit, die allerletzte, und jetzt sieht er keinen anderen Ausweg mehr als den endgültigen.
»Den endgültigen«, wiederholt er und blickt Urgroßvater fest ins Auge. »Du weißt, was das bedeutet?«
Sie sehen sich lange an, dann nickt Urgroßvater mit dem Kopf.
Der Engländer: »Hättest du die Freundlichkeit, mich umzubringen?«
Es ist am vierten Tag ihres Gelages. Vier ganze Tage mit wenig Schlaf und wenig Essen. So manches in ihren Schädeln ist ins Schwimmen gekommen. Die Naturgesetze sind ein wenig durcheinander geraten, überhaupt ist alles ziemlich verworren, oder mit anderen Worten: Urgroßvater hat wenig Einwände gegen das Ansinnen des Engländers. Ja, wenn er die Sache näher bedenkt, überrascht es ihn fast mehr, dass dieser Fremde überhaupt der Erste ist, der ihn darum bittet, sich von ihm töten zu lassen. Urgroßvater stimmt zu, sie besiegeln die Sache per Handschlag und setzen zusätzlich ein Dokument auf, das zwei weitere Gäste als Zeugen unterschreiben, dann machen sie sich auf den Weg. Auf der Suche nach einer Pistole stromern sie zwischen den Häusern umher, draußen ist es stürmisch, ziemlich kühl, und ein Schauer nach dem anderen geht nieder.

4

Zu meiner großen Verwunderung kommen die Angehörigen der Frau am Morgen nicht aus dem Schlafzimmer meines Vaters, sondern hocken in einem kleinen Felsbrocken, den der Tag von sich gibt wie einen Ausruf des Erstaunens. Super, denke ich.

Ich knie gerade auf dem Waschtisch, um besser aus dem Fenster gucken zu können, da entdecke ich den Felsbrocken auf dem Parkplatz, und mein Entzücken macht einen solchen Satz in mir, dass ich mich am Wasserhahn festhalten muss, um nicht abzustürzen. Super duper! Sie kommen als kleiner Gesteinsbrocken aus einer anderen Welt angerollt! Auch die Frau schaut aus dem Fenster, nur Papa sitzt gerade im Wohnzimmer. Es ist Freitag; er ist außergewöhnlich früh von der Arbeit nach Hause gekommen, hat sich ein Bad einlaufen lassen und bessere Kleidung zurechtgelegt. Die Frau aber hat den Stöpsel aus der Wanne gezogen und die Sachen in den Schrank zurückgehängt. Deshalb hat Papa noch immer getrockneten Beton auf dem Handrücken, Zementstaub in den Haaren und auf den Kleidern. Er sitzt auf dem roten Sofa, steht auf, setzt sich wieder hin und steht noch einmal auf und hat keine Ahnung, was er mit diesen Händen tun soll – sieht sie an, als hätte er noch nie welche besessen. Er versucht, sie auf dem Sofa abzulegen, doch als er aufsteht, stehen sie mit ihm auf. Papi, das war sicher nicht leicht für dich, eines Mor-

gens mit dieser Frau an deiner Seite aufzuwachen, die von
äußerst seltsamen Wesen abstammt, von einem Vater, der
Stahlsaiten anstatt Stimmbänder hat, und ihre Mutter hat
sicher nur ein Auge. Es ist riesengroß und sitzt in der Mitte
der Stirn.
Völlig fasziniert beobachte ich, wie der Fels um den Parkplatz kreist, als suche er etwas. Da murmelt die Frau: »Du meine Güte, ist der staubig«, und da verwandelt sich der Fels augenblicklich in einen alten Geländewagen, der unter dem Fenster einparkt, zwei Türen öffnen sich, jemand klettert heraus, und dann stehen sechs menschenähnliche Wesen unter dem Küchenfenster. Sie sind mindestens so seltsam wie einige der Ausdrücke, mit denen uns der alte Mann aus der dritten Etage in seinem Zorn überschüttet.

Wörter sind gefährlich: Sie können explodieren

Drei Schwestern sind aus dem Jeep geklettert. Jetzt sitzen sie bei uns auf dem Sofa. Das Sofa ist keineswegs damit einverstanden, es ist mühsam, die Schwestern zu tragen, jede von ihnen ist sicher doppelt so schwer wie die Frau bei uns. Dabei sind sie nicht wirklich dick, nur kräftig untersetzt und pummelig, erinnern ein wenig an Seehunde, aber das werde ich erst später herausfinden, beträchtlich viel später. Ihr Vater, Stahlsaite, ist von ähnlichem Wuchs, nur kantiger und sehr viel härter, mit Sicherheit prallen alle Winde an ihm ab und brechen in tausend Teile. Er hat keinen Stock und sitzt in einem der roten Sessel, der sich bald

aus dem Fenster stürzen will. Die Mutter auf dem anderen. Sie ist so dünn, dass ich es gar nicht fassen kann. Ihr Gesicht läuft spitz zu und endet in einem Strich, der wie der Bugspriet an einem Schiff aussieht. Der Sohn ähnelt seiner Mutter, hat aber auch etwas von der Härte des Vaters. Er sitzt auf einem der Esstischstühle, den die Frau zwischen Sofatisch und Fenster gestellt hat; das Gegenlicht macht ihn zu einem dunklen Strich. Wir drei sitzen auf ähnlichen Stühlen auf der anderen Seite des Tisches, und zum ersten Mal denke ich das: Wir drei. Es tut weh wie ein Messerstich.
Ich schlenkere mit den Füßen, Papa reibt sich die Hände, die Frau sitzt kerzengerade und mit verschränkten Armen da. Niemand hat ein Wort gesagt, seit Vater verkündet hat: »Willkommen! Nehmt Platz, der Kaffee kommt gleich.«
Die Wände biegen sich unter diesem Schweigen. Die Frau steht auf und verschwindet in der Küche. Ich schlenkere noch heftiger mit den Füßen, der Mann wirft mir einen Blick zu, und im nächsten Augenblick sind meine Beine hingerichtet, sie baumeln leblos in der Luft. Ich schlucke.
Sein Gesicht ist wie von einer Regenwolke bezogen und hart wie Stein, trotzdem erschrecken mich seine Augen am meisten. Das eine ist eine Gewehrkugel, das andere eiskalt und schrecklich tot. Es starrt mich an. Dann wandert sein Blick zu Papa hinüber; auch die anderen mustern ihn unverhohlen. Zwölf Augen durchbohren meinen Vater. Seine rechte Hand öffnet und schließt sich, sie träumt von der Maurerkelle. Papa bewegt den Mund. Seine Zunge ist wie ein Kran, der große Gesteinsbrocken aus dem Hals heraufholt, dann wälzt er sie nach vorn auf die Lippen, und mit dumpfem Poltern fallen sie zu Boden:

»Wie
war
der
Weg
?«
Der Kerl: »Weit.«
Papa: »Wie? Ach so, weit. Ja, natürlich, es ist ein verdammt weiter Weg.«
Papa: »Und in welchem Zustand waren die Straßen?«
Der Kerl: »Zuerst furchtbar. Dann ging's so.«
Papa: »Am besten fragt man gar nicht nach dem Zustand der Straßen. Sie machen doch nur die Autos kaputt … Wie war denn der Sommer bisher?«
Der Kerl: »Der Frühling kam erst spät.«
Papa, eifrig: »Ihr fangt doch Seehase und Robben, oder?«
Schweigen.
Papa, flehentlich: »Wirft es denn genug ab?«
Der Kerl: »In manchen Jahren.«
Papa befeuchtet sich die Lippen. Er zwinkert mit den Augen. Die furchteinflößenden Augen von Stahlsaite dagegen fixieren mich, ich blicke zu Boden, und zu meiner Überraschung sind meine Beine wieder zum Leben erwacht. Sie baumeln mit Höchstgeschwindigkeit. Ich muss Kraft aufwenden, um sie zu bremsen. Ich schaue auf und begegne wieder diesen Augen. Aus einem von ihnen blickt der Tod selbst. Ich gucke zurück auf meine Füße, sie sind schon wieder gestorben, haben keine Verbindung mehr zu mir. Am besten, ich werfe sie auf den Müll. Doch da fühle ich ein stärker werdendes Jucken im Hals. Kurz darauf liegt mir ein langes und gewaltiges Wort auf der Zunge. Ich versuche es hinunterzuschlucken, doch es rutscht quer und

bleibt mir im Hals stecken. Mit aller Kraft presse ich die Lippen zusammen. Das Wort beginnt mir im Mund herumzuwirbeln und gerät in rasende Fahrt. Es dreht und dreht sich wie der Rotor eines Hubschraubers und droht mir von innen die Zähne einzuschlagen. Ich sehe auf, begegne dem Blick von Stahlsaite. Vorsichtig öffne ich den Mund ein wenig, doch schon springt mir das Wort heraus wie ein Tiger aus dem Käfig oder wie ein wütender Pirat. Auf dem Weg zu Stahlsaite wird es zu einem Schrei:
STINKSTIEFEL!
Vater springt auf, als hätte ich ihm in den Allerwertesten getreten. Er wächst zu einem Ausrufezeichen mit Armen, die mich packen, in die Höhe reißen und schneller, als sich sagen lässt, in mein Zimmer verfrachten und dort einsperren. Ich brülle vor Wut. In einer Schüssel in der Küche stehen gefüllte Kekse von *Frón*. Jetzt dürfen sich andere Münder als meiner daran gütlich tun.

Die Nacht

In der Nacht weckt mich etwas auf. Ich klettere leise und vorsichtig aus dem Bett, ziehe die Gardinen auf, und das Zwielicht der Sommernacht dringt herein. Leises Knacken und Krachen hinter mir, als sich Dämonen und Gespenster voneinander lösen. Die Spielzeugsoldaten erheben sich, ganz benommen von der Helligkeit. Vorsichtig öffne ich die Zimmertür. Ich lausche, höre aber nichts. Keine Schlafgeräusche. Ich schleiche den Flur entlang, ein Auge fährt rasch ins Wohnzimmer und kommt schnell zurück. Auf dem Fußboden liegen Matratzen, Bettzeug auf dem Sofa, aber niemand schläft. Der Sohn steht am Fenster, seine Schwestern sitzen noch auf dem Sofa, die Eltern auf den Sesseln. Alle starren vor sich hin, niemand zwinkert auch nur mit den Augenlidern. Ich schleiche zurück in mein Zimmer, schließe die Tür, traue mich aber nicht, die Vorhänge wieder vorzuziehen. Ein Auto fährt die Miklabraut hinunter. Die englischen Soldaten und die Partisanen flüstern gleichermaßen beruhigend auf mich ein. Ein Auto kommt die Miklabraut herauf. Ich lege mich ins Bett. Ich warte auf den Schlaf. Ein Auto fährt die Miklabraut hinunter. Das Zimmer ist voll starrender Augen.

Erledigt?

Am Tag darauf rollt ein alter Jeep davon und nimmt sechs Rätsel mit sich. Sie kamen und sie fahren wieder und lassen eine Bezeichnung für die Frau zurück, die eines Morgens aus dem Schlafzimmer meines Vaters kam. Es ist ein dunkler Zaubername, der aus den tiefen Höhlen der Märchen aufsteigt. Der Name lautet: Stiefmutter. Die einzige Stiefmutter im Block und wahrscheinlich in der ganzen Straße.
Stiefmutter.
Das schlägt sämtliche Namen, die uns der Zorn des alten Mannes und sein Stock verliehen haben. Stiefmutter, das ist viel mehr als ein Wort, es ist ein Körper: Arme, Beine, Augen, Nase. Skúli stibitzt seinem Vater etwas Geld aus der Jackentasche, die Töchter von Söbekk fauchen und knur-

ren in der Luke des Kiosks, ich stopfe mir zweimal den Mund voll, erst mit Mandeln, dann mit Bonbons. Die Jungen sehen mir geduldig zu. Sie verfolgen, wie sich meine Zähne knackend und krachend durch die Süßigkeiten mahlen.

»Wahnsinn, Mann!«, sagen sie, während ich schlucke. »Eine Stiefmutter! Du bist erledigt. Sie wird dich fressen, sie setzt dich im Wald aus, sie verkauft dich, sie misshandelt dich, du bist total erledigt.«

»Ja«, stimme ich zu, »ich bin total erledigt.«

5

Urgroßvater geht auf die vierzig zu und wirbelt den Stock mit dem Silberknauf. Vierzig ist doch kein Alter, und manchmal wirkt er sogar zehn Jahre jünger, besonders wenn er den Hut abnimmt und sein schwarzes, widerspenstiges Haar in die Stirn fallen lässt. Dann wird er richtig jungenhaft, sein Gesicht wirkt spöttisch und sensibel zugleich. Manche meinen, er werde kein bisschen älter. »Das macht die Unbekümmertheit«, sagt er. »Wer nichts besitzt und doch Geld in den Händen hat, der ist frei. Den bindet nichts. Es ist, als hätte man Flügel.«

Wahrscheinlich ist es genau diese Einstellung, die ihn davon ausschließt, in die Zirkel der wohlhabenden Bürger in der Kleinstadt am Faxaflói aufgenommen zu werden. Ja, seine Besitzlosigkeit und das eine oder andere Vorkommnis. Besonders das denkwürdige Besäufnis mit dem Engländer. Auf der Suche nach einem Revolver waren sie durch Reykjavík gelaufen und hatten dabei mit dem Dokument herumgewedelt, in dem Urgroßvater mit seiner Unterschrift bestätigte, dass er dem verhunzten Leben des Briten ein Ende zu setzen gedachte. Die Erklärung war allerdings in Englisch aufgesetzt, und keiner von denen, die die Urkunde gesehen hatten, war dieser Sprache mächtig. In strömendem Regen waren sie ohne Erfolg durch die Straßen gestreift und allmählich müde geworden – dann war der Engländer verschwunden und nie wieder aufgetaucht.

Einige Tage später machte sich das Hotelpersonal Gedanken über den Verbleib des Mannes, sein Verschwinden wurde der Polizei gemeldet und Urgroßvater zur Vernehmung einbestellt. Er sagte aus, der Wisch mit der Erklärung sei selbstverständlich nur ein Scherz gewesen, ein zugegeben geschmackloser Scherz. Ansonsten könne er sich an kaum etwas erinnern und gab zu bedenken, man habe fast fünf Tage lang pausenlos getrunken. »Ich weiß nur noch, dass er im einen Augenblick noch neben mir stand und im nächsten verschwunden war. Ich meine mich zu erinnern, dass ich mich noch nach ihm umgesehen und seinen Namen gerufen habe. Dann bin ich nur noch zum Schlafen nach Hause gegangen. Ich war vollkommen erledigt. Ich dachte, er sei in sein Hotel zurückgegangen.«

Die Polizei nahm ihm seine Aussage ab, doch eine leise Ungewissheit, ein Verdacht ist an ihm hängen geblieben und seiner Aufnahme in die feine Gesellschaft nicht gerade förderlich. Er wohnt auch weiterhin in dem Giebelzimmer, das Immobiliengeschäft läuft ganz gut, und irgendwann kommt er an ein teures Grundstück in der Innenstadt. Er kann es für einen äußerst günstigen Preis erwerben, einen lächerlich geringen Preis. Er und seine Klienten sind überzeugt, dass sich der Wert des Grundstücks in den kommenden Jahren vervielfachen wird.

»Was hast du nur für einen unglaublichen Dusel«, sagt Gísli und schüttelt den Kopf. »Warte ein paar Jahre und du verdienst dich dumm und dämlich daran.« Und Urgroßvater weiß genau, dass nicht nur ein neuer Anzug dabei herausspringt, sondern dass sich sein Leben ändern und er ein schwerreicher Mann sein wird. Gísli räsoniert schon, wie man das Geld am besten anlegt, ob sich Urgroßvater in ein

Unternehmen einkaufen oder Häuser bauen und die Wohnungen vermieten soll. Da taucht eines Tages, nur wenige Monate, nachdem Urgroßvater an jene Immobilie gekommen ist, ein Mann bei ihm auf und erklärt, er wolle ein Grundstück kaufen, um ein Haus zu bauen, am besten ein billiges Grundstück. »Ich habe nicht sonderlich viel Geld zur Verfügung«, sagt der Mann entschuldigend.
Ein geläufiges Problem, das Urgroßvater nicht weiter aus dem Konzept bringt. Der Mann ist ihm bekannt. – Ach, was sage ich? In dieser Kleinstadt ist jeder mit jedem bekannt. Die beiden kennen sich nicht näher, aber Urgroßvater hat nicht selten an die Frau des Mannes gedacht, sie hat hübsche Augen und so hellblondes Haar, dass es ihn an leuchtenden Sonnenschein erinnert. Er hat sich schon das eine oder andere Mal mit ihr unterhalten, hat vor ihr einen Diener gemacht, und einmal stand er so nah bei ihr, dass er die hellen Sommersprossen auf ihrer Nase zählen konnte. Aber viel mehr hatte sich nicht zwischen ihnen abgespielt.
Und jetzt will der Ehemann ein Grundstück am Rand des bebauten Stadtareals kaufen, zum Beispiel oben auf Þingholt.
»Tja«, sagt Urgroßvater, »komm doch in zwei Tagen wieder. Dann habe ich was für dich.«
Zwei Tage! Es hätte keine zwei Minuten gebraucht, ihm ein Grundstück in der angesprochenen Gegend zu besorgen. Doch »komm in zwei Tagen wieder« hat Urgroßvater gesagt und belagert dann eineinhalb Tage lang die Wohnung des Ehepaars. Er sieht, wie die Frau das Haus verlässt, überlegt kurz, welchen Weg sie wohl nehmen wird, und läuft einen großen Bogen, um ihr in einer ruhigen Straße entgegen-

zukommen. Da zieht er seinen Hut, lächelt und blickt ihr tief in die Augen.
Das ist alles.
Eine Stunde später teilt er dem Ehemann mit, er könne ein überaus wertvolles Grundstück erwerben, es liege allerdings nicht im oberen Þingholt, sondern mitten im Zentrum. Urgroßvater verkauft ihm *sein* Grundstück noch unter dem Kaufpreis, den er selbst bezahlt hat, und der Mann begreift erst am Tag danach, was für ein unglaubliches Schnäppchen er gemacht hat. Gísli regt sich so über seinen Freund auf, dass er ihm beinah eine runterhaut.
»Warum?«, brüllt er. Urgroßvater aber erzählt dummes Zeug und faselt etwas von schönen Augen.

Gottes Zeigefinger

Bestimmt hat das Erlebnis mit dem Engländer den Ausschlag gegeben: Vier Jahre lang kommt Urgroßvater kein Tropfen Alkohol über die Lippen. Voller Emphase predigt er gegen den Fluch des Alkoholismus, schreibt ein paar Artikel darüber in der Zeitung und veröffentlicht sogar eine kleine Broschüre mit dem schlichten Titel: *Über meinen Bruder. Eine Geschichte großer Talente und eines noch größeren Unglücks. Mahnende Worte an die Studenten unserer Tage.* Eines Tages aber genehmigt er sich in der *Pumpe* des Hotels Reykjavík ein Carlsberg.
Die ganze Zeit über hat er keinen Tropfen Alkohol getrunken. Am Vormittag jedoch hat er ein lohnendes Geschäft abgeschlossen, und kurz vor Mittag erhält er eine Ausgabe

der Gedichte von Steingrímur Thorsteinsson. In seiner Begeisterung sucht Urgroßvater den Dichter selbst auf und lässt sich das Buch signieren. Die beiden Männer unterhalten sich über Literatur, und der Autor lobt Urgroßvater für sein sensibles und poetisches Einfühlungsvermögen. Also ist Uropa mit sich und dem Leben hoch zufrieden. Ich finde es eigentlich überflüssig, denkt er, den Tanz des Lebens mit zu strengen Entsagungsschwüren in Fesseln zu legen. Ein Bier, vielleicht auch zwei tun doch keinem Menschen was. Unser Wille ist stark und unbeugsam.

Neun Tage später klettert er sturztrunken auf das Dach der höheren Schule, um dem Nordlicht näher zu sein, das über den Himmel weht. Doch als er sich aufrichtet, um sich nach den wabernden Schleiern zu recken, rutscht er aus, rollt vom Dach und zieht sich einen doppelten Bruch des linken Arms zu.

Der Arm wird nie wieder wie vorher, und Urgroßvater behauptet, das sei eine göttliche Mahnung gewesen, der Zeigefinger Gottes oder zumindest des Schicksals habe ihn vom Dach geschnipst. Gott habe nicht gewollt, dass er sich mit schwerer Arbeit aufreibe. Gott hat Urgroßvater zweimal den Arm gebrochen, um ihn daran zu erinnern, dass er ein Mann des Geistes und nicht des Handwerks sei. »Der Zeigefinger Gottes oder wenigstens des Schicksals«, verkündet Urgroßvater später immer wieder allen, die es hören wollen, und erzählt dann noch einmal die Geschichte, wie ihn dieser göttliche Zeigefinger vom Dach der höheren Schule schubste, erzählt von seinem Sturz, der ihm zweimal den Arm brach, ihn einige Wochen lang blass aussehen ließ, von Sturz und Zeigefinger, die ihn mit einem Schlag wieder nüchtern machten – neun Tage ununterbrochenen, schlaflosen Trinkens verdunsteten im Handumdrehen –, und er tritt fast wieder ruhig und bescheiden, jedenfalls würdig auf. Und genau das, sein Auftreten, seine Blässe und der empfindliche linke Arm zusammen mit den grauen Augen sind es, die Urgroßmutter schwach werden lassen, die dafür sorgen, dass ein sonst überlegtes, aber noch blutjunges Mädchen ihm hinauf in seine Dachkammer in der Vesturgata in einer entlegenen Kleinstadt namens Reykjavík folgt.

Sie duftet wie ein Berghang voller Heidekraut

Es ist bald hundert Jahre her, seit sie ihm die steile, knarrende Stiege zu Urgroßvaters Dachkammer hinauf folgte. Viele, viele Tage haben sich seitdem durch die Scheibe des Giebelfensters gedrängt, Tausende von Nächten sind hereingeflossen und haben den Raum mit dem schwachen Licht der Sterne und des Mondes gefüllt. Ich habe unter diesem Fenster gestanden, das wahrscheinlich meinen Ursprung einrahmt, unter diesem Fenster, das belauschte, wie die Stiege unter ihren Füßen zu knarren aufhörte und wie die Tür geöffnet wurde. Es hat sie gesehen, als sie eintraten. An einem schläfrigen, sonnenerfüllten Nachmittag war es, und auf den Gesichtern der beiden lag ein uralter Ausdruck von Neubeginn, eine feine Mischung aus Schüchternheit und Wagemut, Zögern und Drängen, Traurigkeit und hemmungslosem Glück.
Urgroßmutter tritt ans Fenster. Das sonnenglitzernde Meer breitet sich davor aus, der Snæfellsjökull hat von der Erde

abgehoben und schwebt in der Luft. Urgroßvater tritt hinter sie, küsst sie auf den Nacken, sie schrickt leicht zusammen. Er ist der Erste, der etwas sagt.
»Du bist weich wie die erste Dunkelheit im August«, sagt er, ohne genau zu wissen, was das bedeuten soll. Sie hat die Augen geschlossen, wagt nicht, sich zu rühren, traut sich kaum zu atmen.
»Du bist schöner als ... Teufel, jemand sollte ein Gedicht auf dich schreiben«, brummt er und streichelt ihre Schultern, ihre kleinen rundlichen und warmen Brüste, ihren weichen Po. Seine Lippen berühren ihre Stirn, die helle Stirn mit den dunklen Augen darunter. Er flüstert etwas, das ein Bruchstück aus einem Gedicht oder auch aus einem Gebet sein könnte; dann aber ist es, als kämen ihm sämtliche Worte abhanden und als würde er jegliches Selbstzutrauen verlieren.
Da öffnet Urgroßmutter die Augen. Und ihre Hände streichen leicht über seine Schultern, verlegen und zögernd, als würden sie um Entschuldigung bitten. Dann werden sie mutiger, entwickeln Eigeninitiative, bewegen sich schließlich ganz von allein. Lieber Gott, was tue ich?, denkt sie, als ihre Rechte Urgroßvaters Hose geöffnet hat, sich in seine Unterhose vorschiebt und sich dort ganz von allein um sein hartes Glied schließt. Lieber Gott, denkt sie wieder und wieder – und beginnt dann, die Hand zu bewegen. Sie, die gerade siebzehn ist, und er, mehr als zweimal siebzehn. Sie, eine kluge und überlegte Hausangestellte, deren Selbstbeherrschung so vollkommen ist, dass ihr selbst die Hausfrau, eine ansonsten unglückliche, kleinliche und rachsüchtige Chefin, einen Respekt zollt, der sich kaum mit ihrem Standesunterschied vereinbaren

lässt. Doch an diesem Nachmittag in der Dachkammer auf der Vesturgata, der zu einem Abend, einer Nacht und zu einem nächsten Morgen wird, bricht etwas in ihr auf, sie ist hemmungslos, unersättlich und fällt wie ein Wirbelwind über Urgroßvater her. Und er, der sich an Alter und Erfahrung so meilenweit überlegen dünkte, liegt völlig überwältigt, passiv und gelähmt auf seinem Bett. Erst als sie sich in ihrer rasenden Ungeduld das Kleid vom Leib reißt, kommt er wieder zu sich, pfeift ebenfalls auf die Ohren seiner Hauswirte unter ihren Füßen und schreit, nein, kreischt in wildem Entzücken. Seine Lippen, die schon zu viele Frauen geküsst haben, und seine Hände, die schon weit herumgekommen sind, haben beide noch nie etwas erlebt, das dem hier auch nur nahe gekommen wäre. Er ist von Sinnen vor Glück, es zerreißt ihn vor Wonne und Ekstase. Auch das Giebelfenster hat Derartiges noch nicht gesehen. »Das ist das Leben«, sagt es wie ein Idiot, und der Himmel erhebt sein riesengroßes Haupt.

Auf der Suche nach meinen Ursprüngen habe ich unter diesem Fenster gestanden, auf der Suche nach etwas Handfestem oder Verlässlichem, auf dem ich sicheren Boden unter den Füßen habe, während die Erde mit einer Geschwindigkeit von zigtausend Kilometern durchs All schießt, aber ich habe kaum anderes gefunden als endlose Geschichten, als ein ununterbrochen plapperndes Giebelfenster aus ferner Vorzeit. Ich habe mir die nicht zu stoppenden schamlosen Berichte von der Hitze jener Nacht angehört, von der Hitze darauffolgender Tage und Nächte, denn es war offenbar genauso, wie es im Gedicht heißt:

> *Leidenschaft so heiß,*
> *dass die Erde brannte*

Ja, es hingen Brandflecken am Himmel, und auch das Bettzeug geriet in jener ersten Nacht in Brand. Dabei befanden sich keine Heizkörper in der Nähe. Es war mitten im Sommer, und das Licht draußen hellweiß, färbte sich nur in der Berührung mit dem Himmel blau. Uropa meinte, die Erklärung sei schlicht und ergreifend: Ihre Leidenschaft habe die Bettwäsche in Brand gesteckt. Ja, stimmte ihm Urgroßmutter zu, denn sie hatte die Hände ausgestreckt und gesehen, wie sich ihre Finger in züngelnde Flammen verwandelten. Siebzehn Jahre war sie damals. Du meine Güte, siebzehn Jahre! Das ist ja fast noch verboten. Siebzehn Jahre, und wahrscheinlich gibt es nichts auf der Welt, was dich aufhalten kann.
Urgroßvater: »Du lieber Himmel, was bist du wundervolle siebzehn Jahre jung!«
Der Nachmittag, der Abend und die Nacht sind verflogen. Ein hemmungsloser Abend, eine wilde, ausschweifende Nacht. Zerschlagen und ausgepumpt wie nach einem Schiffbruch liegen sie ineinander verschlungen da, und Urgroßvater sagt das mit den siebzehn Jahren, wiederholt es bestimmt fünfzigmal wie eine Litanei und springt dann plötzlich aus dem Bett, rast die Treppe hinab und läuft mit doppelt gebrochenem Arm, doch trunken vor Glück und splitterfasernackt hinaus auf die Straße, Uroma beugt sich aus dem Fenster, und Uropa hüpft über die Vesturgata, be-

ginnt einen seltsamen, heißen Tanz. Uroma steht am Fenster. Sie ist schön wie eine Offenbarung, sie duftet wie ein Berghang voller Heidekraut. Und Urgroßvater tanzt, stampft mit den Fersen auf die Straße, die vor lauter Leidenschaft glühend heiß wird und etwas flüstert, um die Nachbarstraße neugierig zu machen.
»Jetzt komme ich und fress dich auf«, schreit Urgroßvater zu den wundervollen siebzehn Jahren hinauf.

Teil II

6

Meine Existenz verdankt sich einem einzigen Satz. Acht Wörtern, die an einem frühen Morgen im Januar des Jahres 1959 in einer Küche in Skaftahlíð geäußert wurden. Ein junger Mann hatte seine Kellerwohnung verlassen und strebte der Kreuzung der beiden Straßen Skaftahlíð und Langahlíð zu. Er ging an einem kleinen Mehrfamilienhaus vorüber, meine Großmutter sah gerade aus ihrem Küchenfenster in der ersten Etage und murmelte den Satz, auf den alles zurückgeht: »Dieses arme Mann, hvorfor ist ihm so kalt?«

Großmutter ist Norwegerin. Sie ist vielleicht nicht meine wirkliche Großmutter im Sinne einer Blutsverwandtschaft, aber das spielt natürlich keine Rolle. An jenem Januarmorgen lebte sie seit fünfzehn Jahren in Island und mischte ihr Isländisch immer noch so kräftig mit Norwegisch, dass eine eigene Sprache dabei herauskam.
An dieser Stelle muss betont werden, dass es keineswegs Großmutters Gewohnheit ist, am Fenster zu stehen und die Straße zu beobachten. Vielmehr werden ihre Hände nervös, sobald sie einmal eine Arbeit weglegen. Sie stricken Wollpullover von der gleichen Art wie ihr Akzent, eine Mischung aus Isländisch und Norwegisch. Die Pullover verkaufen sich gut, Großmutter kommt den Aufträgen kaum nach. Sie vertritt die Meinung, aus dem Fenster zu

gucken sei ein Zeichen von Faulheit. Sie sagt, die Küchenfenster in Reykjavík seien voller Frauen, die keine Lust hätten zu arbeiten, und in der Hoffnung aus dem Fenster gafften, jemanden in einen Tratsch verwickeln zu können. Doch an diesem eigentlich recht milden Januarmorgen platziert sie das Schicksal, der Zufall oder sonstwas ans Küchenfenster ihrer Wohnung, und sie sieht einen jungen Mann so fröstelnd mit hochgezogenen Schultern vorübergehen, dass ungewohnt mütterliche Gefühle in ihr aufsteigen. »Dieses arme Mann«, murmelt sie, »hvorfor ist ihm so kalt?« Am Küchentisch sitzt eine junge Frau und schreibt einen Brief. Sie blickt auf. Deswegen gibt es mich.

Denk daran

Es ist ein Januarabend des Jahres 2002. Durch das Fenster dringt das Brausen des einzigen Stroms, den ich heutzutage noch kenne, es ist der Verkehrsstrom auf dem Vesturlandsvegur. Es ist spätabends, und über meinem Kopf spannt sich der Nachthimmel mit seiner Unzahl von Sternen. Ich weiß, dass sie mir etwas Wichtiges mitteilen wollen, und damit meine ich nicht Schönheit, Distanz oder Zeit, vielmehr geben mir die Sterne eine Orientierung, zeigen mir den Weg und retten mich, sollte ich mich verirren. Da oben steht der Große Wagen, und wenn ich seine Hinterachse verlängere, finde ich den Polarstern. Er ist der Stern, nach dem meine Vorfahren segelten, so entdecken sie die Insel, auf der ich heute stehe. Und da ist das Siebengestirn. Jetzt weißt du genau,

wo Norden und wo Südosten ist. Denk daran, wenn du dich verirrst!
Doch was für ein Trost ist es schon, dass dir ein paar Lichtpunkte am finsteren Himmel den Weg zeigen können? Sie leiten doch nur deine Füße. Es ist gut, einen Kompass in der Tasche zu haben, und noch besser, auch mit ihm umgehen zu können. Aber was hilft dir ein Kompass, wenn es keine Richtungen mehr gibt?

Sie verwandelte Worte in Vögel

Die junge Frau, fast noch ein Mädchen, die dort am Küchentisch sitzt und einen Brief schreibt, ist meine Mutter. Den Brief schreibt sie an ihre Schwester in Prag. Sie schreibt: »Liebe Schwester«, und berichtet dann von den Wochen, in denen sie als Smutje auf einem Heringskutter gearbeitet hat. Sie ist gerade erst mit einem fingerdicken Bündel Geldscheine an Land zurückgekehrt und schreibt: »Davon können wir uns in Prag bestimmt ein schönes Leben machen. Trotzdem werde ich mich nach dir richten und erst im Frühling kommen. Stattdessen plane ich, zwischenzeitlich nach Westen in die Fjorde zu gehen, im Fisch zu arbeiten und so unseren Luxus in Prag noch zu steigern. Liebe Schwester, es sind jetzt fünf Jahre her, seit wir uns das erste Mal begegnet sind, denn natürlich erinnern wir uns nicht mehr an unsere ersten gemeinsamen Kinderjahre.«
Diese junge Frau, die sich viel später auf wundersame, aber ganz natürliche Weise in meine Mutter verwandeln sollte,

ist im Osten aufgewachsen, wie wir hier sagen. In einer imposanten Gegend, über der ein weißer Koloss thront, den man Gletscher nennt. Dorthin kam sie im Alter von zwei Jahren, nachdem ihre Mutter sie und ihre erst drei Monate alte Schwester verlassen hatte. Sie war die Kellertreppe zur Sólvallagata hinaufgegangen und verschwunden. Die Schwester kam zu einem kinderlosen Ehepaar in der Weststadt von Reykjavík, ruhigen Leuten, die nie wegfuhren und kaum einmal die Laune wechselten. Vielleicht hatte genau das diese innere Unruhe in ihr ausgelöst, denn sobald sie sechzehn geworden und nach Prag gegangen war, hielt sie es nie länger als ein halbes Jahr an einem Ort aus. Meine Mutter aber wurde in den Osten gegeben. Einmal habe ich versucht, in der Nähe des Hofs, auf dem sie aufwuchs, zu übernachten. Ich lag die ganze Nacht wach und lauschte dem unterdrückten Stöhnen der Berge unter dem weißen Giganten. Ich stand auch unter ihrem Fenster und sah mich um, betrachtete das Land, das vierzehn Jahre ihres Lebens barg. An diesem Ort sah sie das Gras wachsen, hörte das Summen der Fliegen und das Knistern in den Sternen. Hier war es, wo sie Wörter in Vögel verwandelte und auffliegen ließ, um Gott zu suchen. Hier wuchs sie auf, erwachte zu Sinn und Verstand, wie es heißt. Irgendjemand hat sie geküsst, irgendjemand hat geweint, als sie mit sechzehn abreiste, mit allem, was sich im Leben eines Mädchens zwischen zwei und sechzehn so ansammelt. Eine Sechzehnjährige wirkt manchmal wie ein Ausrufezeichen in der Zeit.

Von den Ostfjorden und der unerträglichen Schwere des Zweifels

Wer beschreiben will, wie sich seine Eltern kennen lernten, lässt sich auf ein riskantes Unterfangen ein. Das Dasein eines jeden Menschen scheint von derart vielen Zufällen untergraben zu sein, dass eine einzige Handbewegung genügt, um alles umzustürzen. Eine Sache ist es, dies als unterschwelligen Verdacht zu hegen, eine ganz andere, ihn an die Oberfläche der Sprache zu zerren. Dann ist es nämlich, als würden sich überall Sprünge und Risse unter einem auftun. Doch wie dem auch sei, Großmama murmelt jedenfalls ihren Satz, meine Mutter steht auf und geht ans Fenster, der junge Mann verschwindet um die Ecke.
Vierundzwanzig Stunden später nimmt er wie gewohnt den gleichen Weg die Straße hinab, als ihn von irgendwo über ihm eine weibliche Stimme ereilt, die sagt: »Heute Abend zeigen sie im Austurbæjar-Kino den *Glöckner von Notre-Dame*. Ich bin um neun am Kassenhäuschen. Ich lade dich ein.«

Der junge Mann ist in den Ostfjorden geboren und aufgewachsen, wo eine Unzahl von Fjorden ihre Mündungen dem Meer öffnet, und es erschreckt ihn ganz gehörig, schon am frühen Morgen derart angesprochen zu werden. Verwirrt blickt er sich um. Dann schaut er nach oben, ungefähr in dem Moment, in dem die Stimme »… lade dich ein« sagt. Er sieht gerade noch ein Gesicht, hat es in seinem Kopf aber noch nicht einmal ganz zusammengesetzt, da schließt sich oben das Fenster, und er steht wieder allein auf dem Bürgersteig von Skaftahlíð.

Eine Viertelstunde später packt er seine Maurerkelle, schultert einen Sack Zement, hält auch noch den Vorschlaghammer, sucht nach dem Meißel, und ein neuer Arbeitstag beginnt.

»Du bist heute ein bisschen neben der Kappe, was?«, wundert sich der Meister in der Frühstückspause, und der Junge aus dem Osten murmelt etwas von unruhigem Schlaf, was eine glatte Lüge ist, denn er hat blendend geschlafen, aber da war diese Stimme und da war dieses Mädchengesicht, das verschwunden ist. Wie hat es eigentlich ausgesehen? Und wer war diese Frau?

Aber so war es nun mal: Wie sehr er sich auch bemühte, es gelang ihm nicht, sich dieses Gesicht in Erinnerung zu rufen. War sie dunkelhaarig, die Nase klein, winzig wie bei einem Filmstar?

In der Mittagszeit denkt er: Nein, Blödsinn, sie ist sicher rothaarig, hat langes, rotes Haar.

Nach zwei, als der Junge aus dem Osten eine Schubkarre mit zähflüssigem Zement vor sich her schiebt, ist sie wieder brünett, aber kein Mädchen mehr, sondern eine Frau um vierzig, was ihm ziemlich alt vorkommt. Ja, ein über vierzig Jahre altes Weib, womöglich mit Stangenfieber. Er fühlt, dass ihn das erregt. Warum sollte sie sonst einen ihr völlig fremden Mann ins Kino einladen? Schon in aller Frühe und auf diese Weise? Völlig unbegreiflich, außer sie hat vielleicht einen Sprung in der Schüssel.

Mit solchen Gedanken geht der Tag herum.

Die Stimme echot wieder und wieder durch den Kopf des Jungen, das Mädchen wird zu einer Frau und wieder zu einem Mädchen, es ist blond, nein, dunkel, rothaarig; die Nase wächst und schrumpft, die Augen schimmern weich

oder stechen, sie hat einen Kerl nötig und geht auf die fünfzig zu, sie ist völlig durchgedreht. Der Junge hantiert mit Kelle, Zementsack, Wasserwanne und Hammer und findet den Meißel nicht. Er schüttelt den Kopf über seine eigene Dummheit. Natürlich ist sie verrückt, was ist eigentlich mit mir los? Es ist doch lediglich ein Mädel, das mit einem Jungen ins Kino gehen möchte.
Soll ich meinen Anzug anziehen? Hat sie wirklich gesagt »ich lade dich ein«? Wie hieß der Film noch mal? Muss ich mich rasieren, baden, eine frische Unterhose anziehen? Wann hab ich zuletzt die Unterhose gewechselt? Nein, verdammte Drecksfütze, ich setze heute Abend keinen Fuß vor die Tür! Sie will mich sicher auf den Arm nehmen, einer von den andern Burschen hat sie angestiftet. Ich lass mich nicht zum Affen machen! Ich geh kein Stück. Ich bleibe zu Hause. Ich bleibe heute Abend zu Hause!

Ich werde alles, was du willst

Am Nachmittag liegt schon Dunkelheit über Reykjavík, als der Junge aus dem Osten nach Hause kommt in seinen Keller, fest entschlossen, am Abend nicht mehr auszugehen. Er macht sich etwas zu essen, schaltet das Radio ein, hört Nachrichten aus dem Parlament. Im späteren Verlauf des Abends soll das erste Kapitel eines Science-Fiction-Romans gelesen werden: *Die Bestie aus dem Weltraum.*
»Klingt gut«, brummt der Junge mit der Nase im Rundfunkprogramm des *Volkswillens*. Er hört Radio, schreibt seinen Eltern einen Brief. Es ist ganz schön, mal zu Hause

zu sein, denkt er und steht eine halbe Stunde später vor dem Kassenhäuschen des Austurbæjar-Kinos. Der Film trägt den Titel *Der Glöckner von Notre-Dame*, in den Hauptrollen spielen Anthony Quinn und Gina Lollobrigida.
Der junge Mann trägt seine besten Alltagssachen und wird von einem leisen Hauch von After Shave umweht. Er hat nur vergessen, die Unterhose zu wechseln. Er hält nach einem Gesicht Ausschau, das zu der Stimme passen könnte, die ihm den ganzen Tag nicht aus dem Kopf gegangen ist und ihn bald verrückt macht. Eine korpulente Frau um die sechzig stapft mit zusammengezogenen Brauen auf ihn zu und schaut ihn merkwürdig an, einschmeichelnd, findet er. Die Erde unter ihm fängt an zu beben. Die Frau stapft vorbei. Uff, denkt er, da berührt ihn jemand am rechten Ellbogen. Er dreht sich rasch um und begegnet zwei großen grauen Augen. Eine Gleichaltrige. Mit hohen Wangenknochen, einer Reihe weißer Zähne, dunklem Haar. Die Nase ist hübsch, aber nicht wie bei einem Filmstar. Der junge Mann ist so erleichtert, dass ihm zuerst etwas den Hals zuschnürt, im nächsten Augenblick hat er sich schon verliebt. Bis über beide Ohren. Man könnte auch sagen, der Himmel fällt ihm auf den Kopf. Daher fühlt er sich so betäubt, als nehme er seine Umwelt kaum mehr wahr. Er kommt erst wieder zu sich, als sie im Kinosaal Platz genommen haben, es um sie herum dunkel geworden ist und die Lichtstrahlen auf der Leinwand eine bunte Bilderwelt entstehen lassen.
Da regt er die Hände und erfühlt eine Tüte Popcorn auf seinem Schoß. Kann sich allerdings nicht erinnern, sie gekauft zu haben, ebenso wenig ob er ein, zwei oder gar kein

Billett gekauft hat, erinnert sich schlicht an gar nichts. Haben sie die ganze Zeit über geschwiegen oder hat er sich lächerlich gemacht, indem er von Elvis Presley gebrabbelt hat oder von seiner Mutter, die in Amerika groß wurde und ihre Kinder immer mit amerikanischen Lullabies in den Schlaf sang, oder hat er erzählt, dass sein Vater für seinen Einsatz auf See ausgezeichnet wurde oder dass Elvis ... Ach, zum Teufel damit, außerdem hat der verdammte Film dänische Untertitel! Er schließt die Augen, öffnet sie wieder, füllt sich die Pfoten mit Popcorn und dreht das Gesicht ein paar Grad in ihre Richtung, um ihr Profil besser sehen zu können. Sofort fühlt er sich wie auf hoher See, die Brecher schlagen hoch, er sitzt in einer zerbrechlichen Nussschale und das Meer hat ihm alles genommen: Ruder, Wasservorräte, Schwimmweste und den letzten Mut. Er drückt sich in den Sitz und hofft, dass der Film weitergeht. Hofft, das Dunkel im Saal halte weiterhin seine schützende Hand über ihn, ja, er hofft – aber es gibt keine Barmherzigkeit in dieser Welt, der Film ist zu Ende, sie verlassen das Kino.

Zu seiner großen Überraschung ist draußen nicht das Ende der Welt angebrochen. Die Snorragata ist nicht zum Trawler geworden, der davonfährt, die Karlagata führt nicht nach Norden bis in die Húnavatnssýsla, die Häuserreihen stimmen kein einhelliges Hohngelächter an, und da ist sogar der Himmel. Er bückt sich unwillkürlich und hält sich den schmerzenden Kopf. Das gibt sicher eine Beule. Sie spazieren über den Rasen von Klambratún, reden über den

Film, und er stimmt allem zu, was sie sagt. Niemand hat einen Gang wie sie, nein, er hat noch nie ein Mädchen solche Schritte machen sehen. Dann sind sie in Skaftahlíð angekommen, bleiben unter dem Küchenfenster stehen, aus dem sie ihn vor kaum erst zweitausend Jahren angesprochen hat. Er sagt, er sei Maurer, was natürlich eine Übertreibung ist, denn er ist ja noch in der Lehre und will das gerade richtig stellen, da platzt es aus ihm heraus: »Aber ich werde alles, was du willst!«
Darauf küsst sie ihn auf die Wange. Einfach so, und ihr warmer Atem flüstert ihm ins Ohr: »Und willst du mich dann einmauern?«
Damit verschwindet sie im Haus.
Lässt ihn einfach so stehen.
Und der Himmel ohrfeigt ihn den ganzen Weg nach Hause.

Ei – jei – jei!

Als meine Großmutter den Satz murmelt, auf dem meine Existenz beruht, sitzt meine Mutter am Küchentisch und schreibt ihrer Schwester einen Brief. Zunächst berichtet sie darin von ihren Wochen auf See, dann wird ein ganzes Blatt der Beschreibung ihrer gut einjährigen Tochter gewidmet, meiner Halbschwester, die von Anfang an bei Großmutter und Großvater aufwuchs.

»Liebe Schwester, ich habe Vater nach Oma und Opa ausgehorcht. Dem Ärmsten fiel es sichtlich nicht leicht. Du hast wahrscheinlich nicht gewusst, dass die beiden anfangs in einer Dachmansarde in der Vesturgata gewohnt haben. Das war sicher ein heißer Sommer, und damit meine ich nicht das Wetter. Denk nur, unsere Oma! Sie scheint noch ein paar weitere Geheimnisse in petto zu haben, denn vor einigen Tagen ging ich mit ihr auf den Friedhof, und da legten wir Blumen auf das Grab einer Frau, die vor bald fünfzig Jahren gestorben ist, und ich musste Oma versprechen, das Grab weiter zu pflegen, wenn sie einmal nicht mehr sein wird. Die Geschichte dieser Frau habe ich nicht herausbekommen, doch Oma versprach, mir im Lauf der Zeit ›alles‹ anzuvertrauen. Aber, Schwester, in ein paar Tagen gehe ich nach Westen in die Fjorde, um im Fisch zu arbeiten, in einer Fischerhütte zu wohnen und vor Müdigkeit glasige Augen zu bekommen, dafür aber auch eine Menge Geld zu verdienen. Erst nach einem Sechzehn-Stunden-Tag werde ich mich hinlegen dürfen und dann von Fisch, Fisch und noch mal Fisch träumen; doch dann, wenn es Frühling wird, Schwester, komme ich zu dir!«

Dann komme ich zu dir. Ihre Schwester lebt seit gut zwei Jahren in Prag, der Hauptstadt der Tschechoslowakei, einem Land, das von der Erdoberfläche verschwunden ist wie ein »Mit-vollem-Mund-spricht-man-nicht«-Lutschbonbon, denn alles ändert sich, und ich glaube, es liegt vor allem an der Zeit: Staaten, Ereignisse, Menschen und Süßigkeiten verschwinden in dem, was man Vergangenheit nennt, und knüpfen sich dort mit unzerreißbaren Banden aneinander: Du denkst an »Mit-vollem-Mund-spricht-man-nicht«-Lutschbonbons, und schon spaziert Breschnew zur Tür herein.

Prag ist eine alte Stadt, in ihr leben dunkelhaarige Geiger und lächelnde Barkeeper, und die Dunkelheit bricht mit dem Gewicht eines Schneebretts herein. Da steht ein Eisenbett unter einer so starken Schräge, dass sich der Geiger den Schädel einschlägt, wenn er zu plötzlich aufsteht. »Dann sinkt er in meine Arme wie ein gefällter Held«, schreibt die Schwester. In Prag gucken einem Tauben in die Fenster, und die Sprache ist so fremd, dass sie nicht einmal Wörter für die Esja oder die Sólvallagata kennt, und trotzdem, oder gerade deswegen, möchte meine Mutter dorthin reisen, wenn sie erst unter steilen Berghängen genächtigt und viel Geld verdient hat. Sie möchte mit pochendem Gewissen ihre kleine Tochter küssen, Oma und Opa umarmen und dann in die Welt fahren, die aus den Briefen ihrer Schwester ersteht. Doch überall waltet das Schicksal mit seinen langen Fingern, die sich stets einmischen: Großmutter lässt den Satz fallen, der eine Welt auf dem Rücken trägt, der Brief verstummt für drei Wochen, und bald vierzig Jahre später sitze ich hier, dreizehn Kilometer vom Küchentisch in Skaftahlíð entfernt und dreitausend Kilometer von Prag. Das dunkle Haar des Geigers ist inzwischen aschgrau geworden.

Drei Wochen vergehen in Schweigen, dann schreibt meine Mutter: »Liebe Schwester, ist der dunkelhaarige Geiger schlecht mit deinem Herzen umgegangen oder umgekehrt? Stößt er sich noch immer den Kopf an der Dachschräge und fällt dir dann nackt in die Arme? Ach, ich muss dir wohl selbst von einem gewissen jungen Mann erzählen. Er kommt aus dem Osten und ist schuld daran, dass ich diesen Brief an dich, den ich vor drei Wochen begann, nicht zu Ende geschrieben habe. Er wird bald Maurer sein und will mich wahrscheinlich einmauern. In seiner Vorstellung habe ich bestimmt schon angefangen, Kartoffeln zu kochen, Kuchen für die Schwiegereltern zu backen und mit den Nachbarinnen über die Fischpreise und andere klatschende Nachbarinnen zu schwätzen. Dabei habe ich ihm gleich gesagt, dass mich ein solches Leben in höchstens zehn Jahren unter die Erde bringen würde. Aber der Junge ist nicht ganz bei Sinnen. Er spinnt, wenn er sich einbildet, er könne mich kriegen, und ich bin genauso verrückt, dass ich noch nicht – mit einem Zwischenstopp in den Westfjorden – auf dem Weg zu dir bin. Aber ich tue mein Bestes und versuche mich durch die tschechische Grammatik zu wühlen, die du mir geschickt hast. Es ist schwieriger, da durchzukommen als durch meine Mähne; denn sie ist ja unglaublich kompliziert. Der Junge aber ist unglaublich süß, und es fällt mir ganz schön schwer, ihn aus meinem Kopf zu kriegen. Es ist, als hätte er sich in mein Blut eingeschlichen – vielleicht ist er so etwas wie eine Blutvergiftung. Manchmal spanne ich ihn auf die Folter – aber mich eigentlich auch, denn wie es aussieht, finde ich ihn spannender als tschechische Grammatik. Ich weiß nicht, ob er das als Lob auffassen würde.«

Fühlt sie sich schon hin- und hergerissen, so schwankt er in sämtliche Richtungen. Er spricht mit seinen Kumpels über das Mädchen, gibt zu, dass er sich mit ihr nicht auskennt, sie sei unbegreiflich.

»Ach«, geben sie zurück, »Frauen tun immer unbegreiflich. Hast du mit ihr geschlafen? Nein?! Dann wird es aber Zeit. Los, Junge, geh ran, zeig ihr, wo's langgeht und wer die Hosen anhat. Dann wird sie Wachs in deinen Händen.«

Entschlossenheit zeigen, führen, nicht folgen, denkt der junge Mann, darauf kommt es an. Ein Schlappschwanz bin ich gewesen, sie hat nur mit mir gespielt. Ich bin der Hund, nein, der Welpe, der ihr ständig nachläuft. Vor einem solchen Mann hat keine Frau Achtung, keine Chance. Am nächsten Tag fällt er ihr in ihr ausweichendes Gerede und sagt: »Heute Abend ist Ball im Garður. Ich hole dich um neun ab. Bis dann.«
Damit geht er ab und lässt sie staunend zurück.
Am Abend zieht er seinen dunklen Anzug an, dazu einen schmalen Schlips und blank gewienerte Schuhe. Damit macht er was her, sieht blendend aus, standfest wie ein Schiffskapitän, entschlossen wie ein Heerführer, denn jetzt soll sie im Sturm genommen werden, ihr Herz und ihre Lippen, die feinen Linien auf ihrer Stirn, die grauen Augen, die ihn manchmal bis ans Ende der Welt getrieben haben. Mit seinen Ansichten hält er an diesem Abend auch nicht hinter dem Berg.
»Das einzige Anliegen, das die Regierung verfolgt«, sagt er, »besteht darin, die Bedingungen für die einfachen Arbeiter zu verschlechtern, und die Sozialisten machen sich zu ihrem Flittchen. Die Partei spielt nicht *eine* gute Rolle.«
Sie kommen auf den Ball, er packt sie am Arm und sagt: »Lass uns tanzen!« Er packt sie am Arm und sagt, jetzt tun wir dies, jetzt tun wir das. Er ist davon überzeugt, dass er in jeder Hinsicht der perfekte Mann ist, ganz nach Betriebsanleitung: ein gutaussehender Teufelskerl, aktiv und entschlossen, und obendrein – obwohl er damit nicht angibt – hat das Schleppen der Zementsäcke seinen Bizeps gut entwickelt, er tritt kräftig hervor; davon zeugt ein heimlicher Blick in den Spiegel. Alles scheint zu laufen wie

geschmiert. Sie bleibt an seiner Seite, sie tanzt mit ihm, sie ist nicht unbegreiflich. Es lag alles nur an ihm, er war der unsichere Dorftrottel mit flatternden Nerven, wusste nicht, wie man mit einer Frau umgeht, die zur See gefahren ist und schon ein Kind hat, das voll und ganz ihr Vater und seine norwegische Frau aufziehen. Sie hat ein Kind von einem Kerl, an den sie sich nach ihrer eigenen Aussage so gut wie gar nicht erinnern kann. Das alles hatte ihn, jawohl, ganz schön verunsichert, ihn zu einem hypnotisierten Kaninchen gemacht. Das ist jetzt vorbei. Sie ist jetzt nur noch eine junge Frau mit schwieriger Kindheit, die sich von irgendeinem Scheißkerl etwas anhängen ließ, und eigentlich ein empfindliches Pflänzchen. Sein Beschützerinstinkt wird so stark, ja, übermächtig, dass er sich nicht mehr beherrschen kann, sie bei den Schultern packt und irgendwas tun will, sie küssen oder in den Arm nehmen, tröstend und schützend diesen hübschen, aber schwachen Leib umfassen. Doch da fällt sein Blick auf einen kleinen Fleck auf ihrer Brust, direkt über dem Ausschnitt. Nein, es ist kein Fleck, sondern ein Wort. Er sieht es jetzt, als er ganz dicht vor ihr steht. Ja, ein Wort oder einzelne Buchstaben:

Ei - jei - jei

Die junge Frau, vielleicht hat sie etwas missverstanden, glaubt vielleicht, er sei ihr so nahe getreten, um die Schrift besser entziffern zu können, und nicht, um sie gegen das Böse in der Welt in Schutz zu nehmen, jedenfalls lächelt sie und zieht den Ausschnitt etwas tiefer:

Mein Spielkamerad

Unterhalb davon wird der Ansatz ihrer Brüste sichtbar, ein Körperteil, der schon so manchen braven Jungen um den

Verstand gebracht hat. Sie stellt sich auf die Zehenspitzen und flüstert ihm mit heißem Atem ins Ohr: »Das ist ein Gedicht, das ich mir von einer Freundin auf die Haut schreiben ließ. Es hat sieben Zeilen. Du solltest wissen, bis wohin es reicht. Magst du Gedichte?«
Er hat keine Ahnung, was er darauf am besten antworten sollte, wie man darauf reagiert. So etwas hat er noch nie gehört. Sein Selbstbewusstsein löst sich augenblicklich in Luft auf, das Einzige, was ihm noch einfällt, ist, sie wieder aufs Parkett zu schleifen. Als er am Morgen danach aufwacht, liegt er allein unter der Decke. – So allein, wie er noch nie gewesen ist. Und erst als der Himmel am Nachmittag schon wieder dunkel wird, kann er sich dazu aufraffen, seinen Sonntagsanzug wegzuhängen. Den Anzug, der ihn für eine Weile von einem verwirrten Maurerlehrling in einen gutaussehenden, draufgängerischen Teufelskerl verwandelt hat. Jetzt liegen die Klamotten wirr durcheinander geworfen auf einem Stuhl wie die erbeuteten Fahnen eines geschlagenen Heeres. Aus alter Gewohnheit sieht er die Taschen durch. In der rechten Jacketttasche findet er einen Zettel. Darauf stehen in weiblicher Handschrift sieben Zeilen:

> *Ei - jei - jei*
> *Mein Spielkamerad*
> *Streichelt mir über den Bauch*
> *Hei - jei - ja*
> *Er nimmt mich und gibt sich mir*
> *Oh - ja - ja*
> *Und nimmt mein Lederarmband von mir.*

7

»Hast du meinen Zettel gefunden?«, flüstert sie einige Tage später. »Ja«, flüstert er zurück. »Und was?« »Und was was?«, flüstert er, scheint nicht zu begreifen. Da lächelt sie. Er wird verlegen, läuft rot an und beeilt sich, flüsternd zu fragen: »Warum flüstern wir eigentlich?« Er fragt, weil es mitten an einem Samstag ist, wenn auch nicht hell, sondern ziemlich düster. Schwere Regenwolken haben Reykjavik in etwas Dunkles verwandelt. »Schlafen sie?«, fragt er dann und meint Großvater und Großmutter. Die junge Frau schüttelt lächelnd den Kopf. »Großvater ist arbeiten und Großmutter legt sich tagsüber nie hin. ›Man soll in der Nacht sove‹, sagt sie, und damit ist das Thema erledigt.«

Nein, Großmutter ist nicht zu Hause, aber drinnen im Wohnzimmer sitzt der Onkel der jungen Frau, der Dichter, frisch aus Norwegen eingetroffen. »Von bescheuertem Heimweh geplagt«, sagt er. Und gestern kamen drei andere Dichter zu Besuch, und es wurde kräftig gebechert. Jetzt sitzt er im Wohnzimmer, schreibt und darf nicht gestört werden. Großmutter hat wütend das Haus verlassen.

Der junge Mann steht im Flur von Skaftahlíð. Gleich bei seinem Eintreten hat er die Schuhe ausgezogen, eine Art Absichtsbekundung. Er ist nämlich der Auffassung, dass etwas passieren muss; da aber fängt sie an, von diesem dämlichen Dichter zu quatschen.

Mehrere Tage sind vergangen, seit er einsam neben seinem verknitterten Anzug erwacht und ein Gedicht aus der Tasche gezogen hat. Sogar schon eine ganze Woche, und er hat schlecht geschlafen. Der Meister hat ein verärgertes Gesicht gemacht, und die Gesellen haben ihn aufgezogen. Eine ganze Woche, und er hat weder ein noch aus gewusst in seinem dummen Schädel, immer nur an sie gedacht, an das Gedicht auf dem Zettel, das Gedicht auf ihrem Leib. Er hat es gelesen und gleich die beiden obersten Zeilen wiedererkannt. Er hat den Zettel zwischen den Fingern gehalten, ein ganz normales Stück Papier, und doch war es, als ob er sich ihren Körper hinabbuchstabierte, und es hat sich so echt angefühlt, dass er gezittert hat. Nachmittag, nur ein schmuddeliger Nachmittag, nur er allein mit diesem Fetzen Papier in den Pfoten, und doch hat er nichts anderes denken können, als ihr die Kleider vom Leib zu reißen, verdammt noch mal, er kann doch nichts dafür. Und eine ganze Woche lang hat er sich für diesen Wunsch geschämt, dafür, so an sie zu denken. Keine Anmut, kein Feingefühl, kein Respekt. Er hat sich nicht zu ihr getraut, nicht gewagt, ihr unter die Augen zu treten. Denn was, wenn alles ausgelöscht wäre bis auf dieses eine Verlangen?
Eine ganze Woche.
Jetzt aber ist er bei ihr, und sie erzählt von irgendwas, spricht leise, von irgendeinem Dichter oder Onkel. Er hört nicht zu, sieht nur, wie sich ihre Lippen bewegen, betrachtet ihr Gesicht, leuchtend vor Eifer, und er fühlt etwas, das entweder helles Entzücken oder tiefen Schmerz bedeutet: »Wenn es einen Himmel gibt/Dann ist er dieses Gesicht.« Er streckt seine rechte Hand vor.

Zwanzig Minuten später ist es sein Keller, seine kleine Wohnung mit dem schmalen Bett, das knarrt, wenn man sich darauf setzt. Man bewegt sich, und ein komplettes Sinfonieorchester stimmt seine Instrumente. Ein junger Mann aus dem Osten des Landes und eine junge Frau, wahrscheinlich aus dem Westen, von der Mutter in der Sólvallagata zurückgelassen, bei Fremden am Fuß eines riesigen Gletschers groß geworden. Sie ist nackt, wunderbar nackt, sagenhaft nackt, es ist wundervoll, nein, es ist nicht wundervoll, doch, ist es wohl! Graue Augen sehen ihn an.
Ob die Milch im Kühlschrank sauer ist?
»Wohin gehst du?«
»Nachsehen, ob die Milch sauer ist«, sagt er wie ein Trottel und steht mitten im Zimmer. Sie liegt unter seiner Decke. Endlich liegt sie unter seiner Decke, und sie ist nackt!
»Geh nicht!«, sagt sie, »lass doch die Milch! Lass überhaupt die ganze Welt und komm her!«
»Ich soll kommen?«, fragt er und bekommt kaum Luft.
»Komm!«, sagt sie leise. »Komm her!«, wiederholt sie und blickt ihn mit diesen großen Augen an.
»Ja«, sagt er.

Lasst die Historiker davon wissen

Die Einsamkeit weckt ihn.
Nicht wie ein schwerer Schlag, sondern wie ein leises Ziehen, das im Moment des Aufwachens zu einem Schmerz anwächst. Viele Tage sind vergangen, seit er an ihrer Seite eingeschlafen ist, müde, erschöpft, glücklich, in der schöns-

ten Nacht des Lebens. Am Morgen danach war sie verschwunden. Nicht nur aus seinem Leben, sondern ebenso aus der Stadt. Sie ist davongefahren und hat die Laternenpfähle stehen lassen.

Ist davongefahren und hat sämtliche Vorfahrtsschilder zurückgelassen, die Häuser in der Weststadt, alle Bürgersteige; sie ist weggefahren, und vergeblich preisen die Kinos ihre Filme in Cinemascope an, denn sie ist weg, auf und davon. Weg von der Hringbraut, weg von Skaftahlíð, dem ganzen Skaftahlíð-Hügel, besonders aber weg von einer Kellerwohnung, wo er in tiefer Trauer liegt. Davongelaufen nach Westen in die Fjorde, wohin genau, soll er nicht in Erfahrung bringen, die in Skaftahlíð dürfen ihren Aufenthaltsort nicht preisgeben. Ihre Abwesenheit macht jeden Sack Zement doppelt schwer. Er geht noch einmal zu ihrem Haus, um sich zu erkundigen, trifft aber nur den Dichter, der gerade dabei ist, zu packen.

»Nichts zu tun hier, die Frau in Norwegen, weiß auch nicht, was ich eigentlich hier gesucht habe. Das Mädchen? Nein, keine Ahnung. Verschwunden, sagst du. Ja, mir brauchst du nichts zu erzählen, ich weiß, wie das ist. Mit den Gedichten geht es einem genauso. Sobald man glaubt, sie aus der Tiefe hervorgeholt zu haben und sie mit Händen greifen zu können, verschwinden sie, lösen sich auf und lassen einen allein zurück. Ich beneide dich um deine Arbeit, junger Mann, der Zement lässt den Sand nicht im Stich, und gemeinsam verbinden sie sich zu Beton; bald erhebt sich ein Haus. Du hast es gut.«

Blödsinn, er hat es überhaupt nicht gut, der Junge aus dem Osten, und er hat nicht das geringste Interesse an den Schwierigkeiten des Dichters mit seinen Worten; er ist

nichts weiter als ein Maurerlehrling, und jeder Tag ein neuer Foltermeister. Ihr Geruch ist aus dem Bettlaken verflogen, die Milch versauert im Kühlschrank, die Zementsäcke werden immer schwerer, bald wird die Erdkruste unter ihm einbrechen.
»Zum Teufel damit, Junge, vergiss sie!«, sagen die Freunde und schleppen ihn gegen seinen Willen mit zu einem Besäufnis. »Lass sie, wo der Pfeffer wächst«, sagen sie und begreifen nichts, nicht das Geringste.
Sie vergessen?
Reiß einem Vogel den Flügel aus und beobachte dann seinen Flug.
Nach viel zu viel Wodka-Cola setzt er sich von seinen Kumpanen ab. Es ist Nacht. Irgendwo auf der Grettisgata übergibt er sich, ruft auf der Snorrabraut ihren Namen und auch die halbe Karlagata entlang, bis jemand ein Fenster öffnet und schreit: »Halt endlich das Maul da unten!« Da knickt er zusammen, wird zu Schnee, einem Haufen Schnee auf dem offenen Feld von Klambratún. Der Mond segelt zwischen den Wolken hervor, wirft sein weißes, kaltes Licht über die Stadt. Der junge Mann klingelt in Skaftahlíð, hält seinen Finger auf die Klingel gedrückt, obwohl er vor meiner Großmutter mächtig Respekt hat, klingelt lange, und das Klingeln ist wie ein Notruf in der Nacht. Die Hosen voll, aber trotzig steht er dann vor Großmutter, einer hochgewachsenen, stolzen Frau, die genau vierzig Jahre später in Hveragerði sterben wird, nachdem ihr die Zeit übel mitgespielt hat. Sie hält den Morgenrock um sich zusammen, nicht eine Spur von Mitleid in den Augen. Ihr ganzer Zorn kommt in der Beschreibung dieser nächtlichen Ruhestörung zum Ausdruck. Aber gibt es überhaupt etwas zu beschreiben?

Der Junge ist einfach fix und fertig.
Nach dem klaren Frost draußen ist die Luft im Hausflur heiß und stickig. Ihm wird flau und ein wenig schwindlig, und so kann er nichts erklären. Er öffnet den Mund, aber nur ein Name kommt heraus. Dann beißt er die Lippen zusammen, blass wie ein Laken, kämpft gegen einen Anfall von Übelkeit, presst die flachen Hände fest gegen die Wand, um das rasende Drehen der Erde zu bremsen. Da tritt Großvater in die Diele, Großvater, der ein paar Jahre später zusammen mit Großmutter und meiner Halbschwester nach Norwegen auswandern wird und der nun auf dem Friedhof von Stavanger begraben liegt, weil er einmal unachtsam auf eine Leiter trat, sich zu weit nach einer Anstreicherrolle streckte, das Gleichgewicht verlor und fiel. Großvater, der dem Jungen sehr zu Großmutters Missfallen einmal die Tür geöffnet hat, kommt dazu. Der Junge drückt sich mittlerweile mit dem ganzen Körper an die Wand, weil er fürchtet, von der Erde in die Leere des Weltalls geschleudert zu werden. Er hört, wie sich die anderen leise miteinander besprechen, tausend Kilometer weit weg.
»Wir müssen ihm etwas sagen!«
»Nej, keinen Ton!«
»Aber siehst du denn nicht, dass der Junge ganz von Sinnen ist? Das ist Liebe, Frau!«
»Pah, Blödsinn. Der ist nur stinkbesoffen. Bald fängt er an zu kotzen. Aber hinterher aufwischen, det skal du!«
»Hör auf! Er könnte sich umbringen, wenn wir nichts sagen.«
»Sich umbringen! So blöd wird doch kein Kerl sein, dass er sich wegen einer Frau das Leben nimmt.«

Großvater schüttelt den Kopf. Er tritt noch einen Schritt näher, packt den halb bewusstlosen jungen Mann an der Schulter und schaut ihm in die schwimmenden Augen.
»Bedeutet sie dir etwas?«
Der junge Mann schrickt auf, holt tief Luft und seufzt ein langgezogenes Jaaaa.
Großmutter macht: »Pah!«
Großvater lässt die Schulter nicht los: »Bist du dir sicher? Sehr viel?«
Der Junge gräbt in seinem unendlich schweren Schädel, schiebt volltrunkene Wörter zur Seite und sucht etwas, das den Mann vor ihm überzeugen könnte: »Ich kann überhaupt nichts mehr.«
Großvater: »Was?«
Er, sehr langsam: »Es ist, als wäre mir alles genommen worden.«
Großmutter: »Ach, du bist doch nur besoffen.«
Er wischt mit der Rechten durch die Luft. »Nein! Doch. Ich meine, ja, ich bin betrunken, aber, Mensch, das tut nichts zur Sache. Ich meine ... alles ... ja, das ist wichtig ... ich ... ohne sie ... ich ...«
Der Junge hebt beide Hände, die Handflächen nach vorn gestreckt, und öffnet den Mund, aber er hat keine Worte mehr.
Großmutter: »Pah!«
Großvater: »Wenn sie dir so viel bedeutet, wie du behauptest, was machst du dann überhaupt noch hier?«
Er: »Wie? Ich, ich meine, nein, ich ...«
Großvater: »Seid ihr im Osten eigentlich alle so begriffsstutzig?«
Der Junge schließt die Augen, und sofort dreht sich die Erde wieder. Die Drehzahl nimmt beängstigend schnell zu,

und kurz bevor der Junge in die Dunkelheit und Einsamkeit des Weltraums geschleudert wird, reißt er die Augen auf, öffnet den Mund und schließt ihn wieder.
Großmutter: »Du wirst nicht auf meinen Fußboden kotzen!«
Großvater: »Du weißt doch, dass sie sich im Westen aufhält, und du sagst, sie bedeutet dir alles. Was hast du also hier zu suchen? Noch dazu hackevoll und voller Selbstmitleid. Fahr ihr nach, Junge!«
Großmutter: »Nej, det gör hann ikke! Hast du keine Arbeit?«
Er sieht von einer zum andern, ganz durcheinander und mit verschwimmendem Blick.
»Was? Doch, doch. Ich bin Maurer, nein, in der Lehre, ich …«
Großvater: »Zum Donnerwetter, spielt das jetzt eine Rolle? Die Zementsäcke fliegen schon nicht weg. Mach dich auf den Weg oder vergiss sie!«
Großmutter: »Seine Arbejd darf man nicht im Stich lassen!«
Er: »Aber, ich, wo?«
Großvater: »Sie arbeitet in einem Kühlhaus. Davon gibt es nicht allzu viele. Such sie, Junge, such sie! Wenn man etwas bekommen will, muss man auch was dafür tun.«
Am nächsten Tag erwacht er in seinem Bett, mit gespaltenem Schädel und Erbrochenem auf dem Boden. Es ist Samstag. Er arbeitet bis Montagmittag, doch dann ist Feierabend. Der Meister schlägt die Hände über dem Kopf zusammen: »Den Rest der Woche frei nehmen? Ja, glaubst du denn, das Leben ist ein Ferienlager?!«
»Bekomme ich nun Urlaub?«

»Nein.«

»Ich fahre trotzdem.«

»Dann brauchst du gar nicht mehr wiederzukommen!«, brüllt der Meister, der sich schrecklich aufregt und von einem Moment auf den anderen aus der Haut fahren kann. Sein Zorn legt sich jedoch ebenso schnell wieder, kaum dass der Junge aus seinen Augen verschwunden ist, und der Meister läuft ihm schimpfend hinterher.

Zwei Stunden später sitzt der Junge in seinem Kellerloch über eine Karte der Westfjorde gebeugt. Einen Busfahrschein hat er in der Tasche, für morgen früh um acht. Sein Zeigefinger streift über die größeren Ortschaften, und er murmelt ihre Namen, als wären es Beschwörungsformeln: Patreksfjörður, Tálknafjörður, Þingeyri.

Doch trotz der adretten, kleinen, nagelneuen Reisetasche mit der Fahrkarte darin und obwohl er fest entschlossen ist, fährt der junge Mann nicht, denn die Post bringt ihm einen Brief: Ein müder Postbote mit wunden Füßen stellt ihn zu, ein Brief aus Prag, aus der Stadt mit lächelnden Barkeepern und einem Geiger, der ewig in Moll gestimmt ist und Beulen am Kopf hat.

»Ich bin nun also hier angekommen«, schreibt meine Mutter, »meine Schwester bringt mir abends tschechische Grammatik bei.« Und sie schreibt weiter, dass ihr sehr, sehr viel daran liege, dass er ihr nicht böse sei, obwohl sie es verdient habe, dann aber: »Vergiss mich!« Darauf folgt etwas, das sie wohl als Erklärung verstanden wissen möchte: Sie wolle die Welt kennen lernen, das Leben und sich selbst und könne sich beim besten Willen nicht vorstellen, zu heiraten, sich von den Erwartungen der Gesellschaft vereinnahmen zu lassen, am heimischen Herd auf ihn zu war-

ten, Kartoffeln und Fisch aufzusetzen und die Kinder zu trösten – sich selbst zu opfern. »Verzeih mir«, schreibt sie zum fünften Mal, und diesmal soll er verzeihen, »dass ich abgereist bin, ohne mich zu verabschieden, und dass ich mich bei Nacht und Nebel davongeschlichen habe; aber ich musste es tun, sonst hättest du mich davon abhalten können, nicht durch Worte, sondern einfach dadurch, dass du aufgewacht wärst und mich angesehen hättest.«
»Vergiss mich«, schreibt sie, denn nun liege ein ganzes Meer zwischen ihnen und ein halber Erdteil. Er werde eine andere kennen lernen, »die besser ist als ich. Sei mir nicht böse.«
Damit endet der Brief.

Der junge Mann packt die Reisetasche aus. Zerreißt den Busfahrschein. Beginnt die Karte der Westfjorde sorgfältig zusammenzufalten, reißt sie dann aber wütend in Stücke.
Es wird Abend.
Der Himmel dunkelt über einem Kaff am Ende der Welt. Es heißt Reykjavík. Eine winzige, verstreute Siedlung am Rande des Eismeers. Nicht viele kennen sie überhaupt, und vielleicht gibt es dazu auch keine Veranlassung. So ein verlorener Ort, noch dazu ganz jung. Kopenhagen ist älter, Berlin viel größer. Als Rom tausend Jahre alt war, bestand Reykjavík aus einem namenlosen Durcheinander von Mooren und kleinen Erhebungen, über die der Nordwind fegte. Dann kamen Menschen über das Meer, und viele hundert Jahre lang war Reykjavík eine armselige Ansammlung von Torfhütten, die übergroßen Wiesenhöckern glichen.
Es wird Nacht über Reykjavík.

Rabenschwarze Nacht, und auf ihrem Grund liegt der junge Mann. Er leidet. Sein Leiden ist ein stiller Schrei, der die neunhundertundneun Meter der Esja übersteigt. Nein, Reykjavík ist nicht bedeutend, und dieser junge Mann ist weniger als nichts, nicht einmal ein Komma in der Geschichte, vollkommen unsichtbar. Und trotzdem kann er so viel Leid empfinden, dass ein ganzes Bataillon vor so viel Trauer bedingungslos kapitulieren würde, ein Zehntausend-Bruttoregistertonnen-Schiff würde unter ihrer Last sinken.

Das ist doch bemerkenswert.

Es wirft ganze Theorien um, allseits anerkannte Maßstäbe. Man sollte die Historiker informieren, sie sind die letzten Jahrtausende auf dem Holzweg gewesen, haben sich anschmieren lassen. Sie haben sich von Werbestrategen, aufgeblasenen Generälen, Kaisern und Politikern komplett in die Irre führen lassen. »Vergiss mich«, schreibt sie aus Prag.

Berge, die an freien Fall denken lassen

Prag? Nein, Unsinn, die junge Frau hält sich noch immer im Westen Islands auf, in einem der Namen, den der junge Mann wie eine Beschwörung über der Landkarte murmelte, die jetzt zerrissen im Mülleimer liegt. Sie hat den Brief nicht in Prag geschrieben, sondern im Wohnzimmer meiner Großeltern, noch in der gleichen Nacht, in der sie ihn verlassen hat. Sie hat den Brief per Express von Reykjavík abgeschickt; die Post hat die Beine in die Hand nehmen müssen, der Staub ist aufgewirbelt und Gischt übers Meer

gesprüht. Dem Brief ist ein Schreiben an die Schwester beigelegt: »Schick den Brief schnell an die angegebene Adresse! Ich bin auf der Flucht, wie einst unsere ungeliebte Mutter. Ach, ich möchte, nein, ich will doch nur leben! Ich glaube, das ist das Wort: leben. Auch wenn ich es zur Zeit nicht gerade mit dem nötigen Nachdruck rufen kann.«
Den Brief schreibt sie noch in Skaftahlíð, dann fährt sie nach Westen. Berge wachsen zwischen ihr und dem jungen Mann, weiß verschneite Hochheiden mit gefrorenen Seen türmen sich auf. Sie hält sich in den Westfjorden auf, die Berge sind so steil, dass sie an freien Fall denken lassen. Sie lebt in einem Seemannsheim, setzt darauf, dass hundert Tonnen toter Fisch ihre Gefühle betäuben. Vor ihr liegen Tage mit sechzehn Arbeitsstunden, was sämtliche Gedanken tötet, jeden Wunsch, überhaupt zu denken, zu empfinden, etwas zu fühlen. Ein Stapel Bücher liegt unberührt auf dem Nachttisch. Es geht doch, denkt sie nach einigen Tagen, ich beschwöre euch, ihr Fische, weiter die Netze zu füllen und die Lagerräume, ich setze auf euch. Doch ab der zweiten oder dritten Woche wird ihr unbehaglich in ihrer Haut.
Ein unsichtbares Gummiband, denkt sie sofort. Ein zirka sechshundert Kilometer langes Gummiband, das sich über Berge und Hochheiden, Täler und Fjorde spannt und bei einem jungen Mann endet, der in einem Kellerloch in Skaftahlíð wohnt. Sie schreibt nach Prag: »Es sieht nicht gut aus mit der Grammatik des Tschechischen, Schwester.«
Es ist ihr erster freier Tag, seit sie im Westen ist. Ihr Körper ist wie zerschlagen, die Lider sind furchtbar schwer, sie würde so gern einmal richtig ausschlafen: »Ich wollte bis über Mittag schlafen, aber nein, um drei in der Nacht bin

ich aufgewacht und konnte nicht wieder einschlafen, lag nur da und starrte vor mich hin. Es war so dunkel, dass sich nicht einmal die Geister trauten, sich zu rühren.« Gegen Morgen ist es noch immer dunkel, als sie anfängt, den Brief zu schreiben, von den Bergen zu berichten, von dem gespannten Gummiband und der Grammatik, mit der es nicht gut aussieht. Es wird allmählich hell, das Mädchen beendet den Brief und schiebt ihn gerade in den Kasten an der Post, als die Spannkraft des Gummis überdehnt wird; es flitscht zusammen, und die junge Frau wird mit halsbrecherischer Geschwindigkeit durch die blaue Märzluft geschleudert.

Manchmal ist es nötig, ein Fenster einzuschlagen

Es ist Nacht, als sie an die Tür einer Kellerwohnung in Skaftahlíð klopft. Erst leise und sogar höflich, dann kräftiger, denn der junge Mann schläft.
Er hat einen festen Schlaf.
An der Tür gibt sie auf und versucht es stattdessen am Fenster. Sie pocht mit der flachen Hand dagegen, dass es in der Umgebung widerhallt, und ruft seinen Namen. In den Nachbarhäusern gehen Lichter an, doch der Mann aus dem Ostland schläft ebenso tief wie die Berge über Neskaupstaður. Er regt sich weder auf Klopfen noch Rufen und fährt erst auf, als ein Klirren die Nacht durchschneidet. Er wacht in der Überzeugung aus seinen Träumen auf, dass die Trauer bei ihm einbricht, um ihm endgültig den Garaus zu machen. »Das ist gut«, sagt er laut zu der Trauer, die sein Fenster einschlägt und die Gardinen zur Seite schiebt. Aber

es ist nicht die Trauer, sondern eine junge Frau, *sie* ist es, und Gott existiert also doch oder etwas Ähnliches, denn, zum Donnerwetter, es ist wirklich sie, die da gebückt und mit einem dicken Stock in der Hand vor der eingeschlagenen Scheibe steht, sicher fuchsteufelswild oder auch das Gegenteil davon, ihre Hände bluten, und sie sagt: »Ich wette, du hast noch nie eine Frau geküsst, die gerade mit einem Knüppel eine Scheibe eingeschlagen hat.« »Nein«, antwortet er vom Bett aus, »aber wahrscheinlich habe ich immer davon geträumt.«

8

Urgroßvater und Urgroßmutter wohnen bis in den Herbst hinein in dem Dachzimmer in der Vesturgata. Jeden Morgen erwachen sie eng aneinander geschmiegt in dem schmalen Bett, und wenn das Alltagsleben in der Kleinstadt allmählich in Gang kommt, die Frauen gemeinsam Salzfisch weich klopfen und die Männer sich unter Kohlesäcken beugen, werfen Urgroßvater und Urgroßmutter die Schwerkraft der Erde ab und schießen hinauf in die ewige Helle der Sterne. Mit ihren siebzehn Jahren fordern sie die Welt heraus. August in einer Dachkammer, ewige Sternenhelle, dann wird es Herbst. Es wird Herbst, und das, was Alltag genannt wird, nimmt ihre Herausforderung an. Mit allen Arten unbedeutender Kleinigkeiten beladen, stampft er die Vesturgata herauf und tut, was er kann, um ihr Glück zu brechen.

Es herbstet, und als Urgroßvater wieder einmal an Urgroßmutters Seite in dem schmalen Bett sechs Meter über der Vesturgata aufwacht, verspricht er sich selbst, von nun an in allem Maß zu halten. Er betrachtet die schlafende Urgroßmutter, streicht über ihr langes Haar und lässt es durch seine Finger gleiten. Es ist rötlich braun und fein. Er berührt ihre Lippen mit den seinen, sie liegt auf der linken Seite, den Mund halb geöffnet, ihre Hände sind weiß und weich. Er sieht sie an, und das Glück schnürt ihm den Atem ab. Er setzt sich auf, will den Rest der Nacht wach bleiben

und sie nur ansehen. – Dieses siebzehnjährige Mädchen, diese siebzehnjährige Frau.
Rechtes Maß halten, denkt Urgroßvater, ein Heim.
Sie ziehen aus der Dachkammer aus, zur Erleichterung, aber auch zum Bedauern des Ehepaars in der Etage darunter, denn die brennende Gier des jungen Paares hatte die Nachbarn nicht selten vom Einschlafen abgehalten und neues Feuer in ihrem abgekühlten Eheleben entfacht.
Sie verlassen die Dachkammer und kaufen eine Fünfzig-Quadratmeter-Wohnung in der Bergstaðastræti; das ist zu Beginn des zwanzigsten Jahrhunderts nicht wenig. Urgroßvater macht in Immobilien, importiert daneben Waschzuber und Wäschemangeln. Er verdient ordentlich. »In meinen Taschen wächst das Geld«, sagt er triumphierend. Dreimal in der Woche kauft Urgroßmutter Fleisch in *Thomsens Magazin* und sonntags Torte in der Konditorei *Skjaldbreiður*. Einmal unternehmen sie eine Reise nach Kopenhagen – eine wunderbare Zeit. Sie schaffen sich ein solides Bett an, einen Küchentisch mit vier Stühlen, ein Sofa, eine Kommode, einen geräumigen Schrank und einen alten, großen Spiegel, den sie in Kopenhagen aufgetrieben haben. Gut neunzig Jahre ist es her, seit sich Urgroßmutter das erste Mal darin betrachtet hat, und jetzt hängt er hier bei mir, am Stadtrand von Reykjavík.
Urgroßvater beginnt den Morgen jedesmal mit einem Blick in diesen Spiegel und ermahnt sich, umsichtig in die Welt hinauszugehen, bescheiden, aber doch entschieden. Maß halten, denkt er, Sicherheit. Und er tritt vorsichtig auf, behutsam und doch resolut. Es sind glückliche Tage. Sie lesen einander vor, teilen ihre Träume, Küsse, Speichel, den Atem.

Das erste Kind kommt, ein Mädchen, das mit den Jahren
gefährlich blondes Haar bekommt sowie einen aufsässigen,
unberechenbaren Charakter. Irgendwo steht geschrieben:
Ein Kind bedeutet nie gekannte Freuden – doch ebenso un-
erbittliche Pflichten. Vermutlich ist es Letzteres, was Urgroßvater den Boden unter den Füßen wegzieht.
Dabei befindet er sich nach einem normalen Arbeitstag
einfach nur auf dem Heimweg. Er geht die Bakarabrekka
hinauf, wahnsinnig elegant und nicht gerade unzufrieden
mit sich selbst, da ihm Frauen sämtlicher Altersklassen Blicke zuwerfen. Er lässt den Spazierstock kreisen, geht mit
resolutem Schritt. Da dringt aus einem ihm völlig unbekannten Haus Kindergeschrei an sein Ohr. Es ist nichts Besonderes daran, ganz und gar nicht, trotzdem tritt Urgroßvater für eine gute Stunde aus der Welt. Als er das erste
Mal wieder etwas von sich weiß, sitzt er im Hotel Reykjavík, hat fast eine ganze Flasche leer gemacht, Frau und
Kind verschwimmen im Nebel, und er denkt an seine alten
Saufkumpane.

Wo sich die Ratten zu Hause fühlen

Einmal waren auch Urgroßvater und Urgroßmutter jung,
siebzehn Jahre in einem Fensterrahmen; dann aber vergin-
gen die Jahre, wie sie es immer tun. Urgroßvater verspielt
das letzte Hemd, trinkt zwei Monate lang mehr oder weniger am Stück, macht mit anderen Frauen herum, verschwindet eine Woche nach Keflavík, gibt Unmengen Geld
aus und stürzt sich in Schulden. Sie verlieren die fünfzig

Quadratmeter in der Bergstaðastræti, sie verlieren einige der Möbel und stürzen ab in den Keller. Urgroßvater liegt zu Bett, voller Scham, Selbstmitleid und bitterer Vorwürfe. Dann rafft er sich auf, erhebt sich, zuerst auf die Knie, demütig, dann richtet er sich zu voller Größe auf, unangemessen stolz. »In meinen Taschen wächst das Geld«, sagt er wieder. Bürgermeister Páll Einarsson (jawohl, Bürgermeister, große Träume schlummern in diesem gottverlassenen Kaff) zieht den Hut vor ihm. Urgroßvater erwidert die höfliche Geste, er trägt Zylinder und benutzt eine Serviette, wenn er zu Tisch sitzt. Die Schulden gehen zurück, sie schaffen sich zum zweiten Mal Möbel an und bekommen ein zweites Kind, einen Jungen diesmal, der eine halbe Ewigkeit später einmal mein Großvater werden wird. Monate gehen ins Land, Urgroßvater spricht davon, eine Etagenwohnung in Þingholt zu erwerben, und wenn er von der Arbeit nach Hause kommt und seine Familie betrachtet, denkt er: Ein größeres Glück kann es kaum geben. Dann bricht er zum zweiten Mal zusammen.
Fast ohne Vorankündigung.
Immerhin denkbar, dass einige Anfälle Urgroßmutter vorgewarnt haben und sie mit so viel banger Ahnung erfüllten, dass sie fast froh ist, als es endlich geschieht; als ein Tag zu Ende geht, ohne dass Urgroßvater nach Hause kommt und sie schließlich erfährt, er sei im Hotel Reykjavík. Da ist das Warten endlich zu Ende. Sie bekommt vormittags Arbeit in einer Wäscherei und geht nach Mittag als Zugehfrau zu reichen Leuten, wo sie zwei bis drei Stunden an neumodischen Wäschemangeln steht – womöglich die gleichen, die Urgroßvater importiert hat. Eine Freundin betreut derweil die Kinder. Guðrún heißt sie, massiert Ur-

großmutter den müden Rücken und verwünscht Urgroßvater, dass die Wände wackeln. »Ich begreife nicht, warum du ihn nicht verlässt. Daraus würde dir niemand einen Vorwurf machen«, sagt Guðrún.

»Ich begreife es selbst nicht«, antwortet Urgroßmutter.

Diesmal dauert es gut vier Wochen. Guðrún füttert gerade die Kinder mit Haferbrei, als ein menschliches Wesen mit schweißverklebtem Haar und von Alkohol aufgedunsenem Gesicht hereinwankt. Großvater fängt an zu weinen, als ihn sein Vater ungeschickt und übel riechend zu küssen versucht, das Mädchen läuft weg. Guðrún schaut Urgroßvater an. Er brummt irgendwas, legt sich ins Bett und liegt da wie ein Haufen schmutziger Wäsche, als Urgroßmutter mit lahmem Rücken und rissigen, roten Händen nach Hause kommt.

Er liegt im Bett, fährt die Frau mit den rissigen Händen an, blafft auch die Kinder an, sie seien viel zu laut, Teufel noch mal, machten immer solchen Lärm, diese verfluchten Krachschläger.

»Ja, ja«, sagt Urgroßmutter, »kann schon sein, dass ich hässlich bin und die Kinder laut, aber schlimmer ist, dass wir in den nächsten Tagen aus der Wohnung fliegen.« Das Geld reicht nämlich nicht für die nächste Monatsmiete. Urgroßvater sollte den Vermieter gut genug kennen, um zu wissen, dass dieser ein sturer, unfairer Knochen ist; sie aber ist ihrerseits zu stolz, um sich von Gísli Geld zu leihen. »Wir suchen uns was Billigeres«, sagt sie schlicht, denn solche Dinge machen ihr nichts aus. Er sagt gar nichts, dreht sich zur Wand und schließt die Augen.

Sie ziehen in eine andere Kellerwohnung, die sich allerdings kaum Wohnung nennen lässt, sondern mit ihren

niedrigen Decken und der Feuchtigkeit in den Wänden mehr einem Loch gleicht. Urgroßvater ringt die Hände, doch Urgroßmutter sagt: »Hier sind wir jetzt zu Hause.«
Doch das stimmt nicht. Sie wohnen zwar dort, aber ein Zuhause ist dieses dunkle Loch nicht; niemand kann diese Höhle ein Zuhause nennen, düsterer als eine Unterwassergrotte, niemand außer den Ratten. Die sagen Zuhause dazu, und auch die Spinnen, die Käfer, die Enttäuschung und die Hoffnungslosigkeit. Urgroßmutter aber läuft mit ihren roten Händen durch die Stadt am Rand der Welt, und die Vesturgata sagt zu ihr: »Schick mir mal den Burschen, und ich werde ihm die Leviten lesen!« Denn schon wenige Tage, nachdem sie in das Kellerloch gezogen sind, bricht er zum dritten Mal zusammen und verschwindet. In einer Nacht träumt Urgroßmutter, sie würde mit dem langen und scharfen Küchenmesser auf Urgroßvater losgehen und ihm das Herz aus der Brust schneiden. Schnell, sicher, bedenkenlos. Es geht ganz leicht, und hinterher fühlt sie sich, als sei eine große Last von ihr genommen. Da aber sieht sie, wie sein Herz zuckend in ihrer Hand schlägt wie ein Kind mit Schluckauf.
Dann kommt er in ihre Höhle zurückgeschlichen.
Das Gewissen von schwarzem Ungeziefer überlaufen und voller Hass auf sich selbst.
Sie macht ihm schweigend das Bett, hält die tobenden Kinder fern; es gibt keine Vorwürfe, keine Anklagen, doch als sie ihm das Kissen unter dem Kopf zurechtrückt und ihm mit einem feuchten Tuch übers Gesicht wischt, sieht Urgroßvater die Verzweiflung in den dunklen Augen seiner Frau, die Enttäuschung und die Hoffnungslosigkeit, und da ist ihm, als würde ihm jemand das Herz herausschneiden.

9

Eines Tages erheben sich vier Wohnblöcke an der Stelle, wo früher in Jahrtausenden ein Moor seine Bülten auftrieb, Vögel zwitscherten und Wollgras seinen Flaum wehen ließ. Tief wird die Erde ausgehoben, längst verflossene Zeit kommt an die Oberfläche, und mehr Bekassinen, als ich an meinen Fingern abzählen kann, verlieren ihr Nest, mehr Rotschenkel, mehr Goldregenpfeifer, und allzu viele Käfer und Marienkäfer werden obdachlos, doch dafür ragen vier Blöcke auf. Der junge Mann aus dem Ostland geht unzählige Male mit seiner Schubkarre zwischen den obersten Blöcken und dem Múli-Viertel hin und her, holt Bauholz, Zementsäcke und alles andere, um das Erdgeschoss links zu einer Wohnung zu machen. Die junge Frau bekommt Arbeit in einer Bank, langweilt sich fürchterlich, geht aber doch pünktlich und gewissenhaft hin, denn es ist teuer, sich eine Wohnung zu kaufen. Sie sparen, sie heiraten. In einem Schaufenster sieht sie einen Mantel und macht den jungen Mann darauf aufmerksam. »Was meinst du, wie toll ich darin aussehen würde«, sagt sie.

»Nein«, gibt er, vor Verantwortungsbewusstsein geschwollen, zurück. »So etwas muss noch warten.« Zum Beweis zeigt er ihr das Haushaltsheft.

»Liebe Schwester«, schreibt sie, »Bedenkenlosigkeit ist eine Tugend. Sie ist eine Lebensnotwendigkeit, aber eine solche Einstellung hat sich anscheinend noch nicht bis in die Ost-

fjorde herumgesprochen. Sie liegen ja auch hinter dem Sprengisandur und Bergen, deren Namen ich nicht einmal weiß. Aber ich weiß schon, was ich tun werde.«
Als ihr Mann eines Tages von der Arbeit nach Hause kommt, begrüßt sie ihn niedergeschlagen und erzählt ihm, dass ihr der Ehering vom Finger in die Toilette gefallen sei und sie ihn nicht wieder habe herausfischen können. »Oh weh, mein Liebster!«
Das aber war eine Lüge, denn wenige Wochen später geht sie mit dem Ring zu einem Juwelier und bekommt einen guten Preis für ihn, der allemal für den Mantel reicht. Sie weiht Großvater ein, der vorgibt, ihr den Mantel geschenkt zu haben, Großmutter schüttelt den Kopf und murmelt etwas von Verschwendung, der junge Mann aber ist völlig verblüfft, wie gut ihr der Mantel steht. Und der Winter vergeht.
Ein ganzer Winter in einer Bank. Die junge Frau stirbt vor Langeweile und Ungeduld, sie träumt davon, das ganze Geld in Brand zu stecken, den Kunden die Zunge rauszustrecken. Wann immer sie Gelegenheit dazu hat, liest sie heimlich in einem Buch, und an einem warmen Sommertag stößt sie auf folgende Zeilen eines Gedichts:

> *Achtet auf die Sonne,*
> *die die Brüste einer Jungfrau hebt.*

Als der junge Mann müde von der Arbeit nach Hause kommt, verkündet sie, es sei Schluss mit der Bank, sie habe gekündigt. Er reagiert verzweifelt, doch sie sagt: »Pff, kein Problem, wir schaffen das schon. Aber ich musste aus dieser verfluchten Bank raus, sonst wäre ich verrückt geworden. Lass uns das feiern«, sagt sie. »Lass uns einfach drei

Tage zu Hause bleiben! Wir bleiben drei Tage hintereinander im Bett und kümmern uns um gar nichts.« Sie streichelt seinen rechten Arm und beißt ihn in den linken.

Die, die mich unter fürchterlichen Schmerzen zur Welt brachte

Meine Mutter streichelt meinem Vater den rechten Arm und beißt ihn in den linken. Es sind die Arme, die vom Múli-Viertel bis zu unserem Block eine schwer mit Holz und Mauersteinen beladene Schubkarre schieben.
Gesegnet sei diese Schubkarre,
gesegnet seien die Arme meines Vaters,
gesegnet sei der Hang, der meinen Block über alle übrigen hinaushebt, der Hang, der meinen Gruß nicht erwidert, der meine Wurzeln nicht aufnimmt,
gesegnet sei all das und
gesegnet sei die, die wahrscheinlich einige Abenteuer versäumte, einen dunkelhaarigen Geiger, gut gelaunte Barkeeper, die engen Gassen einer Weltstadt und die mich unter großen Schmerzen zur Welt brachte,
gesegnet sei sie, und gesegnet sei die Hebamme, die mich nass aus ihren Körperflüssigkeiten hob und mich ihr schreiend auf den Bauch legte,
da küsste sie meine Augen und segnete mich.
Segnete die Augen, die nun schon fast vierzig Jahre lang die Welt in Augenschein nehmen,
segnete die Hände, die bezeugen, was meine Augen sahen, und segnete zweifach meine Beine, denn sie sollen mich vor dem Tod in Sicherheit bringen.

10

Zu meiner großen Verwunderung beginnt meine Mutter zu verschwinden. Sie, die mich durch Jahrtausende den großen Hang hinab in den Kindergarten begleitet hat, der sich zu seinen Füßen zusammenringelt. Sie, die einmal in einer Kellerwohnung in Skaftahlíð ein Fenster eingeschlagen und mich, eine Woche alt, in den Block getragen hat, der sich vier Stockwerke hoch in den stets veränderlichen Himmel reckt und ein Geschoss tief in das unbewegte Dunkel der Erde. Sie, die Wasser aufgesetzt, aber die Kartoffeln vergessen hat, die Gesichtscreme auf meine Zahnbürste aufgetragen und dafür das Fieberthermometer mit Zahnpasta bestrichen hat, die mir die Hosen verkehrt herum angezogen hat, so dass ich im Kindergarten aufsehenerregenderweise durch den Reißverschluss pupste. Zu meinem fassungslosen Staunen beginnt diese Frau, deren Gedanken so weit schweifen können wie der Himmel und die doch in jedem Wort anwesend ist, zu verschwinden. Ich erwache früh am Morgen, wage aber nicht aufzustehen, denn da, wo der Fußboden sein sollte, ist gähnende Leere.

Mein Vater behauptet, sie sei nicht für lange weg, sie müsse ins Krankenhaus, »aber keine Sorge, es ist nichts Ernstes, pah, wir essen jeden Tag Würstchen und Popcorn, und du darfst dazu Miranda trinken!«

Das finde ich gut; doch als er eines Tages ein Blatt vom Kalender abreißt, der über dem Küchentisch hängt, regnet es seit einer Woche ohne Unterlass so heftig, dass das Tageslicht keine Luft bekommt und es drüben im Wohnzimmer dunkel ist. Er reißt einen weiteren Tag ab, und der volle Mond nimmt ab und verschwindet. Reißt einen dritten Tag ab, und der Himmel atmet einen neuen Mond aus. Papa und die Maurerkelle fahren jeden Morgen zur Arbeit, doch ich bin manchmal allein zu Hause und lausche dem lockenden Murmeln im Kalender. Ich blättere in ihm, betrachte Tage, die von Abwesenheit ausgefüllt sind, und suche anschließend stundenlang nach Streichhölzern. So lange, bis mir vor Müdigkeit schwummrig wird. Endlich finde ich sie, indem ich auf einen Stuhl klettere und so ein beträchtliches Stück wachse. Aber der Kalender lacht mir ins Gesicht, und jeder Mittwoch darin schreit: »Du traust dich ja doch nicht, uns anzuzünden! Dann wirst du nämlich die rechte Hand deines Vaters kennen lernen.« »Und die linke auch noch«, kreischen die Samstage hämisch. Ich zögere. Meine Pobacken versuchen den Fingern einzureden: »Wir bekommen doch den Hosenboden versohlt, nicht ihr.« Ich zögere, wandere durch die Wohnung, die Abwesenheit meiner Mutter springt mich überall an. Ich gehe zurück in die Küche, wo die Tage triumphierend durcheinander schnattern.

Und ich, der ich noch nie gezündelt habe, will mir nun das Feuer dienstbar machen. Ich, der ich so lange nach ihm gesucht habe, finde es in der Faust der Streichhölzer. »Lass mich größer werden!«, bettelt das Feuer mit dünner Stimme, und ich gebe ihm alle Mittwoche, es bekommt Ostern, den ganzen Sommer, der weiß und blau und grün ist, und auch noch Weihnachten, das mich durch den Stapel der Tage anfleht. Das Feuer wird wild, das gefällt mir nicht sonderlich, es wächst viel zu schnell und ist nicht wiederzuerkennen, nichts erinnert mehr an das kleine Flämmchen, das aus der Faust der Zündhölzer entsprungen ist. Ich laufe aus der Küche, schließe die Tür, setze mich aufs Sofa und warte. Als ich mich wieder in die Küche traue, ist das Feuer verschwunden, der Kalender auch. Nur ein großer, schwarzer Fleck ist noch da, in dem das Feuer dankbar erloschen ist. Ich habe einen Sieg errungen, einen wichtigen Sieg, und obendrein behalten die vereinten Samstage und Mittwoche nicht Recht: Das Einzige, was die Hände meines Vaters tun, ist auf die Mahnungen zu hören, die besagen: »Du hättest die Streichhölzer besser verstecken sollen!«

Zwischen ihnen ewiger Juli

Ich erwache mit zwei Händen auf meinem Gesicht. Die rechte ist Juni, die linke August, zwischen ihnen ewiger Juli und mein Gesicht. Sie murmelt: »Ich setze dich zum Erben all meiner Worte ein, meiner Atemzüge, der Berührung meiner Hände.«
Dann verschwindet sie.

Wohnung der Engel

Der weiße Trabant mit dem roten Dach verlässt den Parkplatz, mein Vater hält das Lenkrad in der Hand, ich nichts. Der Trabbi fährt die Miklabraut hinab, die Baumreihen zur Rechten. Er rollt weiter und weiter in die Richtung, wo sich Himmel und Erde treffen. Mein Vater sitzt am Lenkrad, doch wir erreichen den Himmel nicht, denn er weicht zurück, schwingt sich in die Höhe und lässt Bäume zurück, deren Wurzeln sich unten in der Erde verwirren. Nadelbäume ragen auf wie ein grüner Schrei.
Der Trabant hält vor einem riesengroßen Gebäude. Es hat tausend Augen, die Papa und mich anstarren, als wir aus dem Trabant steigen. Wir betreten das Gebäude und begegnen flügellosen Engeln, die uns gemächlich ausweichen. Lange gehen wir, steigen Treppen hinauf, und jedes Mal, wenn wir um eine Ecke biegen, öffnet sich ein neuer Gang voller Engel und anderer Leute, die umherwanken wie betäubte Stubenfliegen. Von diesen Gängen zweigen Unmengen von Zimmern ab, und in einem von ihnen liegt eine Frau in einem großen Eisenbett, von der mein Vater behauptet, sie sei meine Mutter. Sie streckt eine knochige Hand nach mir aus, doch mein Kopf weicht zurück. Nicht, ermahne ich meinen Kopf. Nicht weglaufen, sage ich still zu meinen Beinen, die sich schon auf die Tür zubewegen. Komm wieder her, sagt die Hand meines Vaters auf meiner Schulter.

Mein Vater und ich haben auf zwei Stühlen Platz genommen. Ich halte den Blick auf die Tür und den Gang geheftet. Er ist voll flügelloser Engel mit schwarzen Augen. Als wir gehen, stehen sie an den Wänden aufgereiht, ihre schwarzen Augen starren mich an. Ein süßlicher, penetranter Geruch verfolgt uns nach draußen.

Dieses Blau, das nur der Himmel kennt

Papa kommt mit einer Frau nach Hause. Sie ist sehr abgemagert. Papa stützt sie, damit das Tageslicht sie nicht wegweht. Die Stühle wirken größer, als sie sich auf einen setzt. Sie trägt ein Kleid meiner Mutter, jenes helle Kleid, das selbst die dunkelsten Wintertage in Hochsommer verwandelt. Ich bin froh, als sie um andere Sachen bittet. »Den weiten Pullover«, sagt sie zu Papa. Die Frau zieht sich um. Ihre Schulterblätter sind wie Axtblätter, die mir leicht den Kopf abschlagen könnten. Sie setzt sich aufs Sofa, und ich bekomme die Anweisung, mich neben sie zu setzen. Zweimal berühre ich sie, und da pieksen mich ihre Knochen. Sie fragt mich etwas, doch als ich den Mund öffne, um ihr zu antworten, werden meine Worte zu einer Ladung Spucke, die ihr ins Gesicht klatscht. Ich springe auf und kann gerade noch den Händen meines Vaters entwischen, die wütend nach mir greifen. Ich knalle die Tür zu, schließe ab und halte mir die Ohren zu, um nicht das Kichern sämtlicher Kalender im ganzen Block zu hören.

Als ich die Hände von den Ohren nehme, kratzt jemand schwach an meiner Tür. Ich lausche und höre etwas wie Fliegensummen, das sich aber in die Stimme meiner Mutter verwandelt. Die Wörter scheinen keine Bedeutung zu haben, doch in ihnen liegt das Blau, das nur der Himmel kennt. Ich denke: Ihre Lippen sind hinter dieser Tür. Sie ist da. Sie ist den flügellosen Engeln entkommen! Ich versuche, den Türgriff zu packen, um die Tür zu öffnen, doch meine Hände zittern zu stark. Papa sprengt das Türschloss mit einem Schraubenzieher und seiner Verzweiflung.

Manchmal liegt Nebel in den Augen meiner Mutter. Die rechte Hand ist nicht länger Juni und die linke nicht mehr August, und der Juli ist vergangen. Auf ihren Händen wird es Herbst, es herbstet früh in ihrem Leib. Nachdem ich mich an ihre pieksenden Knochen gewöhnt habe, spüre ich wieder die Wärme, die die Welt lebenswert macht. »Geh nicht!«, sage ich. Sie streichelt mir über den Schopf, und ich wage nicht, die Augen zu schließen.

Was verschwindet

Dann schließen sie sich doch, und ich schlafe ein. Als ich erwache, sitze ich auf dem Vordersitz eines Autos, das schnell eine schmale Straße entlangfährt, die Landschaft ist schwarz, leer und wüst wie ein Fluch.
Wahrscheinlich träume ich.
Ich bin mit ihren Händen in meinem Haar eingeschlafen und ich träume dieses Auto, diese leere Weite und das Meer, das in der Ferne blinkt. Dann aber wachsen Häuser aus dem schwarzen Untergrund, und das graue Meer flutet über den Horizont herein und ist viel zu groß, um in einem Traum Platz zu haben.

Ich träume also nicht.
Ich sitze auf dem Vordersitz des Trabbis, und er nähert sich den Gebäuden, fährt zwischen ihnen hindurch und hält vor dem Haupthaus. »Hallo, Schwester!«, sagt mein Vater zu der Frau, die aus dem Haus tritt und die auf mich zukommt und etwas sagt, was ich nicht hören will. Ich gehe in das Haus, mein Vater fährt davon, es wird Abend, ich bekomme heiße Schokolade und Kuchen, mir wird übers Haar gestrichen, ich gehe schlafen, lege mich zu Bett, so unendlich weit von meiner Mutter entfernt, unendlich weit weg von dem Haus mit den tausend Augen, ihrem Zimmer, das sich langsam mit flügellosen weißen Wesen füllt. Ihre Augen sind tiefdunkel, und Mutter fällt es schwer, zu atmen.

Nicht zwanzig, nicht zehn, höchstens sieben

Als ich in meinen Block zurückkehre von jenem Ort, an dem die Lava schneller wächst, als es die Bäume tun, an dem ein ewiger Wind mit dem Salz des Meeres in seinen Adern weht und massige, trotzige Gebäude sich gegen die See zusammendrängen, als ich in den Wohnblock zurückkehre, nachdem ich in einem großen Haus mit mehr Zimmern als Finger an meinen beiden Händen gelebt hatte, wo in einem dieser Zimmer eine uralte Frau saß, die mich nie zweimal mit dem gleichen Namen anredete und mich jeden Morgen streng ermahnte, die Schafe von der Hauswiese zu verjagen – sie war so alt, dass ich mich nicht traute, ihr nicht zu gehorchen, also stand ich draußen vor ihrem Fenster, brüllte, wie sie es von mir wollte, fuchtelte mit den Armen, wie sie mich hieß, obwohl es weder eine Hauswiese noch Schafe gab, sondern bloß Asphalt, Autos und wild zerklüftete Lava zwischen den Gebäuden –, als ich also endlich in den Block zurückkehre, ist alles genau so, wie es sein soll, und doch auch wieder nicht. Papa und ich sitzen auf dem roten Sofa.

Von morgens bis abends sitzen Papa und ich auf dem Sofa, das Mutter vor langer Zeit angeschafft hat. Sie hat gesagt: »Das ist so solide, dass es mindestens dreißig Jahre hält, und das Rot erinnert uns an ein warmes Feuer.« Aber es wurden keine dreißig Jahre. Auch keine zwanzig. Keine zehn. Höchstens sieben. Papa und ich sitzen von morgens bis abends auf diesem Sofa, das schon bald nicht mehr auf uns achtet, uns aus lauter Pflicht und Gewohnheit trägt, und sein Feuer ist eiskalt. Papa und ich lauschen auf das Geräusch von Schritten, die es nicht mehr gibt, starren die Schuhe an, die auf ihre Füße warten, Pullover, die auf ihren rechten Arm warten, auf ihren linken auch, und ich frage: »Wann kommt sie wieder?« Nicht nur einmal, nicht zweimal, nicht zehnmal, sondern mindestens zehnmal zehnmal, und jedes Mal, wenn ich frage, zuckt Papa zusammen wie unter einem Nadelstich. Eines Tages stehen wir auf.

Eines Tages erheben Papa und ich uns aus dem teilnahmslosen Sofa. Papa trägt einen Anzug, seine Hand krampft sich um eine unsichtbare Maurerkelle. Auch ich bin fein gemacht. Wir gehen.

Wir verlassen die Wohnung, gehen die Treppe hinab, durch die Haustür, der *Volkswille* ragt wie eine nicht gezündete Feuerwerksrakete aus dem Briefkasten. Draußen ist es kalt. Es ist sehr kalt draußen, keine Wolke widersteht dieser

eisesblauen Luft, und ein gewaltiger Himmel dehnt sich über dieser Stadt namens Reykjavík. Wir steigen in den Trabbi, Papa dreht den Zündschlüssel, und der Motor gibt nicht einen Ton von sich. Papa dreht wieder und wieder den Schlüssel, dann lässt er ihn los, sitzt reglos mit geschlossenen Augen da, reißt sie plötzlich auf und schlägt mit beiden Händen auf das Lenkrad ein, wobei er ruft: »Scheiße, Scheiße, Scheiße!«
Papa öffnet die Motorhaube, der beinharte Himmel über ihm. Wir gehen zurück ins Haus.
Wir gehen zurück ins Haus, acht Stufen, dann Erdgeschoss links, und die gedankenabwesende Wohnung nimmt uns auf. Der junge Mann aus dem Ostland setzt sich auf den Stuhl am Telefon, ruft jemanden an, und ein oder zwei Ewigkeiten später ertönt von draußen ein gewaltiges Rumpeln, als wäre der tiefgefrorene Zorn des Himmels über uns hereingebrochen und würde bald riesige Brocken regnen.
Papa sagt: »Komm!«

Jetzt sollte sie sich allmählich beeilen zu rufen

Ein Ungetüm von einem Laster rollt auf den Parkplatz. Wir klettern ins Führerhaus. Onkel Björgvin nickt zur Begrüßung.
»Konntest du nicht den verdammten Schutt abladen?«, fragt Papa. »Nein«, antwortet Björgvin und setzt den LKW mit den großen Felsbrocken auf der Ladefläche zurück. Ich gucke auf seine Hände auf dem Lenkrad. Sie sind größer als mein Kopf.

Der Laster hält mit einem tiefen Stöhnen direkt vor der Kirche. Wir gehen hinein, alle sehen mich an, ich bin offenbar besonders wichtig, mag das aber nicht. Papa und ich setzen uns ganz vorne hin. Ich sehe mich um, viele Frauen lächeln mir zu. Da ist Björgvin, überragt alle, seine Miene so schwer wie die Steine auf dem Laster. Jetzt setzen sich Großvater und Urgroßmutter zu uns. Großvater ist extra den weiten Weg aus Norwegen gekommen, er legt mir seine linke Hand auf den Kopf. Es ist still in der Kirche, nur vereinzelte tiefe Atemzüge stören die Ruhe, ein einzelnes Husten dröhnt wie ein gedämpfter Pistolenschuss. Dann beginnt jemand Musik zu spielen, ich denke an das Meer, das sich in unbegreifliche Fernen erstreckt, plötzlich steht der Pastor vor uns, wie eine Motte aus der Nacht. Ich blicke nach unten. Ich habe zehn Finger, fünf an jeder Hand. Es sind so viele, dass sie sich nie langweilen. Jetzt reden sie miteinander, von ihrem Gequatsche höre ich sonst nichts.
»Konntest du wirklich nicht das Zeug abkippen?«, fragt Papa nachher wieder im Laster. »Nein«, sagt Björgvin entschuldigend, seine Pranken sind größer als mein Kopf, und er fügt hinzu: »Eigentlich wollte ich es auch nicht.« Papa seufzt. Der LKW fährt dicht hinter einem schwarzen Fahrzeug her. Sie haben den Sarg in dieses Fahrzeug geschoben, der vorhin in der Kirche stand, meine Mutter liegt in diesem Sarg. Einmal lief sie mit mir durch Wiesen oberhalb einer Stadt, die Reykjavik heißt. Sie hätte von innen gegen den Sargdeckel hämmern sollen, dann hätten wir den Deckel abgenommen und sie herausgelassen. Wir wären nach Hause gefahren, hätten uns Pfannkuchen gemacht und dazu gefüllte Kekse von *Frón* gefuttert. Der Laster folgt dem schwarzen Wagen, der ganz langsam fährt. »Du hät-

test das Zeug abladen sollen«, murmelt Vater. »Tut mir Leid«, sagt Björgvin.
Ich bin ungefähr sieben Jahre alt und sehe daher nicht viel zwischen all den Erwachsenen. Aus sämtlichen Richtungen strecken sich mir Hände entgegen, streichen mir übers Haar und flattern wieder davon wie scheue Vögel. Papa schiebt mich weiter, an allen vorbei nach vorn zu Großvater und Urgroßmutter. Da steht der Pfarrer wartend vor dem Sarg und einem Loch, das tief in die Erde reicht. Er gibt Anweisungen, den Sarg mit meiner Mutter in das Loch abzuseilen. Der Sarg sinkt langsam in die Tiefe, und jetzt sollte sie sich allmählich beeilen zu rufen, sonst ist es bald zu spät. Doch sie ruft nicht. Der Sarg sinkt tiefer, verschwindet. Ich blicke auf und sehe in den Himmel, gucke in die kalte Sonne. Meine Mutter hatte warme Hände, sie waren ein ganzer Sommer. Ich blicke auf den Pastor, dann um mich herum. Ich bin vollkommen ruhig, ich sehe mich lange und gründlich um, dann finde ich endlich, was ich gesucht habe. Ich mache zwei Schritte nach rechts, meine rechte Hand greift nach etwas, das jetzt zwischen meinen Füßen liegt, die gleiche rechte Hand holt dann aus und schleudert dem Pastor einen Stein von der Größe meiner Handfläche mit wundervoller Treffsicherheit und wohltuender Kraft mitten in die Visage, genau zwischen die Augen.

Ein Wort: Leichenschmaus

Es liegt etwas Düsteres in diesem Wort. Die Leute hocken mit ernsten Mienen wie betretene Steine um die vielen Tische, schütten Tasse auf Tasse von Schwärze in sich hinein und stopfen alles in sich hinein, was sie zurückgelassen hat. Ich gehe zwischen den Tischen umher und sehe mir die Leute an. Wenn sie mich sehen, hören sie auf zu essen. Großvater packt Vater bei den Schultern und sagt etwas zu ihm, Großvater nimmt auch Björgvin um die Schultern und sagt ihm ebenfalls etwas. Björgvin nickt und erhebt sich zu seinen vollen zwei Metern Länge. Wir drei, Björgvin, ich und der junge Mann aus dem Osten verlassen dieses düstere, schwere Wort.

Spiel das, wenn alles vorbei ist

Der Lastwagen rollt durch die Straßen von Reykjavík. Es gibt viele Straßen in dieser Stadt. Manche von ihnen sind so kurz, dass sie eher einer Entschuldigung gleichen, andere dagegen lang und von ihrer Wichtigkeit durchdrungen, wie der Laugavegur, der als Herr angeredet werden möchte. Allerdings muss er die Demütigung hinnehmen, irgendwann in eine Suðurlandsbraut überzugehen, ohne dass es einen ersichtlichen Grund dafür gibt. Einzelne Straßen sind schmal, so alt und bucklig, dass sie mich an Urgroßmutter erinnern. Laufásvegur und Vesturgata drücken sich fein und gewählt aus und mäkeln an dem Laster herum; dagegen kann ich die Vesturvallagata gut leiden, sie ist winzig und ähnelt mehr einem freundschaftlichen »Hallo« als einem »Pardon«. Eigentlich ist sie nur eine kurze Steigung und ruft: »Wow, ein LKW!«, als wir sie hinabrollen. Ich frage: »Können wir hier noch mal runterfahren?« »So oft du willst«, antwortet Björgvin. Wir tun es achtmal und die Vesturvallagata ruft jedesmal: »Wow, ein LKW!«

Der Herr Laugavegur ist so zugeknöpft, dass man einen großen Teil von ihm nur in einer Richtung befahren darf. Andauernd stellt er dem Laster Häuser in den Weg. Sie sind wie Vorschlaghämmer, mit denen er uns bedroht, aber Björgvin pfeift darauf, und Papa auch. Ich klemme zwischen ihnen wie ein Komma zwischen Satzteilen. Kurze Zeit später fahren wir die Hverfisgata hinauf, Björgvin zeigt nach links und meint: »Das ist das Schattenviertel«, und sofort sehe ich, wie dunkle Pranken zwischen den Häusern hervorkommen und nach dem Lastwagen greifen.

Kurz darauf biegen wir auf einen Parkplatz ab, und das Geschäft *Liverpool* blickt mir großzügig entgegen, mit einem Schaufenster voll der aufregendsten Spielsachen der Welt. Björgvin verschwindet darin, er ist so groß, dass die Eingangstür bei seinem Näherkommen bleich wird. Bald kommt er mit einer Tüte wieder heraus. »Hier«, sagt er, gibt sie mir und fährt los. Ich gucke in die Tüte, eine ganze Schachtel mit Spielzeugsoldaten ist darin und daneben noch ein Beutel mit zehn bis fünfzehn dunkelgrünen. »Die Grünen sind Deutsche«, erklärt Björgvin, »mehr gab es von denen nicht. In der Schachtel sind Khakifarbene, das sind Engländer.« Ehe wir vom Laugavegur abbiegen, zeige ich keine Reaktion, dann sage ich Danke. Ich gucke in die

Tüte, bis der Laster mit einem abgrundtiefen Ächzen vor dem Block zum Stehen kommt. Der Trabant blickt nicht einmal auf.

Abenddunkel legt sich über die Stadt. Das rote Sofa trägt Papa und mich, einer der Sessel keucht unter dem Gewicht von Björgvin. Er steht auf, legt eine Schallplatte auf den Plattenspieler. »Elvis«, sagt er und zwinkert mir zu. Er stellt eine Flasche auf den Tisch, gießt für sich und Papa etwas in zwei Gläser, für mich holt er eine Miranda. Wir schweigen, dieser Elvis singt. Der junge Mann aus dem Osten trinkt, fixiert dann wieder den Fußboden. Als Björgvin die Platte umdreht, sagt der junge Mann zum Fußboden: »Ich habe mein Versprechen gehalten.«
»Welches Versprechen?«, fragt Björgvin.
»Ich habe das letzte Gedicht auf ihre Haut geschrieben, mit roter Tusche. Sie hat es mich auswendig lernen lassen, ein kurzes Gedicht. Nicht die Kommas vergessen, hat sie noch gesagt, aber sie war schon so verdammt dürr, dass ihre Knochen das eine oder andere Wort zerschnitten haben ... Dieses Lied hat sie gemocht«, unterbricht er sich plötzlich selbst. Als es zu Ende ist, steht er auf und legt den Tonarm noch einmal auf. »Ich habe ihr versprochen, es zu spielen, wenn alles ..., na ja, wenn alles vorbei ist. Einmal für jedes Jahr, das wir zusammen hatten.«
Ich gehe in mein Zimmer, stelle die Spielzeugsoldaten auf meinem Schreibtisch auf und betrachte sie und nehme sie doch nicht wirklich wahr. Ich bin müde, mein Kopf ist voller Dinge, die ich nicht begreife. Einer der Soldaten verlagert sein Gewicht von einem Bein auf das andere. Ich bin nicht mehr müde. Ich gucke und atme so wenig wie mög-

lich. Ich gucke lange. Beobachte die Spielzeugsoldaten genauestens, erst jeden einzelnen, dann die ganze Truppe. Nichts passiert. Die Unterhaltung von Papa und Björgvin, der Gesang von diesem Elvis dringen durch die halb geöffnete Tür. Ich stehe auf, schließe die Tür, gehe zum Schreibtisch zurück und setze mich. Der erste Spielzeugsoldat tritt vor und erstattet Meldung.

Uralte Hände

Die dunkelgraue Hand des Spätnachmittags streift die Fensterscheibe und streut Schritte über den Fußboden. »Psst«, sage ich, »habt ihr das gehört?« Die Soldaten nehmen Helme und Mützen ab, damit sie besser hören. Im Wohnzimmer geht jemand über den Boden, obwohl Papa nicht zu Hause ist. Er und die Maurerkelle sind auf der Arbeit. Ich schließe die Tür, die Soldaten bilden einen Kreis um mich, die dünnen Gewehrläufe richten sich zitternd auf die Tür. Die Schritte nähern sich, aber es kommt niemand herein. In manchen Nächten flüstert jemand in mein Zimmer. Die Stimme klingt heiser, manchmal verwandelt sie sich in lange, kalte Arme, die um meine Knöchel greifen. In solchen Momenten beweisen meine Spielzeugsoldaten einen Mut, der in keinem Verhältnis zu ihrer geringen Größe steht.
Mit jedem Tag wird es dunkler.
Schummrige Tage, und jeden Abend quillt die Finsternis zwischen den Sternen hervor, Vaters und meine Augen verdunkeln sich. Die Handtücher, mit denen wir uns abtrocknen, machen uns für ihr Verschwinden verantwort-

lich, der Wasserhahn in der Küche faucht uns an, Glühbirnen platzen, Dunkelheit füllt die Wohnung, und die Zehen an meinem linken Fuß werden schwarz. Wir kochen Kartoffeln, doch die Bohnen dazu essen wir kalt. Wir hören Radio, vergessen aber, vorher den Stecker einzustöpseln. Papa greift nach mir, doch seine Hände fassen in aushärtenden Beton. Manchmal taucht Björgvin auf, manchmal auch nicht. Manchmal kommt Anna aus der Kellerwohnung, manchmal nicht. Der Trabant tuckert durch Reykjavíks Straßen, ich finde den Laufásvegur wieder, mit Wörtern, die an teure Hüte und edle Schuhe erinnern. Ich bin schüchtern gegenüber dem Laufásvegur, und das ist der Bjargastígur auch, er traut sich kaum, etwas laut zu sagen, außer vielleicht »Himmel noch mal, es regnet!« oder »Donnerwetter, schnuckeliges Auto!«, womit er den Trabbi meint, der ihm mit einem polternden Fluch antwortet. Der Trabbi, der jetzt in die Baldursgata einbiegt und vor Urgroßmutters Haus hält. Ihre Hände sind uralt, und es ist mein Kopf, den sie in diese beiden Hände nimmt. Urgroßmutter ist so alt, dass ich manchmal Angst vor ihr bekomme. Ihre steinalten Hände öffnen ein vergilbtes Album. »Das bin ich und das dein Urgroßvater«, sagt sie und zeigt auf zwei Personen, die nicht annähernd in ihrem Alter sind, aber ich tue so, als würde ich ihr glauben. Über einem ihrer Augen liegt ein grauer Schleier; mit dem sieht sie nichts. Sie bewegt sich sehr langsam, als würde sie in Wasser gehen. Ihr Kopf sieht aus wie eine Kartoffel, die jemand im Schrank vergessen hat.

Zwei Sterne und zwischen ihnen ein Meer der Dunkelheit

Morgens gehen Papa und ich gleichzeitig aus dem Haus, ich mit dem Tornister, er mit Thermoskanne und Brotdose. Ich laufe den Hang hinab, er fährt mit dem Trabbi weg, die Kelle auf dem Beifahrersitz. Es ist noch dunkel, wenn wir aufbrechen, halbwegs hell, wenn ich aus der Schule komme, dunkel, wenn Papa und der Trabant zurückkehren. Ich habe einen Schlüssel in der Tasche. Ich bin das einzige Schlüsselkind im ganzen Block. Andere Kinder klingeln, und das, was sie ihre Mutter nennen, öffnet. Abends sitzen Papa und ich auf dem geistesabwesenden Sofa: Zwei Sterne und ein Meer der Dunkelheit zwischen ihnen. Da sitzen wir, und die Balkontür klagt uns an, der Heizkörper unter dem Fenster ebenfalls; die beiden Männer auf dem Bild über dem Sofa machen uns schwere Vorwürfe. Die leeren Kleiderbügel, die Decke im Wohnzimmer, das Brummen des Kühlschranks, ganz besonders das Brummen des Kühlschranks macht uns Tag und Nacht monoton Vorhaltungen und verwünscht uns. Manchmal kommt Björgvin vorbei, manchmal auch nicht. Die Hand meines Vaters greift nach mir und packt die Maurerkelle.

Ein Kunstlehrer in geblümtem Kleid

Ich bin berühmt. Nicht nur in dem Block, der höher ist als alle anderen, sondern auch in der Schule, und das, weil die linke Hand meiner Mutter in Erde ruht, ebenso ihre Lippen, die grauen Augen und das schwarze Kleid. Ich hätte selbst dann keine größere Berühmtheit sein können, wenn mir der Trainer der E-Jugend von *Fram* ein azurblaues Trikot mit der Nummer 9 überreicht hätte. Dieser cholerische Trainer, der immer bloß brüllt anstatt zu sprechen, der mit dem Trommelbauch und der ewigen Zigarre zwischen den Fingern. Der Lehrer sieht mich an, als wäre ich zerbrechlich. Das kann ich überhaupt nicht ausstehen, und ich bin fast dankbar, als mich der Kunstlehrer wortlos an der linken Schulter packt. Es ist in der allerersten Kunststunde, nachdem sich die Erde über meiner Mutter geschlossen hat. Er verliest unsere Namen, ich vergesse zu antworten, bin mit meinen Gedanken woanders, da steht er auf, stakst auf mich zu, packt mich wortlos an der linken Schulter, zieht mich in die Höhe, als wäre ich ein leerer Sack, zieht eine halb mit Sägemehl gefüllte Kiste heran und stopft mich hinein. Dann schiebt er die Kiste wieder unter den Tisch, und die Dunkelheit verschluckt mich. Ich hocke zusammengekauert da, höre auf die gedämpften Arbeitsgeräusche und die vereinzelten Fragen der anderen Jungen, auf seine Antworten, die so schroff und grob wirken wie geballte Fäuste. Auf Dauer fällt es schwer, in der Kiste zu atmen, das Sägemehl setzt sich im Hals fest. Meist lässt er uns wieder aus der Kiste, ehe es klingelt. Manche Jungen sind dann vorne nass, haben sich in die Hosen gepinkelt. »Bäh«, sagt er dann, »und so was will ein Junge sein!« Ich aber muss heute warten, bis die Stunde zu Ende ist, alle Jungen ihr Werkzeug weggeräumt und den Werkraum verlassen haben. Da erst rollt er die Kiste unter dem Tisch hervor in die gleißende Helle des Raums. »Kannst jetzt gehen, du armer Kerl«, sagt der Lehrer, und dieses »Armer Kerl« steht ihm ebenso wenig wie ein geblümtes Kleid.

Eine Stimme wie ein Bach

Die Tage sind fette, schwarze Schnecken. Ich habe keine Lust, mich mit Peter oder den Brüdern zu verabreden. Meist hocke ich in meinem Zimmer, rede mit den Spielsoldaten, und sie helfen mir bei den Schulaufgaben. Im Rechnen mache ich Fortschritte, bekomme jede Menge Sternchen in mein Rechenheft, aber egal, wie ich auch rechne, was für komplizierte Aufgaben ich auch löse, wie ich die Multiplikationstabelle drehe und wende, nie kommt am Ende meine Mutter dabei heraus. Darum gebe ich auf beim Rechnen. Seitdem verachte ich Mathematik, sie hat doch nichts anderes im Sinn als Zahlen. Ich gehe stattdessen zum Bücherbus, der vor der Reinigung *Björg* hält. Ich leihe so viele Bücher aus, wie ich darf. Ich lese voll Eifer. Manchmal findet sich eine überraschende Spur auf Seite 13 oder 34, und das Herz macht einen solchen Satz, dass es richtig weh tut. Mitten in einem Buch öffnet sich ein verlorenes Tal, eine zuvor unbekannte Insel steigt aus dem Meer. Ich durchwandere das Tal, ich gehe auf der Insel an Land und finde doch bloß einen Schatz oder ausgestorbene Tiere. Ich gehe zur Haltestelle und warte darauf, dass sie aus der Linie 3 steigt mit einer Tüte voller Kokosnüsse und einem Affen auf der Schulter. Aber es passiert nie. Sie räuspert sich weiterhin in ihrem Sarg und singt, ihre Stimme perlt wie ein Bach. Ich glaube, sie trägt nur ihr schwarzes Kleid. Jemand müsste ihr einen Anorak oder eine Wolldecke leihen.

Bitte keine Pfadfinderlieder singen!

Einige Soldaten interessieren sich für Sterne. Sie benutzen die Bücher der Herren Stefán Júliusson und Stefán Jónsson, um vom Schreibtisch auf die Fensterbank zu klettern. Manchmal sitze ich bei ihnen und spähe nach draußen. Zwischen den Sternen ist es sehr dunkel. »Wir wissen nicht, was in dieser Finsternis lebt, vielleicht Geister«, sage ich, und da wollen sie lieber die Gardinen vorziehen. Es ist Winter, und wenn die Sterne mitten am Tag verblassen, verwandelt sich der Himmel in eine blankpolierte Metallplatte. Die Erde wird durch den Frost hart wie Stein. Ich versuche mit dem Absatz hineinzuhacken und kratze mit einem Löffel, aber sie bleibt fest versiegelt: Niemand kommt hinein und niemand heraus. »Hoffentlich ist es da unten im Boden nicht so kalt«, sage ich zu den Soldaten. »Mama hat ihren Anorak nicht mitgenommen, er hängt immer noch drinnen im Schrank.«

Morgens gehe ich den Hang hinab zur Schule, meine rechte Hand tastet immer wieder nach ihrer linken, die jetzt tief in der Erde vergraben liegt. Bestimmt fühlt sie sich einsam. Es muss unbequem sein, in so einer Kiste zu liegen: Es ist dunkel und so eng, dass man sich nicht einmal aufrichten kann, um zu lesen, ein paar Turnübungen zu machen oder Gitarre zu spielen. Darum hat sie sie zu Hause in der Abstellkammer gelassen. Nein, sie wird sich kaum rühren können, bloß das Gesicht verziehen, Finger und Zehen bewegen und singen. Sie kennt viele Lieder. Ihre Stimme klingt weich wie ein Bach. Da unten liegen noch mehr, jede Menge Menschen, und sie wird ihnen ein paar Lieder beibringen. Vielleicht singt sie gerade jetzt, während ich den Hang hinab zur Schule gehe und meine Hand die leere Luft festhält, tief unten in der Erde ein Lied, und bestimmt fallen viele von den anderen ein. Einige singen laut und fröhlich, andere leise und zögernd, manch einer ist bestimmt schon so alt, dass seine Stimme wie eine gesprungene Platte scheppert. Da ist auch der fette Busfahrer. Bevor er beigesetzt wurde, fuhr er einen der Linienbusse auf der Miklabraut. Ich habe Bedenken wegen des Busfahrers. Er will unbedingt *Ó ó óbyggðaferð* singen, was gar nicht gut ist, denn sie konnte das Lied nie ausstehen, und *Öxar við ána* auch nicht. Das sollte jemand die da unten wissen lassen, Björgvin zum Beispiel, er hat eine Stimme wie zehn Windstärken, die würde so weit tragen. Aber da ist die Schule, gelb, die Turnhalle weiß gestrichen.

Ein neues Jahr

Meine Straße heißt Safamýri. Sie ist noch nicht alt und kennt daher nur ganz wenige Wörter. »Weihnachten« kann sie sagen, aber nicht »Weihnachtsbaum«, »Weihnachtsschmuck« erst recht nicht. Meine Mutter summt tief unten in der Erde Weihnachtslieder. Der Busfahrer, ein Drucker, ein Lehrer und ein paar alte Leute stimmen ein. Ich aber nicht. Die, die sich auf der Erde aufhalten, können nicht mit denen Weihnachten feiern, die in ihr liegen. Es ist zu viel Erde zwischen ihnen. Der Dezember kommt mit seinen Weihnachtsmännern. Es sind nicht bloß dreizehn, sondern mindestens drei mal dreizehn, und keiner von ihnen hat eine Stimme wie ein munter perlender Bach. Dann schlägt der 23. Dezember Papa und mich in stiller Wut mit einem hübschen Weihnachtsbaum, wir bluten beide, es piekst jedes Mal, wenn wir ihm mit einer Kugel nahe kommen. In der Nacht halten mich die Finger mit ihrem Geheule wach. Am Tag danach darf ich im Fernsehen die Kinderstunde sehen. Papa und ich tragen beide einen Schlips, müssen ihn aber immer wieder lockern – auf Anweisung von Hals und Schultern. Die Kleider im Schrank fragen nach ihr, die Schuhe fragen nach ihr, und das Sonntagsbesteck wiederholt andauernd ihren Namen. Papas und meine Augen sind schwarz, der Vogel im Backofen schlägt höhnisch mit den Flügeln und pfeift etwas, das wir nicht verstehen. Vaters Hand tastet nach mir, aber der Himmel beißt sie, und sie schwillt an. Da kommt Björgvin in seinem Laster, der im Auspuff eine ganze Ladung heiserer Weihnachtslieder für den Trabant mitbringt. Björgvin hat drei Päckchen für mich, eins ist sehr groß, aber nicht groß genug. Björgvin bringt Schlipse und Besteck zum Schweigen, der Vogel im Ofen kriegt was zu hören, die geschwollene Hand auf meiner Schulter. Die Uhr schlägt sechs, das Radio wird so feierlich, dass Björgvin seine Fliege auszieht und sie dem Radio umbindet. In der Dunkelheit draußen schnappt der Himmel nach allem und jedem.

Silvester stehen Papa und ich nebeneinander und blicken auf das Kreuz, es ist ein Zwerg mit ausgebreiteten Armen. Ihr Name steht unmittelbar über dem Boden. Der Frost beißt in unsere Zehen und Finger. Am Abend tritt Herr Billy Smart mit seinem Zirkus im Fernsehen auf, Raketen fauchen etwas in den Himmel und platzen dann mit einem Knall oder gar mit Donnerschlag, und dann wackeln die Fensterscheiben. Vielleicht reicht der Donner bis zu ihr hinab. Sie liegt mit offenen Augen da und lauscht. Wir stehen auf dem Balkon und blicken zum Himmel auf, es ist bald Mitternacht, unsere Augen sind schwarz. Ich schlafe ein. Ich schlafe und erwache früh am nächsten Morgen. Die Erde ist mit angekohlten Holzstäben übersät. Für die, die auf ihr leben, ist ein neues Jahr angebrochen.

Teil III

11

Woraus bestehen die Bande, die zwei Menschen miteinander verbinden und die aus allgemeiner Ratlosigkeit Liebe genannt wurden? Eine nicht unwichtige Frage, denn zuweilen sieht es so aus, als könne nichts zwei Menschen auseinander bringen, weder der unablässige Zermürbungskrieg des Alltags noch die Sprengkraft des Augenblicks. Und ich spreche von Ratlosigkeit, weil ich den Verdacht habe, dass dieses kleine Wort, Liebe, ein Oberbegriff für so vieles ist, dass nicht einmal dieser ganze Tag ausreiche, um alles aufzuzählen – dabei ist es noch früh am Morgen, Herbst draußen, das Gras welk, die Blätter fallen von den Bäumen, und die Raben sind wieder da, ihre schwarzen Schwingen künden den Winter an. Ich blicke in die Vergangenheit zurück und sehe das dunkle, fast schwarze Haar meines Urgroßvaters grau werden. Ich sehe Urgroßmutter, die sich derart vor ihren eigenen Träumen fürchtet, dass sie eines Nachts aufsteht, die schärfsten Messer einsammelt, mit ihnen das Haus verlässt, wobei sie sich vom matten Schein der Straßenlaternen fern hält, und sie schließlich irgendwo im Meer versenkt. Einige Monate vergehen.
Sie wohnen noch immer in einem Keller.
Wenn auch nicht mehr in jenem Loch mit den feuchten Wänden; die neue Wohnung ist heller und geräumiger. Sie liegt in der Óðinsgata und besteht aus einem Zimmer für

die Kinder und einem weiteren Raum, der alles andere zugleich ist: Küche, Schlafzimmer, Wohnzimmer. Sie haben inzwischen drei Kinder, das jüngste wieder ein Mädchen, das seiner Mutter ähnlich sieht, die gleiche klare Stirn, die dunklen, manchmal düsteren Augen und die hellen Arme. Urgroßvater beginnt wieder zu arbeiten, wenn auch nur halbe Tage. Mehr schafft er kaum. Sein letzter Alkoholexzess hat ihn so mitgenommen, körperlich natürlich, vor allem aber ist er ihm derart aufs Gewissen geschlagen, dass er einfach den halben Tag zu Hause sein muss bei den Kindern, damit er ihre Gesichter beobachten und ihre Atemzüge hören kann. Ein paar Monate nach der Geburt des kleinen Mädchens hat auch Urgroßmutter für vier Stunden täglich ihre Arbeit in der Wasch- und Nähstube wieder aufgenommen. Die Verantwortung, die Urgroßvater dadurch bei der Betreuung der Kinder zufällt, wirkt besser als mehrere Entziehungskuren. Manchmal geht er Gísli besuchen, manchmal kommt der zu ihm. Dann sieht er Urgroßvater dabei zu, wie er der Kleinen die Windeln wechselt, sie in den Schlaf summt oder ihr den Bauch streichelt, wenn sie weint und untröstlich ist. Gemeinsam regen sich die beiden Freunde über eine mögliche Personalunion mit Dänemark auf, über den neuromantischen Einar Benediktsson oder über die Kleingeisterei der Reykjavíker.
»Du bist ein Glückspilz!«, ruft Gísli einmal, als Urgroßvater wieder einmal die Kleine beruhigt hat, die schließlich auf seiner Schulter eingeschlafen ist.
Glücklich? Uropa wälzt das Wort im Mund herum, als wolle er ihm nachschmecken. Ja, wahrscheinlich ist er glücklich, vielleicht zum ersten Mal in seinem Leben, abgesehen von einem Sommer in der Vesturgata, aber das war damals viel-

leicht eher ein Rausch als Glück. Früher einmal hätte man ihm zweimal sagen müssen, dass äußere Ereignislosigkeit für ihn eine glückliche Zeit bedeuten konnte.
»Wein? Weiber?«, fragt Gísli.
Ach, der Sprit ist kein Problem, aber mit den Weibern, das sieht schon anders aus … Denn mittlerweile braucht Urgroßvater eine einigermaßen passable Frau nur noch anzusehen, und schon gerät in seinem Kopf alles Mögliche in Bewegung, selbst wenn er sich noch so dagegen wehrt.
»Ich muss mich schwer zusammenreißen«, sagt er und streichelt dem schlafenden Kind über den Rücken. »Ja, ich muss mich ungeheuer zusammennehmen, um nicht hinzugucken, ja, um ihnen nicht sogar nachzustarren. Du weißt doch, wie ihre Hüften schwingen, der Busen, du kannst dir genau vorstellen, wie es ist, ihn anzufassen, Teufel auch! Manchmal zuckt mir förmlich die Hand vor Verlangen nach Berührung, mag mir auch noch so das Gewissen schlagen. Ich würde viel dafür geben, das los zu sein.«
In der Wasch- und Nähstube wird viel getratscht, und es kommt so weit, dass die anderen Frauen die Geschichten, die über Urgroßvater im Umlauf sind, nicht mehr für sich behalten können. Weibergeschichten. Zuerst sind es bloß ein paar unachtsame Bemerkungen, die abseits vom Thema in einer Unterhaltung fallen. Bemerkungen, die an und für sich harmlos sein können, aber auch brandgefährlich. So tasten sich die Frauen allmählich mit instinktiver Behutsamkeit voran, testen Urgroßmutters Reaktion, die aber so tut, als würde sie nichts begreifen. Sie kommt ihnen kein Stückchen entgegen, sie wartet ab, bis zur rechten Zeit das rechte Wort fällt und sich die Schleusen öffnen. Doch, mit einem kleinen Wörtchen hilft sie schon nach:

»Ach?«, sagt sie ahnungslos, als jemand womöglich andeutet:
»Na, dein Mann lässt ja wohl auch nichts anbrennen.«
»Ach?«
Und dann rollt eine Geschichte nach der anderen vom Stapel.
Alles, von komischen Aufzählungen winziger Details bis zu ausufernden Berichten über abgrundtiefe Sünden und gravierende Fehltritte; Letztere immer in einer haarfein ausbalancierten Mischung aus Offenheit und andeutendem Schweigen. Eigentlich kommt weniges wirklich überraschend. Das eine oder andere hatte sie schon von ihrer Freundin Guðrún gehört, anderes hatte sie sich gedacht, und doch wirkt es ganz anders, nachdem es einmal ausgesprochen ist. Manchmal geht Urgroßmutter von der Arbeit nach Hause und fühlt in ihrem einen Bein Hass und in dem anderen etwas ganz anderes, und dann weiß sie nicht, mit welchem Bein sie auftreten soll.
Eines Tages begegnet sie einer jungen, rothaarigen Frau.
Die Frau kommt ihr mit forschen Schritten entgegen, und Urgroßmutter muss zur Seite ausweichen, damit sie nicht zusammenstoßen. Mit wütendem Gesichtsausdruck starrt die Frau vor sich hin, geht schnell an ihr vorbei und ist im Nu um die nächste Hausecke verschwunden. Urgroßmutter sieht ihr verblüfft nach und geht dann nach Hause. Als sie am Abend aus dem Fenster blickt, meint sie in einer Gasse zwischen den Häusern gegenüber eine Bewegung wahrzunehmen. An den folgenden drei Tagen begegnet sie auf dem Heimweg jedes Mal derselben Frau, und an jedem Abend regt sich etwas zwischen den Häusern, als würde da jemand stehen und sie beobachten. Am Abend des dritten

Tags denkt Urgroßmutter an den Klatsch und die Geschichten aus der Nähstube, sie lauscht auf Urgroßvaters tiefe Atemzüge neben sich im Bett.
Und ist schon auf der Straße.
Erst geht sie, dann läuft sie zu der Gasse zwischen den Häusern hinüber. Die Frau ergreift die Flucht, nein, sie stürzt kopflos in einen halbdunklen Hinterhof, Urgroßmutter hinterdrein, ohne nachzudenken und ohne überhaupt zu wissen, was sie von der anderen will. Als diese plötzlich stehen bleibt und sich umdreht, wird Urgroßmutter unsicher und bleibt ebenfalls stehen. Die beiden schauen sich in die Augen. Wütend. Doch als die Rothaarige beiseite treten will, packt Urgroßmutter sie unwillkürlich an der Schulter. Die Frau versucht sich loszureißen, zischt etwas, schlägt nach Urgroßmutter und zerreißt sich dabei ihr Kleid; eine Brust wird sichtbar. Urgroßmutter taumelt zurück, als hätte sie den Schlag abbekommen. Da stehen die beiden im Abenddämmer. Die andere Frau hebt einen Arm, eine Bewegung, und die zweite Brust ist ebenfalls freigelegt. Ihr Gesicht drückt ebenso Furcht wie Herausforderung aus. Junge Brüste sind es, weiß, üppig vor Jugendlichkeit, und sie beben ein ganz klein wenig, kaum merklich. Das rote Haar fließt über die nackten Schultern. Beide Frauen sind etwa gleich groß.
Am nächsten Tag, nein, es geht bereits auf den Abend zu. Urgroßvater hat die Kinder mit einer Gutenachtgeschichte zum Einschlafen gebracht, legt eine Patience und beugt sich gerade über die Karten, als Urgroßmutter ihn bei den Haaren packt, seinen Kopf nach oben reißt, sich über ihn beugt und ihm in die Unterlippe beißt. So fest, dass es blutet. Dabei greift sie mit der anderen Hand zu und öffnet

ihm die Hose. »Die Kinder«, keucht er noch unter ihren Zähnen.

Hinterher liegen sie auf dem Rücken, hören auf die Schlafgeräusche der Kinder und wie der Sturm in ihrem Blut abklingt. Sie rauchen eine Zigarre zusammen. Dann sagt Urgroßmutter: »Sie ist hübsch, deine rothaarige Freundin.«
Urgroßvater gefriert auf der Stelle, er konzentriert sich ganz auf den Rauch, der von der Zigarre emporkräuselt. Oh, wäre ich nur dieser Rauch, denkt er traurig.
»Ihr Kleid ist zerrissen. Kein großer Schaden, es war ein abgetragener Fummel und hat nicht die Welt gekostet. Billiger Stoff.«
Urgroßvater saugt an der Zigarre, bläst langsam den Rauch aus.
»Ich habe sie berührt, ihre Brüste, meine ich. Sie sind prall vor Leben, groß und stramm. Die Brustwarzen stellen sich bei der kleinsten Berührung auf. Du musst doch ganz wild auf sie sein.«
Urgroßvater hat sich auf die Bettkante gesetzt und sieht seine Frau ungläubig an. »Was, was, was?«, sagt er heiser und kennt keine anderen Wörter mehr. Urgroßmutter nimmt ihm die Zigarre aus der Hand, zieht daran, pustet aus; dann lächelt sie, doch es ist kein angenehmes Lächeln. »Sag mir, mein Liebster, und du hast ja viel Erfahrung in solchen Dingen, sind die Lippen aller Frauen weich oder sind die ihren etwas Besonderes? Was ist zum Beispiel mit denen hier?«, fragt sie und streicht mit dem Zeigefinger über ihre eigenen Lippen. Zorn, kochende Wut steigt in Urgroßvater hoch, fegt das pechschwarze Ungeziefer von schlechtem Gewissen, Furcht und Scham hinweg.

»Was für kranke Gedanken sind nur über dich gekommen, Weib?! Bist du vollkommen übergeschnappt?«
Urgroßmutter lächelt nicht mehr; sie raucht und sieht ihren Mann an, sein grau werdendes Haar, die hohe Stirn, die grauen Augen, den sensiblen Mund. Ein Leben ohne Liebe, denkt sie, das ist schlimmer als der Tod. Viel, viel schlimmer.
»Es wäre schön, solche Brüste zu haben wie sie«, sagt Urgroßmutter. »Sie sind viel größer, als meine seinerzeit waren, erinnerst du dich noch, so lange ist es ja noch nicht her.«
Urgroßvater starrt sie an, sein Zorn ist verflogen. Wie ein Löwe war er aufgesprungen, jetzt sinkt er nieder wie ein Schaf. Er schluckt.
»Sie hat gesagt, ich wäre alt und verbraucht, dabei sind wir kaum zehn Jahre auseinander. Findest du, dass ich alt und verbraucht bin? Wie alt ist sie? Zwanzig? Ich soll dir übrigens ausrichten, dass sie auf dich wartet. Und ich soll dir von allem erzählen, von ihren Brüsten, ihren weichen Lippen, den heißen Umarmungen. Ja, hiermit tue ich es, und ich soll dir noch sagen: Sie erwartet dich. Es ist alles für dich, hat sie gesagt. Aber ich habe sie gefragt: Was wird dann? Leidenschaft in jeder Umarmung, Küsse, als wenn jeder der letzte wäre? Sie hat geantwortet, euer Leben wäre ein einziger glühender Augenblick. Das sagt sich leicht, aber so lebt man nicht. Wirst du gehen oder bleiben? Ich werfe dich nicht raus, du kannst bei mir bleiben, ich will dich. Ich muss verrückt sein, das zu sagen, wenn ich nicht wüsste, dass es umgekehrt ist: Du wirst wieder zusammenbrechen und wochenlang verschwinden oder einen ganzen Monat. Du hast es so schwer mit dir selbst, dir fehlt das

Durchhaltevermögen. In einem kurzen Krieg wärst du ein Held, in einem langen ein Deserteur. Aber diese Frau – nein, sag den Namen nicht! Auf keinen Fall – sie ist wahrscheinlich wie du: Ihre Stärke ist ihre größte Schwäche. Sie will eine Woche auf dich warten, genau eine Woche, und kommst du dann nicht, wird sie sagen, sie werde ins Wasser gehen. Eine lausige Woche – nicht gerade viel Ausdauer. Aber du kennst das Meer, es ist dieses Große, Bewegte, vor dem du solche Angst hast. Würde mich wundern, wenn sie ihr Wort halten würde. Geh, wenn du willst! Sofort oder in einer Woche. Geh, und lass sie noch etwas weiterleben, aber wenn du gehst, dann verlierst du mich und die Kinder. Für immer, denn ich lasse dich nicht zurückkommen, in meinen Augen wirst du tot sein. Bleibst du, geht sie vielleicht ins Wasser. Eine schwierige Wahl?«

Die Drohung, dann vergeht der Herbst

Urgroßvater geht nicht. Es ist der Herbst 1914, und draußen, jenseits der endlosen See, explodiert die Welt. Erster Weltkrieg. Granaten und Gewehrschüsse erfüllen die Luft, abgesoffene Schützengräben in Flandern, kein Grashalm, nur Modder und Morast, Tote liegen wie frisch gefällte junge Bäume übereinander, und ein Soldat schreibt nach Hause: »Mein größtes Glück wäre ein heißer Tee und trockene Socken. Das ist wichtiger als Gott.« In Reykjavík aber, diesem großen Dorf weit draußen im Atlantik, geht das Meiste seinen gewohnten Gang. Ein Kleid zerreißt in einem schummrigen Hinterhof, und zwei Frauen sehen sich in die Augen. Eine Woche später, es ist früh am Morgen, steht Urgroßmutter auf und heizt den Ofen an, kocht Kaffee und findet auf dem Fußboden unter dem offenen Fenster einen Brief. Ihr Name auf den Umschlag gekritzelt, kein Absender. Sie öffnet ihn, zieht ein schief zusammengefaltetes Blatt Papier heraus. Darauf wenige Worte, in Hast oder Zorn hingeworfen: »Wenn du das liest, bin ich tot. Hast du geglaubt, ich würde nur leere Worte machen? Allerdings bin ich nicht ins Wasser gegangen, da hätte man mich womöglich nie gefunden. Stattdessen habe ich mich aufgehängt, und ich werde mein Versprechen nicht brechen. Kommt nicht in Frage. Ich werde dich und deine Kinder heimsuchen. Besonders die Kinder. In so mancher Nacht werde ich ihnen erscheinen, mit blauer Zunge und Augen, die aus den Höhlen treten wollen. Wir sehen uns!« Urgroßmutter wirft den Brief ins Feuer, macht für sich und Urgroßvater Kaffee. Dann vergeht der Herbst.

12

Es wird Mittag an diesem kalten Oktobertag des Jahres 2002, und als ich den Hauseingang von Nummer 54 betrete, fällt mir sofort auf, dass die Tafel mit den Namen der Mieter noch immer genau an derselben Stelle hängt wie vor dreißig Jahren. Ich habe vorher lange darüber nachgedacht. Wie es sein wird, zurückzukehren. Heim nach Safamýri, wo ich aufgewachsen bin, wo meine Erinnerungen wachsen wie ein verwunschener Wald, schwarz, grün und braun. Ich atme den Geruch ein, schaue durch das Glas der inneren Tür ins Treppenhaus, werfe einen Blick zur Seite und lese die Namen auf der Anschlagtafel, säuberlich ausgedruckt, wahrscheinlich Times Roman, 14 Punkt. Alles ist akkurat, der Zeilenabstand perfekt, und doch stimmt etwas nicht: Keiner der Namen passt zu diesem Block. Diese Menschen gehören hier nicht her. Die Tafel ist mit zwei Schrauben befestigt, und es dauert eine Weile, ehe ich sie von der Wand montiert habe. Ich gerate ganz schön ins Schwitzen, ehe die Schrauben nachgeben. Ich gehe nach draußen zum Mülltonnenkeller, acht kleine Stufen, dort werfe ich die Tafel in eine Tonne. Die Tür zu den Kellern befindet sich gleich daneben. Ich drücke optimistisch die Klinke, doch die Tür öffnet sich und ich trete ein. Vor unserem Keller bleibe ich stehen, drehe den Türgriff, aber die Tür ist abgeschlossen. Langsam steige ich die Stufen zum Treppenhaus hinauf. Vieles geht mir durch den Kopf, und ich stehe lange vor der Tür zur Wohnung im Erdgeschoss links. Hinter ihr liegt meine Frühzeit. Was mache ich jetzt? So weit habe ich nie nachgedacht. Sollte ich etwas Bestimmtes tun? Etwas, das alle tun oder an meiner Stelle tun würden? Ich klopfe. Ich warte, aber nichts passiert. Klopfe noch einmal. Musik dringt aus der Wohnung gegenüber. Radio bestimmt. Die Zeit ist fleißig damit beschäftigt, das Meiste zu verändern, nichts scheint sie in Frieden lassen zu können, und doch übersieht sie die eine oder andere Kleinigkeit. Die Abdeckleiste über dem Türschloss zum Beispiel. Sie lässt sich noch immer so leicht abnehmen wie vor dreißig Jahren, ganz unverändert, kein Problem, sie ein Stück vom Rahmen wegzustemmen, das Schnappschloss mit einem Kuli einzudrücken, und schon öffnet sich die Tür. Jawohl, die Tür zur Vergangenheit geht auf, und ich trete ein in das Heim meiner Kindheit.

Drinnen ist alles, wie es sein sollte, und doch anders. Die Wände sind die gleichen, da, die Fenster, das gleiche matte Winterlicht fällt herein, auch das Bad ist an Ort und Stelle, aber das rote Sofa ist weg, ebenso der graue Küchentisch. Jemand hat den Herd entfernt, der zwei ungleiche Frauen auf geheimnisvolle und manchmal beängstigende Weise miteinander verband. Ich kenne keinen zweiten Herd, der so viele alte, eklige oder missglückte Gerichte fabriziert hätte. Die eine der beiden Frauen vergaß manchmal, das Essen in den Topf zu füllen – und sogar das Wasser. Er brannte innen schwarz an und musste ersetzt werden. Oder sie vergaß, das Essen wieder herauszunehmen, legte einen frischen Schellfisch in den Topf und zog nach Tagen eine weiß verschimmelte Masse daraus hervor. Sie fluchte dabei so aus tiefstem Herzen, dass Schimpfworte seitdem in mei-

nem Gedächtnis wie Feuerwerksraketen sprühen und funkeln. Der anderen Frau konnte es einfallen, im Fischladen einen Dorschkopf zu erstehen, ihn in den Topf zu werfen und so lange zu kochen, bis sich schließlich, wenn sie die Schöpfkelle in den Topf tunkte, der glänzende Fischkopf mit diesen einfältigen Fragen in seinen dummen Augen in eine sämige Grütze verwandelt hatte, die Vater und ich uns auf ihr Geheiß schmecken lassen sollten. Wir taten es.
Ich gehe ins Wohnzimmer und lasse mich auf einen mir unbekannten Sessel fallen. Ich sehe mich um. Viel zu viel ist verändert worden. Die Wände sind nicht mehr weiß, sondern in einem grünlichen Ton gestrichen, und sogar der Teppichboden ist verschwunden. Der Teppichboden, der meine Schritte enthielt, die Schritte von Stiefmutter und Vater, die meiner Mutter, der Teppichboden, der jeden meiner Spielzeugsoldaten mit Namen kannte. Jemand hat ihn herausgerissen und stattdessen Parkett verlegt. Ich gehe in die Küche zurück, öffne sämtliche Schränke, finde kein Graubrot und keinen Trockenfisch, dafür liegt ein Apfel in einer Schale auf dem Tisch. Den nehme ich, gehe damit in die Abstellkammer, schließe mich ein und esse ihn. Die Dunkelheit ist so dicht, dass ich weder meine Hand noch den leuchtend roten Apfel erkennen kann. Jetzt kann ich so tun, als wäre ich zu Hause. Ich hocke in einer stockdunklen Besenkammer, futtere einen Apfel und suche eine Bezeichnung für mich. Ich gehe noch einmal ins Wohnzimmer, finde unter zweiundzwanzig Büchern im Regal ein Lexikon, blättere darin, lege den Finger auf Seite 457 und lese:

Einbruch, der: Bei jemandem einbrechen (um etw. zu stehlen). Einbruchdiebstahl, Einbrecher

Ich klappe das Lexikon zu, stelle es an seinen Platz zwischen den Gedichtsammlungen von Tómas Guðmundsson und *Zeitgenössische Autoren* zurück und schaue mich noch einmal um. Es gibt kaum etwas, das meine Neugier wecken würde. Im Schrank stehen drei Flaschen: Cognac *Frapin*, *Absolut*-Wodka und *Ballantine's* Whisky. Ich übersehe geflissentlich die teuren Whiskytumbler aus Kristallglas und gieße mir Ballantine's in ein Milchglas aus dem Küchenschrank, mache es halb voll, knie mich vor das Regal mit den CDs und finde *A Hard Days Night* von den Beatles. Ich schalte den Verstärker ein, lege die CD ein. Lange suche ich nach einem Blatt Papier, öffne eine Unzahl von Schubladen, viel zu viele, finde endlich einen Notizblock und setze mich damit an den Sofatisch. Ich gucke mir das Booklet von *A Hard Days Night* an, genehmige mir einen Schluck. Es gibt kaum etwas Besseres, als sich schon so früh am Tag einen anzusäuseln. Ich hole den Kugelschreiber heraus, und ein kühler Himmel sieht mir zu, wie ich mir Mühe gebe, deutlich zu schreiben, während ich nebenbei so nach und nach das Glas leere.

»Wer in seine Vergangenheit einbricht, wird zum Einbrecher (siehe Lexikon, S. 457). Ich habe die Türabdeckung aufgestemmt und bin so hereingekommen – ihr solltet sie mal anständig festschrauben. Wieso auch nicht? Ihr habt ja sowieso alles umgemodelt. Oder wart ihr das nicht, die den Teppichboden rausgerissen haben? Dabei war eine lange Geschichte in ihn eingeschrieben, mindestens drei Bände, und ihr schmeißt so was auf den Müll! Habt ihr Schritte im Wohnzimmer gehört, ohne dass jemand im Raum gewesen wäre? Es tut mir Leid, den alten Herd nicht wiedergesehen zu haben. Ich hätte euch Geschichten erzählen können, die mit ihm zu tun haben. Ich habe, mit anderen Worten, einmal hier gewohnt und bin auf der Suche nach meinem Zuhause hier eingedrungen, habe aber nur einen Apfel, Whisky und eine CD gefunden. ›Zuhause‹ – warum setzt man im Lexikon nicht davor: veraltet, nicht länger gebräuchliches Wort. Ich weiß nicht, wie und weshalb wichtige Wörter ihre Bedeutung verlieren, aber wenn ich nach Zuhause zurückkehre, werde ich laut Wörterbuch zu einem Einbrecher. Mir fällt gerade ein, dass die Wörter ›Zuhause‹ und ›Heimweh‹ vor allem ein tiefsitzendes Verlangen nach den Menschen ausdrücken, mit denen wir uns verbunden fühlen. Zu denen zu kommen, zu denen du gehörst, zu denen du gehören willst, denen du verbunden bist oder mit denen du glaubst, verbunden zu sein. Bei diesen Menschen zu sein. Stimmt diese Interpretation? Keine Ahnung, aber wie es aussieht, ist ›Zuhause‹ zugleich das dunkelste und das hellste Wort der Sprache. Wir sollten es daher mit Vorsicht gebrauchen.

PS Ich habe nur einen Apfel geklaut (das Gehäuse liegt im Mülleimer) und außerdem die CD *A Hard Days Night*, vor allem wegen der Stücke *If I fell, And I love her* und *Things we said today*. Außerdem habe ich Whisky aus dem Glas getrunken, mit dem ich diesen Zettel beschwere. Ihr wisst bestimmt, dass es sehr viel besseren Whisky gibt.«

13

Meine Spielzeugsoldaten kennen den Namen meiner Mutter ebenso gut wie ihre Gewehre; manchmal sprechen sie ihn mir abends vor, spätabends, wenn die Dunkelheit lastet und die schwarze Magie des Schlafs an mir zieht. Ich träume viel, manche Träume sind merkwürdig, ich weiß nicht, woher sie kommen. Auf jeden Fall sind sie so groß, dass ich nicht weiß, wie sie überhaupt in meinen Kopf passen. Auch die Soldaten träumen, aber es sind kleine Träume, die ihren Köpfen nicht bedrohlich werden. Spielzeugsoldaten interessieren sich für Schulbücher. Wenn ich nach Hause komme, muss ich ihnen alles erzählen, was ich an dem Tag in der Schule gelernt habe. Aber freitags, wenn ich mit einem Kopf nach Hause komme, in dem es von Mengenlehre, der Einwohnerzahl Dänemarks und der Kohleförderung in der Tschechoslowakei brummt, schmeiße ich den Tornister aufs Bett, schüttele nur den Kopf auf die Fragen der Soldaten, gehe ins Wohnzimmer, setze mich mit einem Buch in einen der roten Sessel und tue so, als würde ich lesen, während Stiefmutter Staub wischt. Sobald sie in die Nähe des Fotos meiner Mutter kommt, fängt mein Herz wie rasend an zu schlagen, und die Spielzeugsoldaten in meinem Zimmer sehen sich beunruhigt an. Stiefmutter nimmt das Bild, ich sehe, wie das lächelnde Gesicht hochgehoben wird, Stiefmutter wischt über das Regal und stellt das Bild wieder ab.

Darauf warte ich die ganze Woche. Ich denke daran, während ich den Hang hinab am Kindergarten vorbei zur Schule gehe, ich denke daran, während ich im Bastelunterricht mit der Laubsäge arbeite und uns der Kunstlehrer erzählt, wie wir uns zu benehmen haben, damit einmal richtige Männer aus uns werden. Ich denke daran, wenn Sigríður, unsere Klassenlehrerin, auf der Wandkarte auf Island zeigt und erklärt: »Das ist Snæfellsnes und da liegen die Westfjorde.« Dabei schaue ich nicht auf die Landkarte, sondern auf ihre schmale Hand und denke dabei an eine andere Hand, denke an das Foto einer Frau. Immerhin denke ich nicht immer und ewig daran. Beim Sport, zum Beispiel, vergesse ich es öfter. Unser Sportlehrer heißt Siggi Dags und ist Torhüter bei *Valur* – man wird schon größer, wenn man ihn nur ansieht. Und ich vergesse es auch, wenn wir auf dem geteerten Hof mit den Handballtoren Fußball spielen. Dann ist es, als wüsste man gerade gar nicht, ob sie tot oder lebendig ist, ob es einem gut oder schlecht geht. Es ist merkwürdig, und hinterher fühle ich ein seltsames Ziehen in mir, in der Brust und im Kopf. Deswegen bin ich in den Schulstunden danach ganz außer mir, höre nichts und achte nicht auf Sigríðurs Fragen, die sagt, ich sei »ungezogen«, und ich werde mit einem Tadel des Rektors nach Hause geschickt.

Papa macht ein so schwerwiegendes Gesicht, dass ich unwillkürlich an Zementsäcke denken muss. Doch als die Stiefmutter einwirft, nur Streber würden sich immer tadellos benehmen, kommt Vater ganz durcheinander und erinnert nicht mehr an Zementsäcke. Sie hebt die linke Hand und streicht sich damit durchs Haar. Es ist schwarz wie eine Rabenschwinge.

Der erste Herbst

Dunkelheit sickert zwischen den Sternen hervor, und ehe man sich's versieht, sind die Tage kurz wie Husten. Drei Namen stehen auf unserem Briefkasten, der vierte steht tief über der Erde auf einem Kreuz. Da gibt es keinen Briefkasten und keine Klingel. Stiefmutters Name wirkt gravierender als der von uns beiden zusammen, wahrscheinlich weil sie aus einem Fjord jenseits der nördlichsten Heide kommt, der Winter dort länger und strenger ist als in meinem Block und der Sommer kurz und unbedeutend. Ich stelle mir vor, Stiefmutter ist dort im Norden eines Abends schlafen gegangen und am nächsten Morgen neben Vater aufgewacht. Da hielt ich mich gerade im Wohnzimmer auf, die britische Armee kämpfte gegen die zusammengeschmolzenen Reste der Deutschen, die das Schweigen der Frau zu Partisanen werden ließ. Abends an den Wachfeuern reden sie über sie. Ich weiß nicht, wie es da oben im Norden aussieht, außer dass dort sicher auch das Meer liegt mit überflüssig vielen Seehunden. Stiefmutter will einmal in der Woche Seehund essen. Seehund schmeckt noch scheußlicher als Hafergrütze, der Hals zieht sich schon zusammen, wenn nur das Wort Seehundfleisch auf den Tisch kommt. Aber der Herbst kommt nicht nur mit der Schule unter dem einen Arm angeschlappt und mit einem sternengewölbten Himmel wie eine aufgegangene, schwarze Blume in der anderen Hand, nein, der Herbst schiebt auch einen riesigen Speditionslaster auf unseren Parkplatz, aus dem ein Mann in Jeans und kariertem Hemd klettert. Der Truck ist um etliches größer als Björgvins Laster, und das Hemd des Fahrers steht weit offen, kohlschwarzes Haar quillt heraus wie zerklüf-

tete Lava. Die Ärmel hat er bis weit über die Ellbogen aufgekrempelt, obwohl es ein kühler Herbsttag ist. Tryggvi schaudert es in seinem Anorak. Gunnhildur taucht auf, sie trägt einen Schal und führt den Himmel an der Leine spazieren wie ein folgsames Hündchen. Der Fahrer stopft sich Kautabak in den Mund und grinst aus einer roten Mundhöhle. Stiefmutter kommt herunter, sie bleibt im Hauseingang stehen, nachdem sie die Innentür weit aufgemacht und mit dem Haken festgestellt hat. Der Fahrer öffnet hinten die riesengroßen Ladetüren, streckt zwei behaarte Arme hinein, die ein wenig an schlanke, aber trainierte Hunde erinnern, und geht dann mit einem schwarzen Sack auf Stiefmutter zu. Sie sagt: »Halt mal die Tür auf! Nicht du«, sagt sie rasch, als der Fahrer die Haustür packt. Er lässt sie los, als hätte sie ihn gebissen, und ich stelle den Fuß vor. Der Fahrer geht zum Wagen zurück, zwei schlanke, durchtrainierte Hunde springen hinein, dann rückt er sich eine große, hölzerne Tonne auf der Schulter zurecht, setzt sie keuchend vor mir ab, zwinkert mir zu und flüstert: »Die ist nicht aus leichtem Holz geschnitzt.« Dabei nickt er in Stiefmutters Richtung, die mit leeren Händen wieder die Treppen herabkommt.
Der Fahrer: »Soll ich sie dir nicht rauftragen. Die zieht ganz schön runter!«
Ich betrachte die Tonne, die mir fast bis zum Kinn reicht.
Stiefmutter: »Du hast geliefert, und deine Arbeit ist erledigt.« Damit bückt sie sich und hebt die Tonne, als wäre sie nichts, marschiert mit ihr die Treppen hinauf, verschwindet in der Wohnung und wirft die Tür zu. Der Fahrer geht wankend zum Wagen zurück, räuspert sich und rotzt einen großen, rötlichen Fleck auf den Boden. Der Truck setzt vor-

sichtig rückwärts vom Parkplatz. Ich kann ihn noch lange hören, dann verschmilzt sein Motorengeräusch mit dem allgemeinen Verkehrslärm auf der Miklabraut. Es wird Abend, ich gehe rein, der Parkplatz ist leer, nichts außer ein paar dösenden Autos und dem roten Fleck des Truckers.

Seehundflossen

Die Tonne ist voller Seehundfleisch, der Sack voller Flossen. Stiefmutter hat die Tonne auf den Balkon verfrachtet. »Da kann sie stehen, solange sich der Frost hält«, sagt sie zu Vater, als der von der Arbeit nach Hause kommt. Schönes Wort: Seehundflossen. Ich trage es wie eine leuchtende Auszeichnung vor den anderen Kindern her. »Es sind die Hände von Seehunden«, erkläre ich huldvoll. Stiefmutter kocht das Seehundfleisch im großen Topf. »Lieber würde ich meinen linken Arm verlieren, als Seehundfleisch zu essen«, sagt der britische Oberst, nachdem ich meinen Spielzeugsoldaten den Geschmack erläutert habe. Die Flossen müssen Papa und ich nicht essen. Das ist der Grund, weshalb das Wort nicht seinen Glanz verliert. Samstagabends aber, wenn Stiefmutter den Abwasch erledigt und den Tisch abgewischt hat, nachdem sie im Waschkeller die Maschine angeworfen hat, wenn Vater in einem roten Sessel sitzt und fernsieht und wenn sich die Dunkelheit auf Reykjavík herabsenkt, dann setzt sich Stiefmutter an den Küchentisch und nagt an den Seehundflossen. Irgendetwas geht dann mit ihr vor, ihr hartes Gesicht überzieht sich mit der Weichheit von Moos. Es ist faszinierend. Ich ziehe mich aus den heißesten Schlachten zurück, um das zu beobachten. Mit drei Kugeln im Körper erhebe ich mich vom Schlachtfeld, Blut rötet den Teppichboden, aber die Wunden schließen sich auf dem Weg in die Küche, die Gewehrkugeln verschwinden, und ich bin wieder vollkommen heil, wenn ich mich Stiefmutter gegenüber hinhocke. Anfangs sehe ich ihr nur zu. So vergehen drei Samstagabende. Wir beide sitzen in der Küche, Papa vor dem Fernseher im Wohnzimmer. Er guckt »Mini-Max oder die unglaublichen Abenteuer des Maxwell Smart«. Drei Samstagabende vergehen, ehe ich auf die Idee komme, etwas zu erzählen, das eine oder andere zu erklären, solange sie diesen milden Gesichtsausdruck hat. Anfangs bin ich noch ein wenig zögerlich. Ich muss nämlich aufpassen. Denn wenn ich ohne nachzudenken draufloserzähle, verschließt sich ihr Gesicht wieder und sie sagt: »Was für ein dummes Kindergeschnatter!« Ich muss erst nachdenken, bevor ich den Mund aufmache. Ich übe tagsüber in meinem Zimmer, und die Partisanen hören mich ab. Oft geraten sie in große Gefahr, Kugeln sirren ihnen um die Ohren, und der Mond glänzt über ihnen wie das Rohr einer Kanone. Dann müssen sie vieles in wenige Worte fassen. Vieles, von dem die Stiefmutter keine Ahnung hat. Manchmal könnte man meinen, sie sei erst in dem Moment geboren, in dem sie aus Vaters Schlafzimmer kam und zwei ganze Armeen mit ihrem Schweigen und ihrer Leichenbittermiene in Lähmung erstarren ließ. Dabei hat sie lange genug »oben im Norden« gelebt und einiges erlebt. Björgvin hat mir erzählt, dass sie mit zehn ihren ersten Seehund umbrachte und mit zwölf einen Eisbären tötete. Sie schlug ihm mit einem Zaunpfahl den Schädel ein. Eisbären sollen ganz schön groß sein. Sie passen kaum bei uns durch die Küchentür und schon gar nicht in die Badewanne, sagt Björgvin. Aber was hilft es einem, einen Eisbären erschlagen zu haben, wenn man nicht einmal weiß, dass es Söbekk gibt oder dass sein Haar kurz und dunkel ist und in sämtliche Richtungen absteht wie eine Sammlung saftiger Flüche? Nein, Stiefmutter ahnte nicht einmal die Existenz von Bäcker Böðvar, hatte nie die Musik gehört, die er nachts spielte, wenn er buk, manchmal so laut, dass die Leute in der Nachbarschaft davon aufwachten und sich beschwerten. Nie hatte sie von seinen Augen gehört, rot vor Schlaflosigkeit und so traurigen Gedanken, dass die Damen im Stoffgeschäft *Vogue* darüber in Tränen ausbrachen. Sie hatte nie die Schere über dem Eingang von *Vogue* beachtet, die schneidet und schneidet, und noch weniger wusste sie von dem Schiff auf dem First des Hauses, in dem Skúlis Vater arbeitet. »Du solltest mal hingehen«, sage ich über den Küchentisch. Ein Samstagabend nach dem anderen kommt und geht, und Stiefmutter lernt eine Menge. Die Wochen gehen tief in den Herbst hinein, es wird immer dunkler um uns. Ich erzähle Stiefmutter von Anna aus der Kellerwohnung. Sie hat mir zweimal Kaffee gegeben. Es ist schön bei ihr, sie ist von etwas Geheimnisvollem umgeben. Die anderen Frauen im Treppenhaus behandeln sie wie Luft. Anna hat keinen Mann, sie wohnt mit ihrem dreijährigen Kind allein. Ich erzähle Stiefmutter von dem Riesen, der gegenüber von dem alten Mann im dritten Stock wohnt. Manchmal schnappt er mich an den Ohrläppchen und zieht mich daran so hoch, dass ich gerade noch mit den Zehenspitzen den Boden berühre. Es tut weh, aber der Riese lacht und meint, das härte mich nur ab. Seine Tochter heißt Agnes und ist genauso alt wie ich. Einmal fasste sie die Fernsehantenne an, und das, was man Elektrizität nennt, versetzte ihr einen Schlag. Ich warne Stiefmutter vor Antennen. Ich erzähle ihr vom Block, von unserem gesamten Block, der von allen der Bedeutendste ist. Die anderen drei wurden nur ihm zu Ehren errichtet. Die Samstagabende kommen und gehen, die Welt rutscht immer tiefer in die dunklen Tage hinein, die Sterne funkeln am Himmel, der Mond wird größer, und Stiefmutter und ich sitzen in der Küche. Sie knabbert an Seehundflossen, ich versuche ihr die Welt zu erklären, Papa hängt im Wohnzimmer vor dem Fernseher und lacht sich über Mini-Max kaputt. Papa liebt das Fernsehen, er war der Erste im gesamten Block, der sich einen Apparat angeschafft hat. Das war, bevor Stiefmutter auftauchte. Traumhafte Zeiten. Jeden Abend füllte sich unser Wohnzimmer mit Menschen, selbst der Griesgram war nicht im mindesten schlecht gelaunt, nur einmal, als der Riese vor ihm stand und er nichts sehen konnte. Papa saß in seinem Sessel, und alle Welt bildete einen Halbkreis hinter ihm. Stiefmutter mag das Fernsehen nicht. Niemand in ihrem Fjord besitzt so einen Kasten, nicht einmal ihr Nachbar, dem sie ansonsten den Besitz von allem möglichen überflüssigen Krempel zuzutrauen scheint.

.

Berge und Baldursgata

Eines schönen Herbsttages, als die Sonne ganz allein an einem blauen Himmel steht und die Herbstfarben so in einen eindringen, dass dabei etwas Wichtiges mit einem vorgeht, steigen wir, das heißt Vater, ich und Stiefmutter, in den Trabant und fahren los. Die Miklabraut hinab, an den potthässlichen Gebäuden von Skeifan vorbei und anscheinend Richtung Breiðholt, da schließe ich die Augen. Als ich sie wieder öffne, sind wir bereits aus Reykjavík heraus und fahren noch weiter. Ich bin schon total erstaunt, wie groß dieses Island ist, als Stiefmutter sagt: »Bieg mal hier ab!«, und der Trabbi gehorcht. Wir fahren weiter, bis Stiefmutter sagt: »Hier halten wir an«, und das tun wir. Klettern aus dem Auto und setzen uns auf die Wiese. Es ist so still, dass einem schwindlig davon wird. Stiefmutter hat ein Picknick vorbereitet, Brot mit Leberwurst. Sie trinken Kaffee, mir reicht sie eine volle Flasche Milch, und ich muss Papa etwas für seinen Kaffee abgeben. Stiefmutter will keine Milch in den Kaffee, sie trinkt ihn so heiß, dass der Teufel unter meinem Po Hallo sagt. Ich suche mir einen anderen Platz. Um uns herum stehen Berge, mindestens sieben. Die Stiefmutter sitzt auf einem Grashöcker und atmet. Sie wollte raus in die Natur, um wieder einmal Luft zu bekommen. Unterwegs habe ich leise gehofft, sie werde abkratzen, und Papa und ich müssten noch einmal in die Kirche und das Wort Leichenschmaus besuchen. Aber jetzt hockt sie da und atmet. Vater legt sich ins Gras und nickt ein. Er ist bestimmt froh, dass Stiefmutter am Leben geblieben ist, sonst hätte ihn jemand morgens vom Dach des Blocks gestürzt. Es ist das einzige Mal, dass Stiefmutter raus in die freie Natur muss, um zu atmen. Als wir uns das nächste Mal in den Trabant klemmen, fahren wir durch die Straßen von Reykjavík. Sie grüßen mich und sagen »Danke für letztes Mal«. Der Trabbi biegt in die Baldursgata ein und hält vor Urgroßmutters Haus. Sie liegt im Bett und denkt an alles, was vergangen ist. Die Erinnerungen streifen wie Rabenschwingen die Scheiben, sie wachsen wie Butterblumen auf dem Dach. Stiefmutter kocht Kaffee, Papa unterhält sich mit Uroma, sie sagen »Ja, ja«. Ich sitze auf einem uralten Stuhl. Uroma richtet sich auf, klettert mühsam aus dem Bett und kramt dann in einem dunklen Schrank. Mit einem Hut in den Händen kommt sie zu mir, ihr Kopf ist wie eine graue Kartoffel. »Dieser Hut gehörte deinem Urgroßvater«, sagt sie und setzt ihn mir auf. Der Hut rutscht mir über die Augen, und ich verschwinde in Dunkel.

14

Ein kaltes Frösteln, anschließend drei Tage lang 39 Grad Fieber mit trockenem Husten und leichtem Kopfschmerz, dann ist es überstanden. Schlimmere Auswirkungen hatte die Spanische Grippe nicht auf Urgroßvater. Das war im Winter 1918. In der Ferne, wo die Welt aus dem Meer steigt, tobt noch immer Krieg, trockene Socken wären das größte Glück des einfachen Soldaten – abgesehen davon, zu überleben.

Drei Jahre zuvor, als Visionen, Gesellschaftsordnungen und die Bedeutungen der Worte draußen in Europa ins Wanken gerieten, hatte das isländische Parlament dem Land die Prohibition verordnet. Überall werden Feiern abgehalten, Hoch und Niedrig sind im Siegestaumel geeint, und der fähigste Prediger des Landes, Pfarrer Haraldur Nielsson, spricht von einem triumphalen Erfolg über eine der Ausgeburten des Teufels. Urgroßvater hört sich die Rede an einem milden Januartag an, überall ist geflaggt. Dann geht er nach Þingholt hinauf, noch immer wohnen sie in der Kellerwohnung in der Óðinsgata. Urgroßvater betrachtet das Alkoholverbot als einen persönlichen Gefallen, »Einer der bedeutendsten Tage in der Geschichte unserer Nation« titelt die Zeitung, die aus seiner Manteltasche ragt.

»Ich bin gerettet«, sagt er zu Urgroßmutter und zitiert ihr aus dem Gedächtnis Haralds flammende Predigt. Da bricht es aus ihr heraus: »Kein bisschen bist du gerettet, kein Gesetz kann so jemanden wie dich retten. Draußen in Europa versinkt die Welt in Schutt und Asche, und ihr tut so, als würde das Verbot von Alkohol das Böse ausrotten! Willst du nicht den armen Jungen draußen an der Front von deiner Prohibition schreiben? Dann tut es vielleicht nicht so weh, einen Arm zu verlieren oder zu sehen, wie der eigene Kamerad in Stücke geschossen wird.«

Große Landkarten sind in der Óðinsgata an den Wänden aufgehängt, und die Urgroßeltern verfolgen den Verlauf des Krieges so genau, wie es hier, so weit von allen Ereignissen entfernt, nur möglich ist. Bunte Nadeln stecken die Fronten ab, sie ist für die Deutschen, er für die Alliierten, beide haben Sympathien für die Russen.

Die Welt steht in Flammen, doch in ihrem Leben sind es die ruhigen Jahre.

»So muss das Leben sein«, sagt Urgroßvater, »man geht spazieren, sieht zu, wie die aufziehende Dämmerung den Himmel färbt, und zu Hause warten Frau und drei Kinder. Wer mehr vom Leben will, ist ein bedauerlicher Tropf, arm im Herzen.«

Urgroßvater besucht Gísli, um mit ihm eine Zigarre zu rauchen, sie sitzen in seiner Bibliothek. »Arm im Herzen«, wiederholt Urgroßvater. »Im Gras zu liegen und den Bekassinen zuzuhören, auf die Fragen deines Sohnes zu antworten, langsam deine Frau auszuziehen – ist das nicht wichtiger für dein innerstes Wesen als eine angesehene Position in der Gesellschaft?«

Eines Abends folgt Gísli dem Rat seines Freundes, lässt die Buchhaltung Buchhaltung sein und unternimmt einen Spaziergang, um die Sterne zu betrachten.

»Ich bin zu ehrgeizig«, sagt er ein paar Abende später entschuldigend zu Urgroßvater. »Der Sternenhimmel ist wirklich schön, aber ich habe trotzdem schnell kalte Füße gekriegt und einen steifen Hals vom ewigen Nach-oben-Gucken; bei all dem hatte ich vor allem den Einfall, ob sich mit dem Import von gefütterten Schuhen nicht ein hübsches Sümmchen verdienen ließe. Mit dieser Idee im Kopf lief ich nach Hause. Du musst entschuldigen, alter Freund, aber so bin ich nun einmal gestrickt. Hier, genehmige dir einen Cognac, und lass uns auf deine Sicht des Lebens anstoßen. Es ist die Sicht eines Taugenichts, und sie ist eindeutig schöner und humaner als die des Geldmachers. Also genehmige dir einen! Das bringt dich nicht um.«

»Nein, wohl kaum«, sagt Urgroßvater und grinst, nimmt einen doppelten, trinkt den geschmuggelten Alkohol und ist mit sich zufrieden, mit seinem Leben, seiner Abgeklärtheit. Die beiden machen sich über den Cognac her, doch sobald der Alkohol Urgroßvaters Blut verdünnt, ändert sich die Welt um ihn herum. Die Selbstsicherheit des Siegers erfüllt ihn, eine Kraft, Bäume auszureißen, und der glühende Wille, Türme zu errichten und von dort seinen Namen in die Welt hinauszuschreien. Erschrocken stellt er das Glas weg.

Das sind die ruhigen Jahre. Ohne Alkohol, abgesehen von diesem einen Ausrutscher mit dem Cognac. Urgroßvater handelt mit Immobilien und Wäschemangeln, nur so viel, dass es für das Auskommen reicht und sie sich ein paar Bücher leisten können und den einen oder anderen Theater- und Konzertbesuch. Er legt Wert darauf, nicht zu Reichtum zu kommen. Urgroßmutter arbeitet noch immer halbtags. Die ruhigen Jahre.

Tausend Tage gehen durch sie hindurch, unsichtbare Tage, die den Duft von Erinnerungen zurücklassen. Sie kaufen die Kellerwohnung in der Óðinsgata, haben nie so lange an einem Ort gewohnt, und Urgroßvater spricht manchmal von »Zuhause«. Dann ein kaltes Frösteln, anschließend drei Tage lang 39 Grad Fieber mit trockenem Husten und leichtem Kopfschmerz, dann ist es überstanden. Schlimmere Auswirkungen hat die Spanische Grippe nicht auf Urgroßvater. Wir schreiben November 1918.

Blau ist die Farbe des Todes

Als er von seinem Krankenlager aufsteht, legen sich Urgroßmutter und die drei Kinder hin. Alle mit hartnäckigem trockenem Reizhusten, der die Brust schmerzen lässt, und mit blutgefärbtem Auswurf. Bei ihnen dauert es beträchtlich länger als drei Tage. Jetzt werde ich auf die Probe gestellt, denkt Urgroßvater. Er füttert sie, zweien flößt er Brei ein, den er durch ein feuchtes Tuch presst. Er singt den Kindern etwas vor und wärmt sie und Urgroßmutter mit seinem Körper. Er macht sich auf die Suche nach einem Arzt, doch die Ärzte liegen selbst krank darnieder oder sind so überlaufen, dass er einen auf offener Straße anhalten muss. Der breitet nur hilflos die Arme aus, und Urgroßvater steht sieben Stunden in der Schlange vor der Apotheke, vom Abend bis tief in die Nacht. Die Sterne glitzern hell in der Frostnacht. Er rasiert sich nicht, läuft mit einem Stoppelbart und vor Übermüdung roten Augen herum, das Gesicht aufgedunsen, Arme und Beine schwer von Schlaf-

losigkeit. Er zieht los, um Essen zu besorgen. Seine Streifzüge dauern immer länger und werden zunehmend ungewisser, denn ein Geschäft nach dem andern schließt aufgrund der Epidemie. Manchmal ist außer ihm niemand auf der Straße, Urgroßvater ist allein auf der Welt, mit grauem Haar und blutunterlaufenen Augen, vollkommen allein, nur irgendwo dringt Stöhnen aus einem geöffneten Fenster. Menschen sterben, Zeitungen stellen ihr Erscheinen ein. Nach einer Woche geht es den beiden älteren Kindern etwas besser, das jüngste aber, das inzwischen vierjährige Mädchen, ist sehr geschwächt von den Hustenanfällen, sein Körper vollkommen ausgepumpt und schlapp von sieben Tagen mit hohem Fieber. Urgroßvater hält sie im Arm, diesen kleinen Leib, der in schwachen, tiefsitzenden Hustenkrämpfen zuckt. Er legt sie zurück ins Bett, streicht ihr über das dunkle Haar, sagt ihren Namen, küsst ihre Lider und murmelt immer wieder: »Leb weiter!«
Die Nacht vergeht, und Urgroßvater lauscht auf den keuchenden Atem seiner kleinen Tochter. Der Tag bricht an, vergeht, und es dunkelt wieder. In der nächsten Nacht scheint das Fieber noch zu steigen. Urgroßvater wacht, legt ihr ein feuchtes Tuch auf die Stirn, küsst sie. Es wird eine lange Nacht. Erst betet er zu Gott, dann, als die Nacht verstreicht, ohne dass eine Besserung erkennbar wird, denkt er in seiner Ohnmacht: Soll doch der Teufel meine Seele holen, wenn er den Tod von meiner Familie fern hält! Er erschrickt erst bei diesem Gedanken, knurrt dann aber: »Sie ist sowieso verloren und verdammt.« Das Mädchen erholt sich, Urgroßmutter ebenfalls, sie kommt wieder auf die Beine. Urgroßvater rasiert sich und überlegt dabei, ob sich Gott und Teufel wohl um seine erbärmliche Seele streiten

werden. Kaum, denkt er, halb hoffnungsvoll, halb enttäuscht. Er setzt sich auf die Bettkante, fängt an, sich den Pullover auszuziehen, und schafft es gerade noch, aus einem Ärmel zu schlüpfen, da fällt er um und schläft.
Vier Stunden später weckt ihn die ältere Tochter, die mit den blonden Haaren. Sie schüttelt ihn, redet wirr und weinend auf ihn ein. Er braucht lange, bis er zu sich kommt, nur langsam taucht er aus der Tiefe schwarzweißer Träume auf, stiert benommen vor sich hin. Das Mädchen weiß sich zu helfen, es spritzt seinem Vater etwas eiskaltes Wasser ins Gesicht. Die Urgroßmutter hat sich wieder hingelegt, ist furchtbar krank. Sie blutet aus der Nase, aus dem Zahnfleisch. Urgroßvater und seine ältere Tochter versuchen sie anzusprechen, aber sie dringen nicht durch ihre Bewusstlosigkeit.
Ein, zwei, drei Tage vergehen so.
Urgroßvater hat wieder einen Dreitagebart. Als er sich in seinem Aufzug über sie beugt, schlägt Urgroßmutter plötzlich die Augen auf und fängt an zu lachen. Man hört zweimal ein kurzes Knacken, und Urgroßvaters Schulterblätter haben sich in kleine Flügel verwandelt, mit denen er wie eine trunkene Schnake durch die Wohnung gaukelt.
Der November ist ein dunkler Monat.
Um den zehnten herum kommen warme Luftmassen aus Südwesten übers Meer mit dunklen, schweren Wolken. Keine Sterne zur Orientierung, die Himmelslaterne ist verschwunden. Urgroßvater zieht los, um Wasser, Lebensmittel und Medikamente zu besorgen, frische Luft zu schnappen und neue Nachrichten aufzunehmen. Es gibt wenig zu essen und wenige Neuigkeiten. Die ungepflasterten Straßen sind aufgeweicht und schlüpfrig, die Stiefel

kleben, als wolle die Erde sich an ihnen festsaugen. Jeder Schritt bedeutet eine Anstrengung, das Leben ist nicht einfach. Der Kutter *Snorri* läuft aus und verschwindet, mit nur wenigen, todesbleichen Männern an Bord, auf dem nebligen Meer. Sie fangen ein paar Tonnen, kehren damit sofort in den Hafen zurück, und Urgroßvater kann von einem Karren unten in der Lækjargata zwei Schellfische erstehen. Er trägt sie, als wären sie zerbrechlich. Urgroßmutter isst nichts. Sie schreit auf, wenn ein schwarzer Hund durch die Wohnung läuft, und sie schimpft und weint, wenn sich die ältere Tochter vermeintlich kokett an ihrem Vater reibt. Endlich verschwinden solche Fiebervisionen, sie wird ruhiger, die Atemzüge werden tiefer. Das Mädchen setzt sich zu ihr und liest ihr aus dem Roman *Halla und der Hof auf der Heide* von Jón Trausti vor, doch Urgroßmutter hat Mühe, nicht den Faden zu verlieren, und schon im zweiten Kapitel wimmert ein deutscher Soldat: »Ein Königreich für ein Paar Socken!« – »Papa«, ruft das Mädchen, »Mama will ein Paar Socken haben, ihr ist kalt.« Urgroßvater legt sich zu ihr und wird umgehend zu einem deutschen Soldaten, die Erde bebt, »jetzt werden wir zusammen sterben«, flüstert Urgroßmutter. Doch sie stirbt nicht, und das Fieber geht zurück. Anstatt bei ihr im Bett zu bleiben, hält Urgroßvater es drinnen nicht mehr aus und verlässt die Wohnung, um anderswo seine Hilfe anzubieten, die auch dringend gebraucht wird. Die Mehrzahl der Einwohner Reykjavíks liegt krank darnieder, viele im Delirium, nicht bei Bewusstsein. Urgroßvater dringt in ein Haus ein, in dem eine ganze Familie im Koma liegt, er versucht, Menschen etwas zu trinken oder Nahrung einzuflößen, holt einen Arzt, wenn es nötig ist, hilft erschöpften Polizisten, blau angelaufene Leichen aus den Häusern auf einen Pferdewagen zu laden. Blau ist die Farbe des Todes. Es ist schwer, Tote zu schleppen, der Tod wiegt schwerer als das Leben. Einmal muss er ein Kind hinaus zum Wagen tragen, einen fünfjährigen Jungen, der blau zwischen seinen Eltern liegt. Sie hatten sich zu beiden Seiten zu ihm gelegt, um ihn warm zu halten, doch dann waren beide in einem heftigen Fieberschub selbst bewusstlos geworden, und der Junge war gestorben, ohne dass sie es mitbekommen hatten. Urgroßvater bettet den Kleinen vorsichtig auf den Wagen und streicht über sein Gesicht. Kaum etwas ist so verletzlich wie ein fünfjähriges Kind.

Sie treiben die Pferde an und trotten zur Schule im Stadtzentrum und tragen die Toten hinein, Urgroßvater hält wieder den kleinen Jungen auf den Armen, blickt auf dieses blaue, weiche und doch starre Gesicht hinab und denkt an die Eltern. Ihm und den Polizisten wird Kaffee und etwas zu essen angeboten, er würgt eine Scheibe Brot hinunter und schafft es gerade noch vor die Tür, ehe er sich übergeben muss. In einem Spurt rennt er von der Miðbæjarskóli hinauf zur Óðinsgata, stürzt nassgeschwitzt in die Wohnung, ringt nach Atem und sinkt erleichtert zu Boden, als er feststellt, dass alle wohlauf sind. Ehe er den Fußboden erreicht, ist er schon vor Erschöpfung eingeschlafen. Nach einer Stunde kommt er wieder zu sich und will noch einmal losgehen, aber das fällt ihm schwer, denn jedes Bein scheint ungefähr eine halbe Tonne zu wiegen.

15

Stiefmutter begreift allmählich etwas von der Bedeutung unseres Blocks. Sie weiß mittlerweile, dass man sicherheitshalber besser in die andere Richtung guckt, wenn die Linie 12 in Sicht kommt, und dass das, was sich in der Ferne erhebt, keine blutrünstigen Trolle sind, sondern die Bauten eines schrecklichen Wohnviertels, das Breiðholt heißt. Sie hat inzwischen Söbekk kennen gelernt und auch Bäcker Böðvar, und die Schere, die so groß ist wie ein Krokodil oder sogar Automobil, kann sie nicht mehr überraschen. Sie hat sogar das Schiff auf dem Dachfirst gesehen, allerdings nicht die Schwimmhalle. Aber ich glaube, es ist in Ordnung, dass Stiefmutter das Hallenschwimmbad nicht kennt und dort noch nie ihre Sachen an einen Haken gehängt hat, es eilt nämlich nicht, ich habe jedenfalls nicht den Eindruck, dass Stiefmutter uns so bald wieder verlassen wird. Sie ist zu Hause, wenn ich morgens in die Schule gehe, und sie ist zu Hause, wenn ich zurückkomme; und jeden Freitag sitze ich auf dem roten Sessel und tue so, als würde ich lesen, während ich sie beim Staubwischen überwache.

Sonntags fahren wir manchmal mit dem Trabant zu Urgroßmutter, der es immer schwerer fällt, sich im Bett aufzusetzen, oder wir besuchen Bekannte von Vater; einmal fahren wir auch zur Hallgrímskirkja und dürfen den Turm besteigen, bis ganz oben, den halben Weg zum Himmel, denn Papa arbeitet an der Kirche, er, der Trabbi und die Maurerkelle. Da steht Vater oben und zeigt: »Das ist der Skólavörðustígur«, sagt er zu Stiefmutter, »da das Viertel Hlíðar und da der Berg ist der Keilir.« Ich aber betrachte nur das Meer, das in den Himmel hinein zu verschwinden scheint.

Italien und Enid Blyton

Ich bin in meinem achten Lebensjahr und habe schon lange gelebt. Der Mond ist so oft groß geworden und wieder klein, dass der Himmel nicht mehr weiß, woran er ist, der Ozean kann nicht mehr all die Schiffe zählen, die seinen gewaltigen Rücken gekratzt haben. Wer sieben Jahre alt ist, weiß so das eine oder andere: Fünf mal vier ist zwanzig. Der größte See Islands heißt Þingvallavatn. Frankreich ist viel größer als Dänemark, aber Russland ist noch einmal um vieles größer als Frankreich.

Das weiß ich schon und noch vieles mehr, denn wer in der Stadt Reykjavík wohnt, entdeckt ständig neue Dinge. Zum Beispiel beobachtet man andauernd Menschen. Ich überquere die Straße und sehe Söbekk mit einer dicken Zigarre im Mund auf den Range Rover zugehen. Ich gehe in die Bäckerei, und Böðvar bückt sich zu mir herab, streckt seinen Kahlkopf vor und sagt: »Ich schenke dir ein ofenwarmes Wienerbrot, wenn du ein Haar auf meinem Schädel findest.«

Ich suche ihn genauestens ab und streiche mit der Hand darüber. »Noch mal«, sagt Böðvar, »such noch gründlicher!«

Die Berührung ist angenehm, sein Schädel ist glatt und runzlig zugleich, weich und hart, aber ich bin schon kurz davor, aufzugeben, als ich entdecke, dass seine Ohren voller Haare sind, und dafür bekomme ich ein frisches Wienerbrot. »Was willst du einmal werden, wenn du groß bist?«, fragt Böðvar. »Genauso groß wie du«, antworte ich und bekomme noch ein Wienerbrot. Ich erkläre ihm, was ich von Frankreich und dem Þingvallavatn weiß. Böðvar meint, er habe keine Ahnung vom Þingvallavatn, würde mir aber dringend empfehlen, mir nicht allzu viele Gedanken über Frankreich zu machen. Gleich daneben liege nämlich ein anderes Land und das heiße Italien. »Italien«, sagt er, »liegt viel näher an der Sonne, es ist wärmer und sonniger als Frankreich, und die Italiener sind immer lustig und munter, während die Franzosen andauernd meckern und Streit anfangen. Und soll ich dir auch sagen, warum? Es liegt nämlich nicht nur an der Sonne, sondern auch daran, dass Italienisch eine wunderschöne Sprache wie Gesang ist, Französisch aber ist so hässlich, dass es klingt, als würde es mit dem Arsch gesprochen. Wer eine solche Sprache sprechen muss, kann ja nie fröhlich sein.« Böðvar holt tief Luft. Das sieht aus, als würde er noch viel größer werden und seinen Schatten über die halbe Erde werfen. »Na, Junge«, sagt er, »dann komm mal mit mir nach hinten.«

Erst schließt Böðvar noch die Ladentür ab, denn wir sollen auf keinen Fall gestört werden, dann gehen wir hinter die Ladentheke und in die Backstube. Überall liegt Mehl, auf einem Tisch steht ein Plattenspieler. Böðvar hört nämlich Musik, wenn er nachts backt, aber das habe ich bestimmt schon erzählt. Er legt eine Platte auf. »Hör mal gut zu!«, sagt er, und eine Frau fängt zu singen an. Böðvar lächelt, seine roten Augen werden noch roter, ich aber gucke auf ein ganzes Blech duftender Zimtschnecken. Böðvar stellt die Musik noch lauter, langsam schließt er die Augen, ich schaffe es, anderthalb Schnecken zu verdrücken, ehe die Platte zu Ende ist. Böðvar schüttelt den Kopf. Erst glaube ich, dass es wegen der Zimtschnecken ist, doch dann sagt er: »Einfach himmlisch!«, legt mir dann seine Pranke auf den Kopf und meint, ich solle nach Hause gehen. Ich gehe aber nicht gleich nach Hause, sondern mache noch einen Abstecher in die Buchhandlung, lasse mich dort nieder und darf mir ein Buch ansehen. Ich bin pappsatt von dem Wienerbrot und den Zimtschnecken, mir ist sogar ein bisschen flau. Mit Sicherheit bekomme ich kein Abendbrot mehr runter. Stiefmutter wird mich böse ansehen, und ich werde lange vor meinem randvollen Teller sitzen.

Der alte Mann, dem die Buchhandlung gehört, sitzt auf seinem Hocker und legt Patience. Ich bin eigentlich der Einzige, der ihn leiden kann. Oft fährt er die anderen Kinder an und droht ihnen mit seinen Händen, die an halb durchsichtige Fische erinnern. Mit mir schimpft er dagegen nie, und ich darf stundenlang bei ihm herumstöbern. Er sitzt bloß auf seinem Hocker und zwinkert hinter den dicken Brillengläsern mit den Augen. Er kennt Enid Blyton. Sie schreibt die wirklich wichtigen Bücher. Wenn ich sie erwähne, wird der Alte ganz aufgeregt. Dann nimmt er die Brille ab und zwinkert so schnell mit den Augen, dass sich die Lider in winzige Flügelchen verwandeln, und es hebt ihn von seinem Sitz.

»Du kennst Enid Blyton?«, frage ich verblüfft.

»Die Enid? Ja, das will ich wohl meinen. Eine wunderbare Frau.«

Und ich sehe es vor mir, wie er und Enid Blyton unter einem großen Baum eine Wolldecke ausbreiten, der Wind raschelt im grünen Laub, sie trinken Limonade, im Picknickkorb liegen Brote mit Marmelade, Birnen, Kuchen und Zimtschnecken. Dann setzt er die Brille ab, nimmt Enid bei der Hand, und gemeinsam heben sie ab.

Sie wie einen leisen, aber tiefsitzenden Schmerz wahrnehmen

Siebenundzwanzig Wohnungen befinden sich in meinem Block, in den meisten leben Kinder. Sämtliche Altersstufen sind vertreten, doch an manchen Abenden ist das Wetter so oder es herrscht ein solch eigentümliches Licht, dass wir alle Altersunterschiede und Streitereien untereinander vergessen und alle zusammen »Rüber« spielen. Dann sind vielleicht dreißig Kinder damit beschäftigt, den Ball über die Garagen zu werfen. Ich versuche immer, in der gleichen Mannschaft wie Gunnhildur zu sein. Ich achte darauf, nicht viel schneller als sie zu laufen, und mit jedem Blick, den sie mir zuwirft, wird die Welt größer. Manchmal ruft sie sogar meinen Namen, dann könnte ich einen Eisbären killen und einen ganzen Seehund verputzen. Ich sehe oft ihre Hände an. Alles würde besser, wenn ich sie jeden Tag betrachten dürfte. »Die schönsten Hände der Welt«, sage ich zu den Soldaten. Das stimmt zwar nicht, aber ich behaupte es trotzdem so lange, bis sie mir glauben. Ich sage es so oft, damit sie am Ende vielleicht sogar schöner werden als Péturs Hände.

Pétur hält es nicht lange draußen in der Kälte aus, denn der Frost fällt über seine Hände her, sie sind so weich und zierlich, schön wie Italienisch, weiß wie der Mond. Im Winter trägt Pétur dicke Wollhandschuhe, doch bei beißendem Frost helfen sie nicht viel. Schon nach einer halben Stunde fängt er an zu heulen, und seine Arme hängen wie abgestorben an ihm herab. Früher ist er dann gleich nach Hause gelaufen und hat sich den ganzen Tag nicht mehr blicken lassen, und ich stand allein da, und aus vielem wurde nichts mehr. Darum habe ich mir etwas einfallen lassen, und wenn Pétur jetzt anfängt zu jammern und die Arme wie abgestorben hängen lässt, sage ich nur: »Komm!«

Dann gehen wir ins Gebüsch oder hinter ein paar Autos oder die Garagen, Pétur zieht die Handschuhe aus, und ich mache den Anorak auf und hebe den Pullover, Pétur legt seine Hände auf meinen Bauch, und ich halte die Luft an. »Das tue ich, damit du nicht reingehst«, sage ich jedes Mal zu ihm, und Pétur ist klug genug, niemandem davon zu erzählen, es ist das Geheimnis, das uns miteinander verbindet.

Seine Hände auf meinem Bauch.

Ich fühle sie immer noch, jetzt, während ich diese Zeilen schreibe, so viele Jahre später. Ich denke an Hände auf meinem Bauch. Ich denke an alles, was sich verändert.

Wir haben viele Tage nacheinander strengen Frost, und es ist lange her, seit Pétur und ich die Brüder gesehen haben. Wir beide sind allein; wenn es niemand sieht, gibt es Hände auf meinem Bauch. Eines Tages lässt die Kälte nach, es fängt an zu regnen, und Pétur und ich beschließen, Tryggvi und Gunni zu besuchen. Ihre Mutter öffnet uns die Tür. Normalerweise lächelt sie und streicht uns sogar übers

Haar, dieses Mal aber spricht sie leise und blickt über uns hinweg. Wir gehen in das Zimmer der Brüder. »Wo habt ihr gesteckt?«, frage ich, und da erzählt uns Tryggvi von seiner Oma. Sie waren bei ihr zu Besuch gewesen, nur die beiden, und sollten bei ihr übernachten und so, und sie saß in ihrem Lieblingssessel und schenkte ihnen Karamellbonbons und versuchte ihnen einzureden, sie sei auch einmal in ihrem Alter gewesen.

»Sie wohnte im Skagafjörður«, sagt Tryggvi.
»Nein, an den Skagaströnd«, berichtigt ihn Gunni.
»Nein, Skagafjörður.«
»Skagaströnd!«
»Skagafjörður!«
»Skagaströnd!!«
»Skagafjörður!!«
»Skagaströnd!!!«, brüllt Gunni.

»Okay«, sagt Tryggvi, »dann wohnte sie eben an den verdammten Skagaströnd und war ein junges Mädchen und lebte in einem Haus mit Gras auf dem Dach, es gab jede Menge Kühe, aber keinen Kiosk oder kein Geschäft, keine Bürgersteige und keinen Fußballplatz, und trotzdem war ihr nicht langweilig, und sie wollte uns mal etwas sehr Lustiges erzählen, es war so komisch, dass sie selbst gleich loslachte, sie hat so gelacht, dass sie gar nichts erzählen konnte, und dann hat sie aufgehört zu lachen, weil sie nämlich tot war.«

Sie starb lachend in ihrem Lieblingssessel, und die beiden Brüder saßen auf dem Boden und hatten den Mund voller Karamellbonbons. »Scheiße, sie war die beste Oma der Welt«, sagt Tryggvi, und Gunni fängt an zu weinen. Es ist schon vier Tage her, seit es passiert ist, aber Gunni fängt

trotzdem an zu heulen, aber gut, er ist noch ein Jahr jünger als Tryggvi und ich. Tryggvi schleicht sich in die Küche und klaut für Gunni ein paar gefüllte Kekse von *Frón*, dann gehen wir nach draußen. Es hat aufgehört zu regnen. Die Wolken reißen auf, der Himmel glotzt auf uns herab, die Welt ist nass und auch ein bisschen kalt. Ich versuche, Witze zu reißen und die Brüder zum Lachen zu bringen oder wenigstens zum Grinsen, aber es funktioniert nicht, sie stehen bloß schweigsam und bedrückt in der Gegend herum. Ich zerbreche mir den Kopf, will unbedingt auf etwas so Komisches kommen, dass sie für eine Weile ihre gestorbene Großmutter vergessen, doch da fängt Pétur an zu erzählen. Seit wir in der Wohnung der beiden Brüder waren, hat er kein Wort gesagt, jetzt aber macht er den Mund auf und fängt an zu erzählen. Er spricht von der Zeit.
Zuerst aber von der Großmutter der Brüder.
Er erinnert uns noch einmal daran, dass sie vor langer, langer Zeit auch einmal ein kleines Mädchen gewesen ist. Pétur redet langsam wie ein müder, alter Lehrer.
»Einmal waren Söbekk, der Griesgram und sogar der Alte auf der dritten Etage Jungen wie wir. Sie rannten durch Safamýri und bewarfen Autos mit Matsch, doch dann verging die Zeit, alles änderte sich und sie waren keine Kinder mehr, sondern so, wie wir sie heute kennen. Und«, fährt Pétur fort, »bald sind wir auch keine Kinder mehr, sondern irgendwas ganz anderes. Wir werden nicht mehr hier wohnen, wir sehen uns nicht mehr, und Tryggvi trägt vielleicht immer einen Anzug, denkt viel nach und geht langsam und bedächtig, um seine Gedanken nicht durcheinander zu bringen, und er sagt Verzeihung, wenn er hustet.«

Tryggvi starrt Pétur wütend an, aber mich überläuft ein kalter Schauer, und im selben Moment begreife ich das, was man die Zeit nennt.
Ich nehme sie wahr wie einen leisen, aber tiefsitzenden Schmerz.

All das hat die Zeit auf dem Gewissen.
Variationen über ein Thema

Viele Jahre sind seitdem vergangen, mehr als wir uns damals überhaupt vorstellen konnten, und sie haben wirklich einiges verändert. Darin hat Pétur Recht behalten. Ich begreife trotzdem nicht, warum es so kommen musste. Ich verstehe das nicht, was man die Zeit nennt. Alles, was wir kannten – und das Meiste darunter war uns so vertraut, dass wir es nicht einmal mehr wahrnahmen –, ist verschwunden. Die schwarzen Gummistiefel, in denen wir vor dem Block standen, unsere Hosen, die Freundschaft, die uns fest zusammenhalten ließ, und der alte Söbekk – alles weg, spurlos verschwunden. Ja, Söbekk ist nicht mehr, ich weiß, es klingt wie ein übler Scherz, pervers, aber er ist verschwunden, sein Kiosk ebenfalls und seine fauchenden oder knurrenden Töchter in der Luke, der Range Rover und Söbekks Frau, kaum jemals mehr als ein Schatten hinter den beschlagenen Scheiben – weg.
Spurlos.
Stiefel, Kiosk, Freundschaft – all das hat die Zeit auf dem Gewissen. Alles hat sich gewandelt, und viele Jahre sind vergangen, mehr als wir uns damals vorstellen konnten. Es

ist spät im November 2002, und ich sage es noch einmal: Söbekk ist weg.

Ich glaube, er liegt mittlerweile unter der Erde, wir sollten ihn einmal besuchen, bestimmt schwebt Zigarrenduft über seinem Grab. Seine Frau ist verschwunden, und ich weiß nichts von den Töchtern in der Luke, jenen Wächterinnen himmlischer Wonnen. Auch die Luke selbst existiert nicht mehr, ebenso wenig wie der ganze Kiosk. Söbekks Kiosk gibt es nicht mehr, ein anderer ist an seine Stelle getreten. Das hätten wir – glücklicherweise – niemals geglaubt, es hätte nur unnötigerweise die dunklen Stellen im tiefen Gewässer unserer Kindheit vermehrt. Wir lebten in der Überzeugung, der Kiosk sei ungefähr ebenso alt wie die Erde, Gott hätte da schon eingekauft, während er alles andere erschuf, die Sonne, die Käfer und die Sommerferien. Wir gingen selbstverständlich davon aus, dass Jesus das Brot für das letzte Abendmahl bei Bäcker Böðvar erstanden hatte ... Ja, richtig geraten, Böðvar gibt es auch nicht mehr. Bitter, sehr bitter, sich das vorzustellen, aber irgendwer oder irgendwas hat ihm derart eins verpasst, dass er aus dem Leben flog und aus der Zeit mit seiner Schlaflosigkeit, seiner Wehmut, seinen italienischen Liedern. Seine roten Augen glühen nun anderswo, aber ich weiß nicht, wo.

Ist spurlos verschwunden, der Böðvar.

Eines Morgens steckten verkohlte Brote im Ofen, seine sorgfältig zusammengelegte Bäckerschürze lag auf dem Tisch, daneben ein Bleistift und ein sorgsam datierter Zettel, darauf nur ein Wort: Ich. Und dann noch der Anfangsbuchstabe eines zweiten: h, b oder t. Böðvar ist seitdem nie wieder gesehen worden.

Opa und ich fahren Taxi

Es sterben eine Menge Menschen auf dieser Welt, und jedes Mal, wenn einer stirbt, scheint sich vieles zu verändern. Eines Tages ruft mich Stiefmutter, sie steht auf dem Balkon und winkt, ich solle kommen. Ich spiele aber gerade Fußball, und da passt es einem nicht besonders, wenn man reingerufen wird. »Ich bin gleich wieder da«, sage ich optimistisch zu den anderen und laufe ins Haus. Stiefmutter sagt, ich solle mich mal aufs Sofa setzen, sie setzt sich mir gegenüber. Das gefällt mir nicht. Gestern habe ich, während sie beim Einkaufen war, vier Plätzchen stibitzt, die sie im Schrank versteckt hält, ganz hinten. Ich habe lange gebraucht, ehe ich die Dose fand. Die Plätzchen sind für Gäste gedacht, und nicht für mich. Ich habe mich früher schon einmal bedient, denn die Plätzchen sind lecker, sie sind mit weißer Crème gefüllt. Stiefmutter kann es absolut nicht leiden, wenn man ihre Kekse klaut. Einmal hat sie mich erwischt, und da bekam sie diesen Gesichtsausdruck, vor dem sich sogar der fiese Frikki und der Teufel fürchten würden, und ich sowieso. Ich mache mich auf das Schlimmste gefasst, doch da sagt sie nur: »Urgroßmutter ist gestorben.« Draußen johlt Tryggvi, er hat ein Tor geschossen. Ich sehe Stiefmutter an, sie sieht mich an. Dann darf ich wieder raus.

Ich habe es längst wieder vergessen, als mich Großvater in einem Taxi abholen kommt. Opa, der in Norwegen lebt! In einem Taxi!! Leider sieht es niemand, als wir darin wegfahren. Ich habe in meinem Leben noch nie in einem Taxi gesessen und kenne niemanden, der es je getan hätte. Ich hege so meine Zweifel, ob mir die anderen Jungen glauben werden. Ich bitte Opa, mir auf einem Zettel schriftlich zu bestätigen, dass er extra aus Norwegen gekommen ist und mich mit einem Taxi abgeholt hat. Opa verspricht es, und sobald wir in Urgroßmutters Wohnung angekommen sind, fragt er seinen Bruder, der Dichter ist, nach einem Stift. Sie finden ein Blatt Papier, und Großvater schreibt, sein Bruder und ihre beiden Schwestern unterschreiben als Zeugen. Die eine von den beiden kenne ich gut, sie ist nett und schenkt mir immer was, aber das habe ich vielleicht schon erzählt. Der anderen gegenüber bin ich schüchtern. Sie kann von einem auf den anderen Moment wütend oder sehr ausgelassen sein. Sie hat ziemlich schönes Haar, das ihr wie Silber über die Schultern fließt. Sie hat ebenfalls Bücher geschrieben wie ihr Bruder, der Dichter, und deswegen vertragen sie sich so schlecht, sagt Vater. Der Dichter wohnt in Norwegen wie Großvater, ich habe ihn noch nie gesehen. Nachdem er mit seinem Namenszug unterschrieben hat, tätschelt er mir den Kopf und geht dann zum Bücherregal hinüber, stellt sich mit den Händen in den Taschen davor und betrachtet die Buchrücken. Die Tante mit dem silbernen Haar redet und redet; sie kann nicht stillstehen und wedelt mit den Händen, als wolle sie fliegen. Urplötzlich hört sie auf zu reden und fängt an zu weinen. Es ist das erste Mal, dass ich einen Erwachsenen weinen sehe. Ihre Schwester, die neben mir gesessen hat, steht auf, nimmt sie in den Arm und sagt: »Na, na«, aber dann fängt sie selbst an zu heulen. Es ist ziemlich blöd, aber zum Glück klopft Opa den beiden auf die Schultern und sagt: »Jetzt gießen wir erst mal Kaffee auf, und dann setzen wir uns mit Papier und Bleistift zusammen, denn es gibt so einiges aufzuschreiben. Das eine oder andere muss organisiert werden.«

Die Tante mit dem Silberhaar kommt zu mir. »Ist das nicht komisch, eine alte Frau heulen zu sehen?«, fragt sie und drückt mich danach so fest an sich, dass ich keine Antwort geben kann. Großvater meint, ich könne ihm helfen, den Kaffee reinzutragen. Ich tue es und setze mich danach wieder aufs Sofa, da hat jemand eine große Schachtel Konfekt auf den Tisch gestellt, und ich darf so viel daraus naschen, wie ich schaffe. Die anderen trinken Kaffee am Esstisch, und Großvater notiert etwas auf einem Blatt Papier. Der Dichter sagt, er hätte nur gern ein paar Bücher und weiter nichts, »ach ja, und die Kaffeetasse von Mutter. Ich möchte sie gern manchmal benutzen, wenn ich Kaffee trinke. Vielleicht spüre ich dann, dass sie doch nicht ganz von uns gegangen ist.« Die Schwester mit den silbernen Haaren fängt wieder an zu weinen. »Ach, unser kleiner Bruder, immer bist du so sensibel gewesen!« »Blödsinn, ich bin überhaupt nicht sensibel!« »Oh, doch, du warst doch unser aller Augenstern«, erwidert die Schwester und sieht ihn an. Ich bin nicht sicher, ob sie dabei weint oder lacht.
Dann unterhalten sie sich wieder über Urgroßmutter.
Immer wieder fragen sie: »Weißt du noch? Weißt du noch?« Lange reden sie von Urgroßmutter, und wie man sich denken kann, kam Großvater nicht aus Norwegen, um mit mir Taxi zu fahren, sondern weil seine Mutter gestorben ist. Ich sitze noch immer auf dem Sofa und habe die Schachtel Konfekt mehr als zur Hälfte geschafft. Die einzelnen Stücke sind schon alt und zerbröckeln mir im Mund, aber das macht nichts. Großvater steht auf, er nimmt ein Bild mit einem Berg von der Wand. Ich interessiere mich nicht für Berge, aber dieser ist dick mit Schnee bepackt und ich habe ihn schon einmal durch die Fenster des Trabbis gesehen. Er

liegt jenseits des Meeres in weiter Ferne. Wenn ich ihn sehe, möchte ich jedes Mal ein Waffeleis haben.
»Dieses Gemälde hätte ich gern für mich«, sagt Großvater. »Es hat mir da im Westen so gut gefallen. In meinen Träumen kehre ich oft dorthin zurück.«

16

Der Snæfellsjökull erhebt sich aus dem Meer und zeigt sich manchmal den Einwohnern von Reykjavík. Es gab einmal eine Zeit, da sahen Urgroßmutter und Urgroßvater den Berg seine Verankerung in der Erde abwerfen und frei in der Luft schweben. Das war, als sie mit siebzehn Jahren im Fensterrahmen stand. Im Winter nach der Spanischen Krankheit geht Urgroßvater häufig hinab ans Ufer, um das weiße Wunder des Gletschers über dem Horizont zu sehen. Reglos sitzt er da, schaut und nippt geschmuggelten Alkohol. Den ganzen Winter über wirkt er mehr wie ein Schlafwandler als wie ein Mensch. Urgroßmutter lässt einen Arzt holen, der diagnostiziert Erschöpfungszustand, es sei möglich, dass Menschen sich so verausgabten, dass die Persona, ihre Persönlichkeit, für kürzere oder längere Zeit wie betäubt sei. »Aber er wird sich ganz bestimmt davon erholen«, erklärt der Arzt. »So wenig arbeiten, wie es eben geht, Ruhe zu Hause und guter Tabak.«

Ruhe, ja, Urgroßvater bleibt manchmal tagelang zu Hause, trinkt, starrt vor sich hin und raucht. Es ist nicht mehr wie früher, als er aus dem Haus rannte, böse Dinge anstellte und anderen Leuten und seinem eigenen Gewissen übel mitspielte; jetzt ist er mehr wie ein düsterer, lebensmüder Stein. Der Winter vergeht, der Sommer kommt, und er sitzt noch immer da. Dann kommt der nächste Herbst, und die Berge färben sich weiß in der blauen Luft.

Urgroßmutter geht regelmäßig zum Friedhof, blickt auf ein einfaches Holzkreuz und redet mit der Frau, die darunter in der Erde liegt. Sie berichtet ihr von Urgroßvater, verschweigt nichts, erzählt auch von den Kindern und macht sich manchmal Sorgen über das ältere Mädchen. »Es würde mir wohl besser gehen, wenn du mir verzeihen könntest«, sagt sie manchmal in die Erde, erhält aber nie eine Antwort.

Der Winter dauert lange, das tut er immer, er enthält so viele Monate, doch dann ist es eines Morgens Anfang April. Ein Morgen, wie man ihn kennt: Kein Wölkchen am Himmel, kein Lüftchen regt sich, die Luft ist so klar, dass es schwer fällt, klar zu denken, und alles scheint Gefahr zu laufen, sich in Poesie zu verwandeln. Sie stehen am Ufer.

Urgroßmutter und Urgroßvater.

Zehn Tage später setzen sie mit einem Küstenschiff über den tiefen Faxaflói. In Arnarstapi gehen sie an Land. Das ältere Mädchen schaut über die große Meeresbucht zurück, es ist wütend, wollte keinesfalls umziehen. Es weint und verflucht seine Eltern.

Luftschloss mit Weideland

Urgroßvater hätte auf Snæfellsnes einen Bauernhof in Kommission verkaufen sollen. Das war an sich nichts Ungewöhnliches, in den letzten beiden Jahrzehnten hatte er Dutzende solcher Höfe verkauft, eben wie es in seiner Annonce stand:

Größtes Angebot und reichhaltigste Auswahl
an Immobilien, Baugrundstücken, Häusern
(besonders in Reykjavík)
und Grundbesitz in sämtlichen Landesteilen
(vor allem im Süd- und im Westland).

Und an jenem Hof war nichts Besonderes; er war mittelgroß, das Wohnhaus noch einigermaßen neu (aus Holz), recht ergiebige Fischgründe in der Nähe. Nichts Besonderes, trotzdem erwachte er mitten in der Nacht, völlig besessen von dem Wunsch wegzuziehen, Land und einen Hof zu kaufen und Bauer zu werden. Barðastaðir. Urgroßvater wiederholte den Namen wie ein Gebet. Am nächsten Tag erwarb er den Hof für alles, was er besaß, die Kellerwohnung und ein Grundstück, das er wie ein Sparbuch versteckt hatte. Danach geht er zu Gísli und malt ihm all die Morgen aus, die ihn dort im Westen erwarten: »Man kommt aus dem Haus, rundum liegt noch alles im Schlaf, und da stehen die Berge. Abends rauchst du eine Zigarre mit den Sternen. Du siehst alles in klarem Licht.«
Voller Freude kam Urgroßvater nach Hause und verstand die Welt nicht mehr, als seine Frau einen Tobsuchtsanfall bekam; ein Barðastaðir interessiere sie nicht die Bohne, ihr gefalle es in der Óðinsgata und auf ihrer Arbeit. Er versuchte, seine ganze Beredsamkeit und Überzeugungskunst aufzubieten, aber damit goss er nur noch Öl ins Feuer. Es wurde Abend, es wurde Mitternacht, sie lagen stumm nebeneinander im Bett. Plötzlich sagte er ohne nachzudenken und in leiser Verzweiflung: »Du wärst auch wieder näher bei deinen Verwandten.« Da spürte Urgroßmutter, wie tief in ihrem Innern etwas knackte.

Sie setzten über den bleigrauen, übermäßig breiten Faxaflói. Urgroßvater fürchtete die Tiefes des Meeres mehr als die eigene Schwäche.

Ich werde vielleicht noch an dich denken

Sie brauchen ungefähr sechs Stunden von Arnarstapi bis zu ihrem Hof, er liegt noch weiter draußen auf der Halbinsel. Urgroßvater erhält vier Pferde geliehen. Eines belädt er mit ihren Habseligkeiten, Lebensmitteln, Decken, Bettzeug, Großvater setzt er vor sich auf das zweite, Urgroßmutter nimmt das jüngere Mädchen zu sich, und das ältere besteigt das vierte Pferd. Sie hat seit einer Woche nicht mehr mit ihren Eltern geredet, auf nichts geantwortet. »Sie kriegt sich schon wieder ein«, sagt Urgroßvater sorglos. Er sitzt mit Großvater auf einem Grauen, der dem Vorbesitzer von Barðastaðir gehörte. Schon sechsmal ist er wieder dorthin entlaufen. »Lass ihn einfach laufen, und ihr werdet euer Ziel nicht verfehlen«, haben die Leute in Arnarstapi zu Urgroßvater gesagt. Sechs Stunden bei gemächlichem Tempo. Nach zwei Stunden beginnt es zu regnen. Ohne Unterlass strömt der Regen herab. Die Farben verblassen, die Berge lösen sich auf und verschwinden, alles verschwindet, bis auf den Regen und sie. Urgroßvater legt Großvater eine Decke um, drückt ihn an sich und singt ihm alte Lieder vor, Großvater döst ein. Das Rauschen des Regens, die langsamen Bewegungen des Pferdes, die verschwimmenden Umrisse der Welt, der Geruch der Decke, Urgroßvaters Gesang, sein schützender Arm – diese Erinnerungen sollten Großvater sein Leben lang begleiten. Als er mir davon erzählte, blickte er mit einem weichen Gesichtsausdruck in unbestimmte Ferne.

Großvater nickt ein, schläft und wacht erst wieder auf, als ihn jemand vom Pferd hebt. Der Regen drischt auf das Haus ein, das vor ihnen steht. Ein zweigeschossiges, noch recht neues Holzhaus. Eine große Stube, die Küche und das Zimmer des Hausherrn im Erdgeschoss, drei Schlafzimmer in der oberen Etage. Sie treten ein, sperren den Regen aus, der wütend auf den Boden trommelt. Kurze Zeit später kommt Urgroßmutter wieder aus dem Haus, fängt an das Packpferd abzuladen und weist Urgroßvater an, die Pferde in den Stall zu bringen, wenn noch Heu in der Scheune sei. Sonst solle er sie draußen lassen. Sie findet den Kohlenkeller, macht Feuer im Herd. Die Müdigkeit weicht aus Großvater und dem kleinen Mädchen, sie erforschen das Haus, fürchten sich vor Schatten und dem Knarren im Holz. In der ersten Nacht schlafen alle in der Stube in einem Durcheinander von Decken und Bettzeug. Urgroßmutter liegt lange wach und starrt vor sich hin. Sie hört auf den Regen und grübelt, später klart es auf.

Am nächsten Morgen stellen sie fest, dass der Hof nach Süden etwa fünfhundert Meter vom Meer und einem sandigen Strand entfernt steht. Im Norden erheben sich die Berge und verlaufen in Ketten von Ost nach West. Es mag zwei oder drei Kilometer bis zu ihnen sein. Das Haus ist von einer kleinen bewirtschafteten Hauswiese, einem Tún, umgeben, jenseits davon stehen Sträucher und niedriges Buschwerk, Hügel und kleine Höhenrücken versperren den Blick auf andere Höfe. Über allem erhebt sich der weiße Gletscher. »Ich grüße dich«, sagt Urgroßvater und zieht den

Hut. Großvater und die kleine Schwester kriegen sich vor Freude nicht mehr ein. Unbeschränkte Weite umgibt sie, Geheimnisse und neue Entdeckungen warten bei jedem Schritt. Ihre große Schwester blickt nach Osten. Dort kommt jemand mit einer kleinen Schafherde, eine Kuh führt er am Strick, ein Kalb zottelt hinterdrein. Es ist der Knecht vom Nachbarhof, auf dem Urgroßvater – ungesehen und per Briefwechsel – das Vieh gekauft hat. Sie treiben die neun Schafe in einen Pferch bei den Ställen. Urgroßmutter inspiziert die Kuh und das Kalb, tastet sie ab und ist zufrieden. Urgroßvater guckt sich die Schafe an und klopft sie wie Hunde. »Seht mal die Augen!«, sagt er begeistert zu den Kindern. »Diese Unschuld und diese Weisheit darin!« Der Knecht, ein wortkarger, untersetzter, breitschultriger Kerl mit schwarzem Vollbart, dunklem Haar und stechenden Augen, spuckt aus. Er beobachtet Urgroßvater, lässt seine gelben Zähne sehen und beißt auf den Kautabak, spuckt noch einmal aus. »Ich geh dann«, sagt er, dreht sich um und begegnet Urgroßmutters Blick. »Nein«, sagt sie, »du gehst noch nicht gleich«, und steigt in den Pferch, betastet die Tiere darin. »Die hier kannst du wieder mitnehmen«, sagt sie dann und deutet auf zwei Schafe. »Das sind alte Zibben, aber wir haben für junge Mutterschafe mit zwei Lämmern bezahlt.« Der Knecht guckt in die Luft. Urgroßmutter wartet einen Moment, dann wiederholt sie noch einmal genau, was sie gesagt hat. Der Knecht guckt noch immer Löcher in die Luft. Da setzt sie zum dritten Mal an: »Die hier nimmst du wieder mit nach Hause...« Der Knecht sieht sie an: »Lass mir von einer Frau nichts sagen, hab ich nie gemacht, werde ich nie tun.« Da geht die älteste Tochter auf ihn zu und tritt ihm mit aller Macht vors

Schienbein. »Du blödes Stück Mist! Dreckskerl!«, faucht sie. Wenig später trollt er sich mit den beiden alten Zibben.
Die Möbel kommen mitten am Tag mit einem Motorboot von Arnarstapi. Am Strand ist eine gute Anlegestelle. Sechs Matrosen stapeln alles dort auf, wo die ersten Sträucher aus dem Sand sprießen. Als Erstes binden sie allerdings ein kleines Ruderboot los, das sie Kahn nennen. »Einruderer, die sind selten«, sagen sie, doch Großvater und die kleine Schwester erklären es sofort zum Piratenschiff, das auf den Meeren Furcht und Schrecken verbreitet. Die ältere Schwester fühlt sich zwischen den Geschwistern und den Seeleuten hin- und hergerissen, weiß nicht, wo sie hingehört. »Ich habe noch nie so blondes Haar gesehen«, sagt einer der Matrosen. Urgroßmutter überwacht das Ausladen, Urgroßvater hält sich oben im Haus auf, hat sich nicht getraut, den Seeleuten entgegenzutreten. Er hatte sich an dem einfachen Holzstuhl festgehalten, der zunächst das einzige Möbelstück im Haus war, Urgroßmutter flehend angesehen und sie gebeten, die Männer in Empfang zu nehmen. Er würde gern einen Spaziergang zu den Bergen unternehmen, mit seinen Gedanken ein wenig allein sein.
Als die Seeleute überzeugt sind, dass sich der Herr des Hauses nicht blicken lässt, verlieren sie ihre Förmlichkeit und werden der Frau gegenüber, die sie überwacht, sogar ein wenig ungezwungen. Sie ist um die dreißig, nicht groß, doch ihr schlanker und geschmeidiger Leib wird von Stolz und einer unbewussten Spannung gehalten. Sie trägt das kastanienbraune Haar lang, ihre hohe Stirn ist so hell, dass sie manchmal zu leuchten scheint. Unter dieser Stirn sitzen dunkle Augen, die noch eine Spur dunkler werden können. Die Matrosen könnten das Boot in einer halben Stunde

entladen, aber jetzt lassen sie es gemütlich angehen. Das Wetter ist ruhig, ein kühlender Luftzug weht, es ist schön, auf der Welt zu sein. Es sind alles junge Männer zwischen achtzehn und dreißig, nur der Kapitän geht auf die vierzig zu. Er tritt jetzt zu der Frau und will ihr etwas über das Wetter in dieser Gegend erzählen, auf welche Windrichtungen man Acht geben muss, was man an den Wolken ablesen kann, dass man mit so einem Kahn hier vielleicht nicht unbedingt viel Fisch fängt, aber es gebe schon einiges an Fisch in diesem Abschnitt, etwa vor dieser kleinen Landzunge, die ein paar Meter ins Meer vorspringt, und er will darauf zeigen. Da aber fällt sein Blick auf ihre Hände. Sie sind vielleicht nicht mehr ganz so weiß und rein wie vor zehn Jahren – sie haben in der Zwischenzeit einiges durchgemacht –, aber trotzdem fragt er wie ein Mondkalb: »Woher hast du solche Hände?«, und greift nach ihnen wie ein Ertrinkender. Sie zieht sie zurück, nach einem kurzen Zögern.

Er ist etwa ebenso groß wie Urgroßvater, aber kräftiger und mit einem markanten Gesicht, rotem, gescheiteltem Haar und klaren, blauen Augen, die bei einem bestimmten Licht etwas Träumerisches auf ihrem Grund sehen lassen. Er starrt diese ihm unbekannte Frau an. Ganz offensichtlich ist er rettungslos verloren und fängt an zu reden, erzählt ihr seine Lebensgeschichte. Es ist nichts Weltbewegendes, ein bisschen von allem darin, Leben und Tod, Glück und Trauer, das Meer, viele Fische und schließlich der Gletscher. Er sieht die Frau an, und jetzt liegt etwas ungeheuer Beschwörendes in diesem Blick.

»Der Gletscher«, sagt er mit Ehrfurcht in der Stimme, »wacht ständig über mich, er begleitet mich weit aufs offene Meer hinaus. Alle anderen Berge sind längst versunken, alles Land; doch er erhebt sich aus der See wie das Schicksal selbst.«

»Alle Achtung«, sagt Urgroßmutter, »wenn du mal kein Dichter bist! Aber vergiss nicht, dass du bloß von einem alten Berg sprichst, der mit furchtbar viel altem Schnee bepackt ist, weshalb wir von einem Gletscher reden.«

Da sagt der Kapitän: »Deine Stirn.«

»Wie bitte?«

»Sie erinnert an einen Gletscher.« Er starrt auf ihre Stirn.

Urgroßmutter lacht. »Und ich habe immer geglaubt, das kalte Blut der Fische würde euch Seeleute zu Realisten machen.«

»Er muss ein besonderer Mensch sein.«

»Wer?«

»Dein Mann.«

Sie lächelt vor sich hin. Besonders? »Manchmal glaube ich wirklich, dass er unvergleichlich ist – obwohl er es kaum verdient hat«, sagt sie.

»Er hat nicht seinesgleichen«, konstatiert der Seemann, nicht aus Höflichkeit, sondern aus Überzeugung.

»Vielleicht sind es seine Fehler, die ihn großartig machen«, sagt Urgroßmutter.

»Ich bin nicht verheiratet. Ich war es einmal, vor langer Zeit, aber meine Frau ist gestorben.«

»Ich weiß, du hast es vorhin schon erwähnt.«

»Aber ich habe nicht gesagt, dass mit ihrem Tod etwas verloren gegangen ist, die Welt oder das Leben, und seitdem habe ich mich mit nichts mehr verbunden gefühlt, außer mit der See und dem Gletscher.«

»Deine Männer respektieren dich offenbar«, sagt Urgroßmutter und blickt zu den fünf Matrosen hinüber. Zwei ha-

ben einen Ringkampf begonnen, die anderen schauen gemeinsam mit den Kindern zu. »Das würden sie kaum tun, wenn du mit ihnen so reden würdest. Nicht solche Kerle.«
»Auf See kommen mir wenige gleich«, antwortet er, und es liegt keine Spur von Übertreibung in seiner Stimme, kein Anflug von Überheblichkeit auf seinem Gesicht. Urgroßmutter blickt ihn voll an, dreht ihm ihre helle Stirn zu und sagt: »Ich werde vielleicht noch an dich denken.«
Er starrt sie an, ein kühler Frühlingswind weht, keine Wolke am Himmel. Er zieht sich aus. In einer einzigen, flüssigen Bewegung streift er sich Pullover, Pulli und Unterhemd über den Kopf und lässt sie achtlos in den Sand fallen. Er läuft zum Boot, packt den Schrank, der noch an Land getragen werden muss, eigentlich eine Arbeit für zwei Männer, und trägt ihn bis zu ihr hinauf.
Sie sieht ihn an.
»Zieh dir etwas über«, sagt sie schließlich. »Es ist kühl. Und dann mach, dass du wegkommst, und sieh zu, dass dich die See nicht verschlingt!«

»Hier ereignet sich etwas Großes«

Ein hölzerner Stuhl und ein alter Pferdekarren, das war alles, was die früheren Bewohner zurückgelassen hatten. Die neuen spannen das graue Pferd ein und transportieren die Möbel auf dem Karren zum Haus. »Solche Dinge muss man selbst in die Hand nehmen«, erklärt Urgroßvater auf die Frage, warum die Matrosen die Sachen nicht den ganzen Weg tragen durften.

Kräftige Kerle, diese Matrosen, und einer von ihnen hatte den Oberkörper frei gemacht.

»Man muss seine Möbel selbst ins Haus tragen«, wiederholt Urgroßvater, »das muss so sein.« Er redet nur noch in Verkündigungen in diesen ersten Tagen auf Snæfellsnes, als stünde er auf einer Bühne oder würde eine Welt erschaffen. Sie inspizieren die Außengebäude, da muss einiges bedacht, einiges repariert werden. Morgens und abends ist die Kuh zu melken, irgendwann lammen die Schafe, es gibt viel zu tun. Urgroßvater sitzt im Schlafzimmer am Fenster und schreibt Gísli einen Brief, der Gletscher ragt weiß über die Berge empor. Urgroßmutter verlässt mit Werkzeug das Haus, er beugt sich über das Blatt und schreibt:

»Lieber Freund, hier ereignet sich etwas Großes. Jeden Tag setzt du dich mit dir selbst auseinander. Hier erlangst du die Orientierung zurück. Hier gibt es keinen Zeitgeist. Die Berge haben keine Ahnung, welches Jahrhundert gerade herrscht. Zu jeder Stunde kämpfst du mit der Natur und bekommst Schwielen an den Händen. Ja, Schwielen an den Händen zeugen davon, ob du gelebt hast oder nicht!«

»Was willst du mit dem Boot anfangen?«, fragt Urgroßmutter am dritten Tag.

Urgroßvater holt tief Luft: »Ich will mit der See kämpfen. Ich werde zum Fischen hinausrudern. Ein Mann muss allein zurechtkommen.«

»Aber du hast doch Angst vor dem Wasser.«

»Angst! Pah! Ich habe auch Angst vor Träumen und gehe doch jeden Abend schlafen.«

»Soso.«

»Du lächelst über mich, aber Angst ist dazu da, überwunden zu werden. Je größer der Sieg, desto größer der Mensch.«

Urgroßvater geht zum Strand hinab. Großvater und die kleine Schwester haben die große überreden können, das Boot für sie umzudrehen, und sie befinden sich gerade in höchster Seenot, als ihr Vater kommt, Piraten und Sarazenen greifen an, beide haben schon den linken Arm verloren. »Na, dann«, sagt der Vater, betrachtet das Boot, streicht darüber, klopft gegen die Planken und schaut lange aufs Meer hinaus. Dann geht er zum Hof zurück und kontrolliert die Netze. Sie liegen im Schuppen in einem Haufen, und er entwirrt sie. Danach trinkt er erst einmal Kaffee, unterhält sich mit seiner Frau, und schon geht es auf Abend zu. Er verschiebt die Jungfernreise. Am Tag darauf regnet es. Alle bleiben im Haus. Es ist sehr geräumig für ihre Möbel. Viel Platz zwischen ihnen. »So geht das nicht«, verkündet Urgroßvater gegen Mittag. Da hat es aufgehört, zu regnen. Er reitet nach Arnarstapi, um die Pferde zurückzugeben und den Brief an Gísli aufzugeben. Ein Blatt legt er noch bei, darauf steht:

»Freund, schick mir eine Kommode und zwei bequeme Sessel. Es soll sich angenehm in ihnen denken lassen. Die Kommode kann ruhig gebraucht sein, wir streichen sie neu. Aber könntest du, Bruder, auch ein Harmonium mitschicken? Ich kann nicht alles gleich bezahlen, aber du weißt ja, dass ich dir das Geld später zurückgebe, das Harmonium aber müssen wir haben! Ohne geht es jedenfalls nicht. Du solltest wissen, wie viel Musik in diesen Bergen hier steckt. Gott segne dich, Bruder und Freund! Komm uns doch einmal besuchen! Bedeutende Dinge gehen hier vor.«

Urgroßvater trifft mit dem rothaarigen Kapitän eine Verabredung, dass er sie jeden zweiten Monat mit dem Lebensnotwendigen versorgen soll. Das sollte reichen. Der Vorbesitzer hatte eine kühle Vorratskammer angelegt, darin halten sich die Nahrungsmittel. »Ach, übrigens, wo könnte ich wohl ein Pferd erstehen?«

Er kauft den Grauen, einen kräftigen, großen Wallach mit Heimweh nach seinem Stall. Doch gerade als Urgroßvater losreiten will, erblickt er in der Nähe ein weiteres, dunkles Pferd, ein edles Prachtstück, das sieht man schon von weitem, mit stolzem, unbändigem Temperament. Urgroßvater wendet sein ganzes Rednertalent und all seine Überzeugungskünste auf und bekommt den Rappen am Ende gegen die Versicherung, ihn »baldigst« zu bezahlen. Dann reitet er nach Hause; den Grauen wie ein Bleigewicht im Schlepptau.

Pass auf, dass dir nicht kalt wird

Die Tage vergehen, das Grün wird intensiver, der Schnee schmilzt in den Bergen, violett, braun, grau, gelb und schwarz ragen sie in einen blauen Himmel; nur der Gletscher schmilzt nicht, er steht da als Maßstab für die Lebensspanne des Menschen. Zuweilen ist er so blendend weiß, dass selbst die sommerliche Helle um ihn herum gedämpft wirkt. Er kann aber auch gräulich wirken, an einzelnen Tagen sogar düster, und dann ist es, als läge ein Hauch von Weltuntergang in der Luft. Der Gletscher zeigt Gottes Laune an, steht irgendwo, wahrscheinlich in einem Buch, aus dem Urgroßvater in der Stube vorgelesen hat, einer geräumigen Stube. Sie besitzen einen Bücherschrank mit annähernd hundert Büchern. Urgroßmutter liest beinahe täglich in *Victoria* von Knut Hamsun und in den beiden Gedichtbänden einer Ólöf von Hlaðir, die werden gar nicht erst ins Regal zurückgestellt.

Die Sache mit dem schwarzen Pferd gefällt ihr gar nicht, und die Abmachung mit dem Kapitän erst recht nicht. »Du weißt ja nicht, was du tust.« Er aber winkt ab. Im ersten Jahr in der Gegend müsse er seinen Umgang mit den Leuten einschränken und wolle so wenig wie möglich unterwegs sein, das sei sehr wichtig. »Außerdem nimmt der Mann so gut wie nichts dafür«, sagt er beruhigend. »Ich kann mit solchen Typen umgehen!« Aber das beruhigt sie keineswegs, nicht im mindesten. Er dagegen schweigt über das Harmonium, traut sich nicht, ihr von der Bestellung zu erzählen, geschweige denn von den Schulden.

Swisch, swisch, Urgroßvater schwingt die Sense. Er ist sein ganzes Leben Bauer gewesen. Swisch, swisch, er legt sich die Sense über die Schulter und guckt begeistert auf die Schwielen an seinen Händen, dann schüttelt er den linken Arm, den er sich vor langer Zeit doppelt gebrochen hat und der manchmal steif wird. Urgroßmutter recht das Heu zusammen und bastelt zwei kleine Harken für Großvater und die kleine Tochter, Großvater ist jetzt sechs, da besteht noch kaum ein Unterschied zwischen einer Bülte und einem Berg. Dann kommt das Motorboot mit Lebensmitteln, einer Kommode, zwei Sesseln zum Nachdenken und einem weißen Harmonium. Urgroßmutter blickt ihren Mann an, der dreimal »Sieh mal« sagt und dann mit ausholenden Gebärden von der Musik in den Bergen schwadroniert, von der älteren Tochter und ihren schlanken, langen Fingern. »Ich dachte, ein Harmonium würde ihr helfen, sich mit der Gegend hier anzufreunden.« Urgroßmutter presst die Lippen zusammen, sieht dann einen roten Schopf und wendet sich ab. Urgroßvater ist mit sich zufrieden. Gut, dass ihm das mit der Tochter eingefallen ist. Ich bin doch einfühlsam, denkt er. Die Seeleute packen mit an, die neuen Möbel ins Haus zu tragen, das Harmonium ist höllisch schwer, sie machen die Oberkörper frei. »Das gefällt mir«, sagt Urgroßvater. »Pass auf, dass dir nicht kalt wird!«, sagt Urgroßmutter zu dem Kapitän und legt ihre Hand auf seine Schulter, lässt sie wie unabsichtlich dort liegen. Er ist nass vor Schweiß.

Sechzig Kilometer Berge

Es ist ein Spaziergang von einer guten halben Stunde bis zum Fuß der Berge. Die Urgroßmutter geht manchmal dorthin. Von dort sieht man den nächsten Hof. Doch sie kann dem Nachbarn nicht verzeihen, dass er versucht hat, ihnen überalterte Schafe anzudrehen. »Das war niederträchtig«, sagt sie. »Solche Menschen haben Schmutz in der Seele.«
Nein, Urgroßmutter legt nicht den ganzen Weg zurück, um Leben und Bewegung zu sehen, sie tut es, um an die Berge zu kommen. Sie erklettert den Steilhang und macht erst da Halt, wo der Berg die Vegetationsdecke abschüttelt und ein wuchtiger Felsblock unter düsteren Brauen aufs Meer hinaus starrt. Dort legt sie die Handflächen an die Bergwand. Es liegen noch sechzig Kilometer Berg zwischen ihnen und dem Hof, von dem sie stammt, auf dem sie ebenso geboren wurde wie ihr Vater und ihr Großvater und auf dem sie aufwuchs und lebte, bis sie vierzehn Jahre alt war und ihr Vater betrunken vom Pferd fiel, mit dem Kopf auf einen

Stein schlug und starb. Sie legt die Handflächen an die Bergwand, und es sind sechzig Kilometer Berge bis zu *dem* Ort, dem einzigen auf der Welt, dem das Wort Heimat zukommt. Sie liegt unterhalb dieses Felsens und versucht, einzuschlafen, presst ein Ohr an das Geröll und hört einen dunklen Basston, so tief, dass die Augenlider vibrieren wie Schmetterlingsflügel.

Seefahrt am Gletscher

Urgroßvater ist begeistert von der Einsamkeit. Das kann man von der älteren Tochter nicht sagen. Zu Beginn des Sommers sucht sie noch die Gesellschaft der Bücher und des Harmoniums, aber das Heimweh nach Reykjavík kann so überwältigend und plötzlich kommen, dass sie mitten in einem Stück oder Satz abbricht und schreit. Sie will zurück. »Nein«, sagt ihr Vater, »wir bleiben hier. Das ist unser Zuhause, hier schlagen wir Wurzeln. Sprich mit dem Land! Das tue ich auch. Die Steine sind meine Freunde und die Berge.«
»Das ist doch Schwachsinn!«, schreit sie ungezogen und läuft weg, läuft und läuft, bis der Hof außer Sichtweite ist, bis zu einer Anhöhe mit einem kleinen Fels auf dem Gipfel. Das Mädchen wirft sich zu Boden, weinend und völlig verzweifelt. Aus der Ferne gleicht der Hügel dem Kopf eines Trolls, der vor tausend Jahren in die Erde eingesunken ist. Mittlerweile ist er ganz von Gras überwachsen, bis auf die düstere Stirn. Das Mädchen starrt diese Stirn an und stellt sich vor, sein hellblondes Haar könne den jahrtausende-

langen Schlaf des Trolls stören. Es schließt die Augen und wartet darauf, dass die Erde zu beben beginnt, wenn der Troll tief unten im Erdreich zum ersten Mal seinen Arm bewegt. Es wartet, nichts passiert. Die Erde bebt nicht, aber auf einmal hört es überall um sich herum Stimmen und öffnet die Augen.

Swisch, swisch, Urgroßvater schwingt die Sense auf der Hauswiese, auf den Außenwiesen und im feuchten Moor, swisch, swisch, und abends fällt er müde und zerschlagen ins Bett, der Rücken tut ihm weh, der linke Arm ist steif. »Nichts ist so wunderbar wie diese Art von Müdigkeit«, sagt er mehr als einmal zu seiner Familie. Jeden Morgen aber blickt er zum Strand und dem Boot hinab, geht auch ein paarmal hin und dreht es um, damit die Kleinen diese Nussschale in ein Schlachtschiff verwandeln können. »Das Essen wird allmählich knapp«, sagt Urgroßmutter einmal. »Ich hatte mit Fisch von hier gerechnet, als ich in Arnarstapi Lebensmittel bestellte.«

Schweigen.

»Es dauert noch Wochen, bis sie das nächste Mal kommen«, setzt sie hinzu und meint das Motorboot. »Vielleicht sollte einer von uns in den Ort gehen und einkaufen.«

Schnell blickt er auf, es zuckt in seinem Gesicht, dann senkt er den Blick, scheint tief durchzuatmen, knallt auf einmal mit aller Macht die Faust auf den Tisch. Sie zuckt zusammen, im Wohnzimmer verstummt das Harmonium. Er springt auf und stürmt aus dem Haus. Sie wartet, zwingt sich, langsam bis fünfzig zu zählen. »Einundzwanzig«, murmelt sie, das Mädchen kommt in die Küche. »Zweiundzwanzig, dreiundzwanzig ...« Als sie aus dem Haus treten, ist er dabei, den Grauen vor den Karren zu spannen, und

tut so, als würde er sie nicht sehen. Nur wenige Minuten später führt er das Pferd zum Strand hinab, den Karren mit zwei Netzen beladen und vier großen Steinen, um sie zu beschweren. Der Himmel ist klar, es weht eine leichte Brise. Mutter und Tochter laufen ihm nach und holen ihn am Boot ein. »Wir brauchen doch Fisch«, sagt er, ehe Urgroßmutter den Mund öffnen kann. »Hier sind Netze, hier ist ein Boot, und da ist das Meer«, fügt er hinzu. »Das ist doch alles, was man braucht.«
»Ja«, sagt sie.
»Die Heuernte war gut, und jetzt habe ich Zeit genug, ein bisschen fischen zu gehen.«
»Ja«, sagt sie und hilft ihm, die Netze vom Karren zu laden. Großvater und das kleine Mädchen wollen mit, es ist schließlich ihr Schiff. »Du bist nur einfacher Matrose«, erklärt Großvater seinem Vater, der aber gerade kein Ohr für solche Dinge hat. Er schiebt das Boot ins Wasser, schwingt sich hinein und rudert mit kräftigen Schlägen los.
Das Land bleibt zurück. Urgroßmutter und die Kinder werden kleiner, er rudert voll Eifer. »Pah, kein Problem«, sagt er laut zu sich selbst. »Wahrscheinlich bin ich dazu geboren. Das ist nur der Anfang, Teufel noch mal! Hier werden noch einmal richtig große Mengen angelandet werden.« Dabei ist er einige Male kurz davor, ein Ruder zu verlieren. Die See atmet schwer unter seinen Fersen. Er rudert, die Menschen am Ufer schrumpfen, das Boot gleitet voran, hebt sich auf die langen Wellen. Urgroßvater wird langsam müde, stellt das Rudern ein und sieht sich um. Da ist nichts bis auf den unendlichen Ozean. Die Brise weht, ansonsten ist nichts zu hören, bis auf seine hektischen, gepressten Atemzüge. Er zieht die Ruder ein, legt die rechte

Hand aufs Dollbord und schaut vorsichtig darüber hinweg. Die See rund um das Boot ist dunkel, fast schwarz. Urgroßvater blickt zum Land zurück: Es wirkt sehr schweigsam und weit entfernt und hat ihn schon vergessen. Urgroßvater greift nach den Netzen, das Boot fängt heftig an zu schaukeln. Besser, ich hätte schwimmen gelernt, denkt er und packt einen der Steine, um ihn über Bord zu werfen. Er steht auf, doch da schaukelt das Boot noch mehr, also setzt er sich wieder, erholt sich einen Moment, packt den Stein dann fester und erhebt sich so langsam, dass seine Oberschenkelmuskeln vor Anstrengung zu zittern beginnen. Er steht, richtet sich auf und blickt starr vor sich hin, wartet darauf, dass das Boot aufhört zu schwanken. Jetzt werfe ich den Stein aus, denkt er, und seine Arme zucken, als durchzuckte sie der Gedanke. Doch anstatt den Stein im Meer zu versenken, sinkt er selbst zurück ins Boot, beugt sich über den Stein und rollt sich so über ihm zusammen, dass er mehr einer Muschel als einem Menschen gleicht. Dazu schließt er die Augen, während die schwarze Tiefe an ihm saugt. Es wird Spätnachmittag, und hinter ihm lauert das Dunkel der Nacht. Die Zeit vergeht, Minuten, vielleicht eine Stunde. Endlich richtet sich Urgroßvater mit geschlossenen Augen wieder auf und setzt sich auf die Ruderbank. Kalter Schweiß klebt ihm am Körper. Er greift nach den Rudern und wendet das Boot, verliert die Ruder aber fast wieder, als er die Augen öffnet und sein Blick auf den unbegrenzten Ozean trifft. Er blickt direkt in den ziehenden, saugenden Schlund des Horizonts. Er bekommt die Ruder zu fassen und rudert so schnell er kann zum Land, hebt den Blick dabei nicht mehr über den Bootsrand.

Am Tag danach bleibt er mit furchtbaren Kopfschmerzen im Bett. Urgroßmutter bringt ihm das Essen und bietet ihm an, das Fischen für ihn zu übernehmen. »Untersteh dich!«, sagt er und fürchtet so sehr, sie könne das Boot nehmen, dass er mit schmerzverzerrtem Gesicht zum Ufer hinabgeht und die Ruder aus dem Boot nimmt. Während die Angst und die Kopfschmerzen versuchen, ihn umzubringen, liegen die Ruder im Schlafzimmer auf dem Fußboden.
Zwei Tage vergehen.
Urgroßmutter arbeitet mit dem Rechen, die besten Flächen sind gemäht. Sie geht zu den feuchtesten Stellen im Moor, verbietet Großvater, ihr mit der Kinderharke zu folgen, und er verflucht seine sechs Jahre. Am dritten Tag steht Urgroßvater wieder auf, die Frau sieht vom Moor aus, wie er um das Haus stapft. Er zerrt einen Haufen verhedderter Netze aus dem Schuppen und trennt die Leinen von den Maschen. Bis zum Abend hat er bei sechs Netzen die Taue gekappt und dadurch hundertachtzig Meter Leine erhalten, die er miteinander verspleißt. Den Fragen seiner Frau im Lauf des Abends geht er aus dem Weg. Am nächsten Morgen zieht er, während sie beim Melken ist, mit Pferd und Wagen zum Ufer hinab, den Karren beladen mit Hammer und Schaufel, einem Holzblock von gut einem Meter Länge und den hundertachtzig Metern Leine. Die ältere Tochter, die für ihre Verhältnisse ungewöhnlich früh auf den Beinen ist, um herauszufinden, was der Vater vorhat, informiert die Mutter, und die beeilt sich, mit dem Melken fertig zu werden. Die Kuh sieht ihr vorwurfsvoll nach. Als Mutter und Tochter am Ufer ankommen, hat Urgroßvater den Karren entladen und buddelt gerade ein Loch in den Sand. Da hinein steckt er schräg den Holzblock, schüttet

Sand an, klopft mit dem Hammer nach, füllt noch einmal Erde auf und klopft sie fest. Dann bindet er das eine Ende der Leine um den Block, das andere um den Achtersteven des Bootes, sorgsam bindet er die Knoten und zieht sie gut fest. Er würdigt die Frauen keines Blicks, als er das Boot ins Wasser schiebt und einsteigt. Entschlossen rudert er hinaus, so weit die Leine reicht. Dort wirft er das Netz aus, spuckt kräftig aus und rudert zurück.

Eine Nacht, die vergeht, eine Kerze, die herunterbrennt

In einer halbdunklen Augustnacht erwacht Urgroßmutter von fernem Motortuckern, das fast im selben Augenblick verstummt, in dem sie die Augen öffnet. Sie liegt da und horcht, dann beginnt Urgroßvater wieder zu schnarchen, mit leisen Zügen, die wie fernes Motorengeräusch klingen. Sie kann nicht wieder einschlafen und steht auf. Gegen die Bodenkälte streift sie ein paar Wollsocken über, aber auch um ihre Schritte zu dämpfen. Sie schaut bei den Kindern herein. Die beiden jüngeren teilen sich ein Zimmer, die Ältere hat ein eigenes. Sie murmelt etwas im Schlaf und hat sich freigestrampelt, das lange, blonde Haar umgibt ihr Haupt wie heller Nebel. Urgroßmutter deckt sie wieder zu, küsst sie auf den Scheitel und geht nach unten. Sie möchte sich eine Pfeife stopfen, rauchen und aus dem Fenster schauen, lässt es aber lieber, denn der Tabakduft könnte nach oben steigen und Urgroßvater wecken. Tabak ist einer seiner größten Genüsse, und also kann man nie wissen.

Daher begnügt sie sich damit, aus dem Fenster zu gucken. Einige Wolken treiben am Himmel, und die hellsten Sterne sind nach der ununterbrochenen Helle der letzten Monate zurückgekehrt.
Habe ich von einer »halbdunklen Augustnacht« gesprochen?
Das ist eine ungenaue und vielleicht nicht ganz zutreffende Beschreibung. Urgroßmutter blickt nach draußen, und als sich die Augen daran gewöhnt haben, erkennt sie, dass es eine dieser körnigen hellen Nächte ist, die alles außer Kraft setzen. Du siehst fast genauso weit wie am Tage, aber Dinge, die in der Ferne liegen, können eigentümliche Formen annehmen. Nur weniges ist tatsächlich so, wie es aussieht, und in solchen Nächten werden Gespenster geboren. Urgroßmutter also blickt nach draußen und genießt es, sich von dem Dämmerlicht täuschen zu lassen, das Bekanntes in Geheimnisvolles verwandelt. Sie blickt hinaus und sieht das Boot. Es treibt kaum hundert Meter vom Ufer entfernt. Sie kneift die Augen zusammen, um Einzelheiten besser erkennen zu können, beispielsweise die Gesichtszüge desjenigen, der im Boot steht und zu ihrem Haus herüberspäht. Sie holt Luft, und das Boot scheint sich im Rhythmus ihres Atems zu heben und zu senken. Dann verschwinden die Sterne hinter Wolken, der Himmel ebenfalls. Es wird eine Spur dunkler. Sie steht auf und holt Licht, eine Kerze, die sie anzündet und ins Fenster stellt. Man muss sich doch einsam fühlen, wenn man so allein an Deck eines Motorboots steht und ein Haus beobachtet, dessen Fenster alle dunkel von Schlaf sind. Jetzt kann er das Licht betrachten, dabei an die Hände denken, die es entzündeten, und vielleicht sogar eine Bewegung hinter diesem Licht wahrnehmen, einen Sche-

men von Leben sehen oder fühlen. Sie aber sieht jetzt nur noch ihr eigenes Spiegelbild in der Scheibe, ihr langes Haar, das ihr über die Schultern und den hellen Morgenrock fließt, und dunkel starrende Augen. Sie tritt an das nächste Fenster, und als sich ihre Augen erneut an die Nacht gewöhnt haben, sieht sie ein Licht auf dem Boot und sie erkennt eine Bewegung an Bord. Die Kerze brennt herab. Die Nacht vergeht.

Sie hören die Eiszapfen wachsen

»Danke für das Licht«, sagt er. Es ist an einem klaren Herbsttag unten am Ufer. Das Boot ist mit einer neuen Lieferung gekommen, Urgroßmutter und die Kinder nehmen die Besatzung mit Kaffee und Gebäck in Empfang, Urgroßvater hält sich oben im Haus auf.
»Danke für das Licht«, sagt der Kapitän.
»Nichts zu danken«, antwortet Urgroßmutter. »Ich dachte nur, es müsste doch einsam sein, auf ein schlafendes Haus zu gucken. Hast du mich erkannt?«
»Eine Bewegung habe ich gesehen, und Umrisse. Ich weiß nicht, ob ich in jener Nacht mehr hätte aushalten können«, sagt er und versucht zu lächeln.
»Ach, du bist doch so jung und stark. Du hättest mehr ausgehalten. Eine Menge mehr.«
Es ist Herbst, der Gletscher zieht die Dunkelheit an, dann kommt der Winter. Genügend Vorräte in der kühlen Vorratskammer, eingesalzenes Lammfleisch, Trockenfisch, manchmal geht Urgroßvater der eine oder andere Fang ins Netz.

»Was ist das denn?«, hatte einer der Seeleute gefragt, als er die Leine unter dem Boot hervorkommen sah. Die jüngeren Geschwister hatten ihn dazu gebracht, das Boot für sie umzudrehen.

»Mein Mann hat Angst vor dem Meer«, sagt Urgroßmutter.

»Und was hat das Tau damit zu tun?«

Als sie darauf keine Antwort gibt, schaut er sich die Leine genauer an, schätzt ihre Länge, schüttelt dann den Kopf und brummt: »So was habe ich mein Lebtag noch nicht gesehen!«

»Dann freu dich darüber«, meint der Kapitän, »denn du fährst reicher von hier fort, als du hergekommen bist. Und weiter kein Wort darüber!« Zu Urgroßmutter: »Es ist besser, das Netz hier vor der Landzunge auszuwerfen« – er blickt zu dem schmalen Streifen hinüber, der etwa fünfzig Meter ins Meer vorspringt. »Da fällt der Grund steil ab, und da sollte man ganz gut fischen können. Selbst wenn man nicht weiter als diese eine Kabellänge rausfährt.«

»Verachtest du ihn für seine Feigheit?«

»Nein, fällt mir nicht ein. Das ist die originellste Fangmethode, von der ich je gehört habe.«

Urgroßvater beherzigt den Rat, schlotternd aus Angst vor der dunkelblauen Tiefe, überprüft laufend das Tau und fängt beträchtlich mehr als vorher. Der Winter bleibt bis über Weihnachten hinaus mild. Zweimal in der Woche rudert Urgroßvater hinaus. Das ist schwere Arbeit. Es kostet viel Kraft, die Steine und das vollgesogene Netz einzuholen. »Fühl mal!«, sagt er zu Urgroßmutter und spannt die Oberarmmuskeln an. Dann wird die Zeit träger. Nach dem Jahreswechsel schneit es so viel, dass Januar und Februar ineinander übergehen, Tag und Nacht eins werden. Der Schnee fällt so dicht, dass es schwer fällt, draußen Luft zu holen. Die Ställe liegen fast hundert Meter vom Haupthaus entfernt. Bei derart schlechtem Wetter ist das eine beträchtliche Strecke, die riskant und sogar lebensgefährlich werden kann. Im Sommer hatte Urgroßvater die Nähe von Fremden fast nicht ertragen können, doch da wusste er, dass die Welt existierte, sie summte und brummte überall um ihn herum. Hinter jedem Berg und jeder Kuppe gab es Leben. Jetzt verstreichen die Tage, Schneefall und wildes Schneefegen löschen die gesamte Landschaft aus, alle Entfernungen, nur die Familie ist noch da. Während eines drei Tage andauernden Unwetters im Februar steht es so schlimm mit ihm, dass er sich nicht vor die Tür oder überhaupt auf die Beine wagt, sondern fast den ganzen Tag im Bett bleibt und nicht eher wieder aufsteht, als bis die Welt mit ihren Bergen, dem Meer, dem Horizont und allem Zusammenhang zurückkehrt. In der Zwischenzeit geht Urgroßmutter allein in den Stall. Sie liebt dieses blinde, weiße Wüten und freut sich jedes Mal darauf, aus dem Haus zu treten und zu spüren, wie das Wetter auf sie eindrischt. Es ist, wie sich mit Gott zu prügeln. Du brauchst deine äußerste Willensanstrengung, um diesen Kampf lebend zu überstehen. Dann aber beruhigt sich alles, das wütende Heulen des Sturms lässt nach, die Stöße gegen das Haus verebben, die Welt kehrt zurück, ein ruhiger Himmel wölbt sich darüber. Weiße Stille, weißes Schweigen, und sie hören die Eiszapfen wachsen.

Derjenige, der diesen unbedeutenden Namen trägt

Als die nächste Bootslieferung kommt, schüttet es. Widerlicher Winterregen, ungemütlich kalter Wind, die Erde ist kalt und schmuddelig, in allen Senken liegen zusammengeschmolzene Haufen Schnee, und Raben krächzen im Regen. Niemand erwartet sie am Strand. Sie gehen zum Haus hinauf, bei jedem Schritt knarrt das Ölzeug. Das Haus liegt totenstill da.

»Sind die etwa abgehauen?«, fragt einer ungläubig, denn jeder Umzug ist auf dem Lande eine Sensation ersten Ranges, in jedem Fall eine Schlagzeile auf der Titelseite, mindestens einem bekanntgewordenen Seitensprung oder einer unpassenden Schwangerschaft ebenbürtig. Höchstens ein tödlicher Unfall kann eine solche Neuigkeit übertrumpfen. Mord kommt nur in Büchern oder ausnahmsweise einmal in hundert Jahren vor. Der Regen prasselt auf sie ein, der Kapitän mustert das Haus.

»Wir sollten mal klopfen«, sagt einer der Matrosen unter seinem Südwester. Unwillkürlich haben sie einen Halbkreis um den Kapitän gebildet. Sein rotes Haar drängt unter der Mütze hervor. Er sagt etwas, das weder im Zusammenhang mit ihnen, dem Wetter oder dem Haus zu stehen scheint. Die Matrosen werfen sich verlegene Blicke zu. »Na, soll ich jetzt nicht endlich mal anklopfen?«, fragt schließlich einer, doch da guckt Großvater gerade aus dem Fenster, sieht ein paar schemenhafte Gestalten davor und schreit vor Schreck auf. »Aha, sind also doch nicht alle ausgeflogen«, sagt einer der Matrosen.

Es ist März. Urgroßvater liegt im Bett und döst, als die älteste Tochter auftaucht und verkündet, dass sechs Seeleute vor der Tür ständen. »Mama hat erst mal Kaffee aufgesetzt. Du sollst ihnen die Tür aufmachen und sie hereinbitten.« Euphorie ergreift von Urgroßvater Besitz. Er springt aus dem Bett, rennt fast die Stufen hinab, reißt die Tür auf und ruft: »Willkommen!« in das scheußliche Wetter hinaus. Die Kinder werden von seinem Übereifer angesteckt, sie toben herum, und Großvater zeigt, dass er Kopfstand kann. Urgroßvater spricht laut und wie aufgedreht, haut krachend auf Schultern und lacht. Die ältere Tochter setzt sich ans Harmonium. Kaffee und Gebäck werden aufgefahren, Urgroßvater gibt Anekdoten zum Besten. Er ist ein begnadeter Geschichtenerzähler, der Mimik, Stimme, Gesten einzusetzen weiß, wenn es drauf ankommt. Alle verplaudern sich, bis auf den Kapitän, der Urgroßmutter jedes Mal ansieht, wenn sie in die Stube tritt. Ihre Augen leuchten dunkel unter der hellen Stirn. Doch sie behandelt ihn, als wäre er nichts weiter als jemand, der Waren liefert, freundlich, aber nicht anders als die anderen, höflich lächelt sie in seine bohrenden Augen. Zwei der Matrosen möchten ein Lied zum Besten geben. Noch nie haben sie zu Harmoniumbegleitung gesungen. Sie singen gut, ihre Stimmen kommen von ganz tief unten aus der Brust. Der Regen prasselt auf das Haus ein. »Ihr bleibt doch wohl zum Essen«, sagt Urgroßmutter, und Urgroßvater ruft: »Selbstverständlich! Was denn sonst?« Die Matrosen blicken ihren Kapitän aufmunternd an. Jón heißt er, einen unbedeutenderen Namen kann man gar nicht haben. »Der Fisch schwimmt uns davon, und meine Mütze ist wieder trocken«, sagt dieser Jón. Dann überlegt er sich die Sache noch mal. »Hast du nicht deine Buddel bei dir, Ási?«, fragt er. »Vielleicht sollten wir sie mal rumgehen lassen, und dann fahren wir.« Einer der

Seeleute, es muss dieser Ási sein, geht und holt einen großen Flachmann. Er hatte ihn in seinen Stiefel gesteckt, nachdem sie das Haus betreten hatten. Er wollte sich wohl nicht damit sehen lassen. Selbstgebrannter ist darin, ein richtiger Rachenputzer. Sie setzen sich zu Tisch, Urgroßvater lehnt den Schnaps dankend ab, bittet aber den Maschinisten, ihm die Funktionsweise der Maschine zu erklären, und andere, Seemannsgarn zum Besten zu geben. Derweil hält sich Urgroßmutter in der Küche auf, kocht mehr Kaffee und schneidet Fleisch auf. »Sie brauchen doch was im Magen bei dem ganzen Schnaps«, sagt sie. Er steht plötzlich im Türrahmen, hält eine Tasse in der Hand, die leicht zu zittern scheint, aber das täuscht vielleicht. Alle anderen sind jedenfalls in der Stube, die Kinder weichen den Gästen nicht von der Seite, und der, der den Namen Jón trägt, tritt allein in die Küche. Niemand sieht oder hört sie, jetzt kann er alles sagen. Er sieht sie an, betrachtet sie und nimmt sie mit seinen Atemzügen in sich auf. Sie blickt auf und lächelt – kameradschaftlich. Schneidet dann weiter Fleisch in kleine Stücke. Er stellt sich neben sie und öffnet den Mund, schließt ihn aber wieder. Er heißt Jón und hat sonst alles vergessen, bis auf diesen unbedeutenden Namen, und darum sagt er genau das: »Ich heiße Jón.« Dann stellt er die Tasse ab. Sie schneidet Fleisch und fordert ihn auf, sich noch mehr Kaffee zu nehmen, er brauche ihr keine Gesellschaft zu leisten, das sei übertriebene Höflichkeit. »Setz dich zu den anderen«, sagt sie und fügt die vernichtende Bemerkung hinzu: »Du hast sowieso nichts hier in der Küche verloren.« Seine Arme sinken schwer herab. Sie ist mit dem Fleisch fertig. »Mein Name ist Jón«, wiederholt er. »Nein, Tóbíelk«, murmelt sie. Es ist März.

Ein abseits stehendes Haus

Mit einem schweren Seufzer kommt das Land unter dem dunklen Winter hervor. Für einige Tage gaukelt das Wetter Frühling vor, es ist trocken und fünfzehn Grad warm. Seit dem Besuch der Bootsbesatzung hält es Urgroßvater kaum noch im Haus. Um das Vieh mag er sich nicht kümmern, also sattelt er den Rappen. Dieses Teufelsbiest besteht nur aus Energie und Temperament; wenn es gezwungen wird, still zu stehen, bebt es vor kaum zu bändigender Kraft. Urgroßvater schwingt sich in den Sattel, gibt ihm leicht die Fersen, und schon will es mit einem glücklichen Reiter auf dem Rücken davonschießen. »Man muss doch seine Nachbarn kennen lernen«, ruft Urgroßvater seiner Frau zu, »und das Land.«

Er sitzt auf dem Rappen und versucht dessen schäumenden Eifer zu zügeln. »Bist du mir böse?«, fragt er. »Ruhig«, sagt er, als das Pferd unter ihm zittert. »Bist du mir böse?«, wiederholt er unsicher, als sie keine Antwort gibt. Sie haben sich am Morgen gestritten. Er hatte sich über die Gegend ausgelassen und den Kopf darüber geschüttelt, wie viele Stagnation entweder als Naturgesetz ansähen oder als aus Gottes Rippen geschnitzt. Er hatte sich vorstellen können, für einen Sitz im Gemeinderat zu kandidieren, wollte doch gern von Nutzen sein. Sie aber hatte ihm daraufhin vorgeworfen, er habe jegliches Interesse an Haus und Hof, ja, an dem gesamten Projekt verloren und würde sich einen Dreck um seine großartigen Ankündigungen vom letzten Sommer scheren. Das war am Morgen. Jetzt ist Mittag, und sie hat seit zwei Stunden kein Wort mehr gesagt. Daraufhin sattelte er den Rappen. Urgroßmutter kam aus dem Haus und sah zu ihm auf, und Urgroßvater fragt zum dritten Mal: »Bist du mir böse? Bist du unzufrieden mit mir, ich meine, he, steh still! Ich meine, wenn ich dir zur Last falle, wirst du wohl, steh! Damit könnte ich niemals leben, ich, ruhig, steh, du Mistvieh!« »Versuch doch nur dieses eine Mal, etwas durchzuhalten! Um was anderes bitte ich dich gar nicht«, sagt Urgroßmutter und klatscht dem Pferd die flache Hand auf die Kruppe. Es schießt los, und der Wind übermütig hinterher.

Die älteste Tochter mit dem Blondhaar geht zuweilen jeden Tag zu jenem Hügel, und Urgroßvater behauptet stolz, sein großes Mädchen würde mit Elfen spielen. »Gott steh der Ärmsten bei!«, ruft manch einer daraufhin, doch dann wird Urgroßvater entweder wütend oder fängt an zu lachen. Einmal kommt das Mädchen mit einem Stein nach Hause, der genau wie ein kleiner Mensch geformt ist. Bei Tisch betrachtet jeder das Ding eingehend und nimmt es in die Hand. Das Mädchen schenkt den Stein seiner kleinen Schwester. Es wird Frühling, und der Himmel streut Watvögel über Snæfellsnes.

Sie machen sich auf den Weg nach Arnarstapi, »Einkaufstour in den Handelsort« nennt Urgroßvater die Reise, obwohl Handelsort ein ziemlich großes Wort für eine so kleine Ansammlung von Häusern ist. Aber die Bedeutung von Wörtern kann sich nun einmal je nach der Perspektive ändern, aus der man sie betrachtet. Und das ist nur gut so, denn dann gibt es wenigstens noch Unterschiede zwischen Menschen und Orten, dann gibt es noch Leben und Bewegung in der Sprache. Für Großvater und seine kleine Schwester ist Arnarstapi jedenfalls der Handelsort, ein geradezu überwältigendes Gedränge von Gebäuden. Er ist

sechs, sie ist vier, und das eine Jahr auf Snæfellsnes hat Reykjavík schon in die Nebel des Vergessens sinken lassen. In diesem Alter können ein Jahr zurückliegende Erinnerungen schon mit Traumbildern verschmelzen. Das ältere Mädchen verzieht nur das Gesicht, als es die Häuser von Arnarstapi auftauchen sieht. Urgroßvater unterhält sich mit Leuten dort, stellt sich vor, macht sich mit den Verhältnissen bekannt. Urgroßmutter kauft ein, unternimmt danach einen Spaziergang mit den Kindern. Eines der Häuser steht ein wenig abseits von den anderen, als habe es vor etwas Schutz gesucht. Es ist ein bescheidenes Holzhaus. Ein rothaariger Kapitän wohnt darin. »Ich wollte nur Bescheid sagen, dass ihr die nächsten sechs Wochen nicht zu kommen braucht. Wir haben genügend eingekauft.« »Aha«, sagt der Kapitän, »ihr seid also auf Einkaufsbummel.« »Ein hübsches, kleines Häuschen hast du da«, bemerkt Urgroßmutter. »Es steht nur ein bisschen abgesondert von den anderen. Mir persönlich gefällt es, mich mehr für mich zu halten. Jaja, das war eigentlich schon alles«, sagt sie und verabschiedet sich. Da sagt er zu den Kindern: »Ich habe einen Vogel mit gebrochenem Flügel drinnen bei mir, und ich wollte ihn eigentlich gleich ein wenig im Freien laufen lassen.«
Sie bleiben eine ganze Stunde. Einmal stehen Urgroßmutter und der Kapitän so dicht nebeneinander, dass alle Gesetze ungültig werden, sie sind sich so nah, dass sie den Geruch nach Fisch und seinen warmen Körper spürt.

Willst du wirklich wissen, wer mein Unglück ist?

Es wird ein ziemlich kühles Frühjahr, aber die Geburten der neuen Lämmer verlaufen gut. Sie haben inzwischen elf Schafe, die insgesamt siebzehn Junge zur Welt bringen. Vier davon sterben. Urgroßvater lässt den Rappen stehen und denkt über Schafzucht nach. Er sitzt im Stall, benutzt seine Knie als Schreibpult und notiert seine Ideen über die Zukunft. Wenn ein Schaf kurz vor dem Lammen steht, bleibt er schon einmal eine ganze Nacht bei ihm. »Vollkommen unnötig«, sagt Urgroßmutter, aber er hält trotzdem Wache. Er genießt es, müde und allein in der Nacht auf zu sein. »Ich, eine Zigarre und die Nacht«, sagt er dazu. Manchmal geht er ums Haus und streichelt es wie ein edles Tier, denkt über Dachkonstruktionen nach und murmelt etwas vor sich hin. Eines Morgens im Juni weckt er Urgroßmutter in aller Frühe, eigentlich noch in der Nacht. »Es ist noch nicht einmal halb fünf«, knurrt Urgroßmutter ungehalten und will weiterschlafen. »Nein«, sagt Urgroßvater und zieht ihr die Decke weg. »Komm nach unten! Sofort. Ich muss mit dir reden.«
Er erwartet sie mit frischem Kaffee in der Küche. Es regnet, und der Regen verwandelt die helle Juninacht in Zwielicht, Gras und Heide wirken bräunlich, das Land nass und kalt, leblos. Ein von Gott verlassenes Land, denkt Urgroßmutter unwillkürlich, als sie noch verschlafen aus dem Fenster schaut. Er streicht sich über sein graumeliertes Haar, atmet einmal tief durch und sagt dann:
»Dieses Haus soll unser Zuhause werden, dieser Hof uns eine wirkliche Heimstatt geben.«
»Gut«, antwortet sie, »kann ich jetzt wieder schlafen gehen?«

»Nein, trink erst mal einen Schluck Kaffee«, bittet er sie und schenkt ihr dampfenden, schwarzen Kaffee in die Tasse. Nichts sei so wichtig wie ein eigenes Heim, fährt er dann fort. Das mache einen unabhängig und frei. Es regnet, sie trinkt ihren Kaffee. Er ist gut und stark. Sie sitzt vorgebeugt da und lauscht dem Regen, hört ihren Mann erst von einem Heim, dann von sich selbst und schließlich von seinem Leben reden. Es hört sich an, als wolle er sämtliche Fäden hier in der Küche von Barðastaðir zusammenlaufen lassen, in einer regnerisch grauen Dämmerstunde. Sie weiß, dass er auf irgendetwas hinauswill, und versucht sich zu konzentrieren, aber manchmal fühlt es sich an, als ob ihr Bewusstsein mit dem Rauschen des Regens draußen eins würde, und dann sitzt nur noch ihr leerer Körper auf dem Küchenstuhl, sie selbst aber befindet sich draußen im Regen irgendwo zwischen Himmel und Erde. Währenddessen erzählt er davon, dass er sein halbes Leben mit Trinken und sinnlosen Träumen von Reisen und fernen Ländern vergeudet habe, dass diese Träume wie Irrlichter im Moor gewesen seien und nichts als eine Flucht davor, endlich die Wirklichkeit anzugehen. »Das ist mir jetzt klar geworden«, bekennt Urgroßvater.

Und sie stimmt ihm darin vielleicht zu, ohne es selbst recht mitzubekommen.

Er ruft noch einmal den November vor zwei Jahren in Erinnerung: Die Spanische Grippe. Als diese Wochen damals hinter ihm lagen, hatte ihn eine seltsame Leere befallen. Für ein paar Wochen war er wichtig gewesen, hatte seinen Mann gestanden, das Leben gemeistert. Dann aber war der Alltag zurückgekehrt mit seinem Einerlei und seinen festen Regeln, und jene Leere hatte sich in ihm festgesetzt. Nichts

mehr schien irgendwie von Bedeutung zu sein ... und dann
hatte er diesen Auftrag erhalten, Barðastaðir zu verkaufen.
»Ja«, sagt Urgroßmutter und schaut auf. Sie ist nicht mehr
im Regen zwischen Himmel und Erde. Sie schaut auf und
sagt: »Ja, und da warst du auf einmal davon überzeugt,
dass die Chance deines Lebens gekommen war.«
Urgroßvater steht da und sieht sie voller Enthusiasmus an.
Obwohl er inzwischen weit über fünfzig ist, scheint ihm
die durchwachte Nacht nicht das Geringste auszumachen,
nicht eine Spur von Müdigkeit ist ihm anzusehen. Zuweilen hat Urgroßmutter den Eindruck, er sei nicht einen Tag
älter als sie selbst – trotz der bald zwanzig Jahre, die sie
auseinander sind. Denn trotz der grauen Haare, der tiefer
werdenden Falten auf der Stirn und in den Augenwinkeln
scheint die Zeit durch Urgroßvater hindurchzugehen, ohne
sichtbare Spuren zu hinterlassen. Was immer auch passiert, jedes Mal wird er sich wieder aufrappeln, wie tief er
auch fallen mag, immer wird er früher oder später mit diesem Gesicht, seiner Alterslosigkeit und seinen strahlenden
Augen wieder vor ihr stehen. Und jetzt ist er auf dem Weg
nach Reykjavík.
Es ist Anfang Juni, und er will in die Stadt. Er wirft nicht
das Handtuch, wie sie befürchtet hat, und gibt auf, nein,
ganz im Gegenteil, er will ihr Leben auf dem Lande sichern
und ausbauen. Urgroßvater hat sich alles genau überlegt.
»Man muss gemäß seinen Anlagen leben«, sagt er. »Es
bringt nichts, sich nur in romantischen Träumen ein Leben
von Ruhe und Frieden in der Einsamkeit auszumalen. Du
hast gesehen, wie es mir im Winter gegangen ist. Ich muss
noch etwas anderes zu tun haben, sonst könnte es hier bei
uns noch böse enden – du weißt, was ich meine.« Und

darum will er nach Reykjavík und Ratschläge einholen, sich gründlichst mit dem Neuesten in der Landwirtschaft vertraut machen, möglicherweise einen Kredit aufnehmen, und außerdem geht ihm so das eine oder andere hinsichtlich der Handelsmöglichkeiten in Arnarstapi durch den Kopf. Diese Gegend stagniert, als hätten die Leute keine Ahnung von all den Neuerungen, die andernorts vor sich gehen. »Ich habe meinen Platz und meine Lebensaufgabe gefunden«, sagt er. »Das bedeutet Ruhe, und es bedeutet Bewegung. So finde ich das Gleichgewicht, nach dem ich mein ganzes Leben gesucht habe.« Er wird drei, vier Wochen, höchstens fünf, weg sein.

Es regnet noch immer. Urgroßvater sieht seine Frau an, die mit hängendem Kopf dasitzt, sie hat einen hübschen Nacken, der Morgenrock ist von einer Schulter etwas heruntergerutscht. Er sieht ihre Brust, es wäre wundervoll, sich hier in der Küche zu lieben. Die Kinder schlafen, und draußen strömt der Regen. Auf dem Fußboden, nein, auf dem Küchentisch, Urgroßvater wird ganz erregt bei der Vorstellung. Sie sitzt vollkommen reglos da und beginnt dann zu reden. Sie versucht gar nicht, ihn von der Fahrt nach Reykjavík abzubringen, sie bringt ihn lediglich dazu, zu versprechen, dass er in der Stadt keine Entscheidung treffen wird, ohne sich vorher mit Gísli zu beraten. Der könne auf den ersten Blick zwischen Traum und Wirklichkeit unterscheiden. Sie könne ohne weiteres die paar Wochen den Hof allein versorgen, »aber«, fügt sie hinzu, »bist du in sechs Wochen nicht wieder da, dann sehe ich unser Snæfellsnes-Abenteuer als beendet an. Dann war es nur ein schöner Traum, und wir ziehen alle nach Reykjavík zurück.«

Überrascht und ein wenig verletzt starrt er seine Frau an.
»Glaubst du vielleicht, das seien alles nur unausgegorene Hirngespinste? Aber gut, ich werde alles mit Gísli besprechen. Oder hast du Angst, ich würde mein Wort nicht halten? Oder bist du …?«
»Sechs Wochen«, sagt sie noch einmal.
Drei Wochen vergehen.
Vier.
Fünf Wochen. Urgroßmutter schwingt die Harke; es regnet viel. Keine Nachrichten von Urgroßvater. Sie schwingt die Harke und wimmelt die Fragen der Kinder ab. Eines Tages kommt ein Motorboot. Es ist mitten am Tag, und ein rothaariger Seemann kommt zu Besuch. Die Kinder begrüßen ihn freudig. Er hilft ihnen beim Heumachen und trägt das kleine Mädchen auf den Schultern nach Hause. Am Abend erzählt er ihnen Märchen. In allen ragt ein weißer Gletscher in den blauen Himmel. Als die Kinder eingeschlafen sind, sitzen die beiden Erwachsenen noch lange in der Stube und reden. Die Nacht ist hell. Sie macht ihm in der Stube ein Bett, wünscht eine Gute Nacht und geht nach oben. Dort liegt sie in ihrem Bett. Da kommt er die Treppe herauf.
Eine Woche später hat er sämtliche Möbel aus dem Haus getragen. Nach den verregneten Wochen hat es aufgeklart, der Boden aber ist völlig aufgeweicht. Er setzt Klötze unter das Harmonium und schleift es zum Strand hinab. Die ältere Tochter ist zum Nachbarn geschickt worden. Der Bauer kommt gleich mit ihr, bleibt kurz und nimmt dann die Kuh und das Kalb mit. Urgroßmutter hat sich schon am Morgen von der Kuh verabschiedet, den großen Kopf umarmt und geweint. Die Kuh hat mit ihrer rauen Zunge ihre Hände

geleckt. Die ältere Tochter weiß sich vor Freude kaum zu fassen, Großvater aber heult, stampft mit den Füßen auf und läuft davon. Urgroßmutter muss eine ganze Stunde nach ihm suchen und findet ihn dann schließlich im hohen Gras zwischen den Bülten. Er presst sich an die nasse Erde, wehrt sich aber nicht, als Urgroßmutter ihn wegzieht. Doch er weint und hat diese Kraftlosigkeit im ganzen Körper, die einen manchmal überfällt, wenn es völlig aussichtslos ist, Widerstand zu leisten.
Sie nehmen nicht viel mit. Die Möbel, all die toten Dinge, die sich um Menschen ansammeln und einen mehr oder weniger unbestimmten Zweck erfüllen, aber irgendwie zu ihnen gehören, werden am Abend von anderen abgeholt. Das Haus steht in Flammen, als sie abfahren. Sie gehen nach Arnarstapi und warten dort zwei Tage auf das Küstenschiff. Der Kapitän heißt Tóbíelk, hat einige Zeitschriften abonniert und weiß einiges von der Welt. Er kann gut erzählen, die Kinder verlangen immer noch mehr Geschichten von ihm, sie gehen zusammen spazieren, er zeigt ihnen den Ort, und manchmal wandern sie weit in die unberührte Natur hinaus. Tóbíelk schenkt dem älteren Mädchen drei Bücher, schnitzt für Großvater ein Schwert und für das kleine Mädchen eine Puppe und schenkt ihr eine seltene Muschel. Urgroßmutter bekommt den Rest: die Küsse, die Berührungen, die Erinnerungen, eine Zukunft, Leben.
Dann fährt sie mit dem Schiff davon.
In der Nacht davor schlafen sie nicht eine Sekunde.
»Willst du wissen, was mein Unglück ist?«, fragt sie einmal.
»Ja«, sagt er, »nein, doch nicht.«
»Mein Unglück ist es, dass ich dich liebe. Oder ist es Glück?

Was meinst du?«
Sie stehen an Deck. Die Kinder winken und rufen diesen seltsamen Namen: »Tóbíelk! Tóbíelk!« Sie sehen, wie Snæfellsnes zurückbleibt, sehen den Gletscher kleiner werden und den Himmel darüber größer. Sie sehen ein Jahr ihres Lebens im Meer versinken. Und er blickt dem Schiff nach, bis es außer Sicht ist. Dann macht er kehrt, sieht sich um. Der Snæfellsjökull ist ein Berg, der mit furchtbar viel altem Schnee bepackt ist.

# Teil IV

17

Schönes Wort: Sinn, und schön, es sich laut vorzusagen, während die Erde ziellos durch den Weltraum schießt. Vielleicht ist es das schönste Wort der Sprache, wenn man »Komm her« einmal ausnimmt.
Sinn, murmelt man vor sich hin, komm her! Und dann ist es, als ob einem jemand ein Seil zuwirft. Ich halte das eingebildete Ende fest, und die Erde saust weiter. Der Himmel wird dunkel um uns, es ist Abend; er hellt sich auf und wird schließlich blau, dann ist es Tag. Doch dieser Himmel, Gottes Wohnstatt und das Dach über unserem Dasein, existiert gar nicht, außer in unseren Köpfen. Himmel ist bloß ein Wort, das wir für eine unvorstellbare Ferne benutzen – und auf sie halten wir Kurs.
Sterne blinken, Hunde kläffen, ich erzähle diese Geschichte, es ist immer dasselbe. Man sucht nach dem Ursprung und erzählt zwischenzeitlich Geschichten, wahrscheinlich, um zu vergessen, dass es keinen Himmel gibt. Keinen Anfang und kein Ende, lediglich Bewegung und unendliche Ferne, das ist alles. Und doch kann alles ein bloßes Missverständnis sein, ein wissenschaftlicher Trugschluss, und dann gibt es vielleicht doch etwas, das wir noch nicht verstehen. Es bleibt eine beträchtliche Ungewissheit, und in ihrem Schutz kann ich diese drei Worte schreiben:
Sinn, Komm, Himmel.

Weiter kein Wort davon

Ich weiß nicht, wie es meinem Vater erging, der sich gut zweihundertmal morgens in seinem Schlafzimmer räusperte und dessen Hände nach irgendetwas griffen, wenn der Wecker explodierte und es sich anfühlte, als wolle ihn der Tag vom Dach des Wohnblocks stürzen, nein, ich weiß nicht, mit welchen Worten sich die Veränderungen in seinem Leben beschreiben lassen, diese rauchenden Ruinen, als an einem eher dunklen Frühlingsmorgen leibhaftig diese Frau an seiner Seite erschien, die später den Namen Stiefmutter erhielt und daher ewig eine Aura düsterer, ja, hasserfüllter Märchen um sich haben wird. Aber was mich betrifft, ist die Sache vergleichsweise einfach, denn wenn sie nicht eines Tages aus dem Schlafzimmer meines Vaters gekommen wäre, hätten mich die Nächte vielleicht fertig gemacht. Ich sage es hier und jetzt, und dann kein Wort mehr darüber: Wenn auch vielleicht nicht in der apathischen Helle des Sommers, dann im dichten Dunkel des Winters hätten sie mich umgebracht, und das trotz des zitternden Heldenmuts meiner Spielzeugsoldaten, die selbst den Mond mit ihren Waffen bedrohten.

Agnes

Der Fluss der Abenteuer von Enid Blyton ist das beste Buch, das jemals geschrieben wurde. An einem Freitagabend fange ich an, es zu lesen, früh am Samstagmorgen bin ich durch und laufe gleich zu Pétur, um ihm die Geschichte zu erzählen, die das gesamte Dasein umfasst. Doch Pétur hat kein Interesse an Enid Blyton. Er hockt vor einem Schachspiel. Es ist so neu, dass noch sämtliche Figuren glänzen. Ich gehe wieder zu mir, und während draußen die winterliche Dunkelheit zunimmt und Häuser und Blöcke voneinander entfernt, lese ich den *Fluss der Abenteuer* gleich noch einmal.

Einige Tage später, vielleicht ein oder zwei Wochen, bin ich mit vielen anderen Kindern aus Safamýri in dem Raum über der Buchhandlung versammelt. Wir bekommen von zwei Männern die Regeln des Schachspiels erklärt. Einer stellt uns erst einmal die Namen der Figuren vor. Manche von ihnen tragen interessante Bezeichnungen wie Springer, Läufer oder Dame. Sieht ganz gut aus, aber dann lässt die Aufmerksamkeit allmählich nach, je länger die Männer reden. Auf mich macht das keinen sonderlichen Eindruck. Diese Männer haben sicher nie um ein Wachfeuer gesessen und auf die zerbrechlichen Töne einer Mundharmonika gehört, während feiner Nieselregen die Gewehrläufe kühlt. Wenn man ihnen einmal kräftig auf den Rücken haute, würden sie bestimmt in einer Staubwolke verpuffen.

Dennoch verbreitet sich das Schachspiel über ganz Safamýri, und unwillentlich lernt man die Züge der einzelnen Figuren. Es kommt von ganz allein, und die Felder auf dem Schachbrett ändern die Gesetze, nach denen die Welt funktioniert. Neue Helden treten auf, der Glanz der alten verblasst, und für selbstverständlich gehaltene Maßstäbe sind nicht länger selbstverständlich. Wenn man sich ans Schachbrett setzt, spielt die Kraft in den Armen oder wie gut man im Fußball ist, keine Rolle, auch der Altersunterschied ist keine Garantie für den Sieg. Unglaubliche Dinge tun sich. Bislang bedeuteten Péturs Leistungen im Fußball oder in den Bandenkriegen, die manchmal ausbrachen, wenn ein entferntes Wohnviertel eine Horde von Kriegern aussandte, eine ewige und unauslöschliche Schande für ihn – doch mit dem Schachspiel war das alles vergessen. Es änderte alles. Ja, und eines Tages spielen Tryggvi und ich gerade Fußball hinter dem Block.

Wir schießen mit voller Wucht und achten kein bisschen auf die großen Kellerfenster, die sich wie Schreie der Verzweiflung den Block entlangziehen. Der Ball rollt, doch da ruft jemand unsere Namen. Wir schauen hoch und sehen Agnes auf ihrem Balkon in der dritten Etage. Sie ruft und fordert uns zu einer Partie Schach heraus. Ist Agnes noch in Erinnerung? Sie ist das Mädchen, das einmal die Fernsehantenne angefasst und eine gewischt bekommen hat. Sie hat fast alle Kraft in ihrem rechten Arm verloren, und das rechte Bein zieht sie seitdem etwas nach. Auch ihr rechter Mundwinkel hängt herab, als wäre er tot.

»Ziehen wir sie ab!«, meint Tryggvi siegessicher, und wir stürmen die Treppe hinauf, nehmen uns allerdings vor dem Stock des Alten in Acht. Agnes hat im Wohnzimmer das große Schachspiel aufgestellt. Tryggvi wirft sich in einen Sessel, eröffnet ohne zu zögern, indem er den weißen Königsbauern zwei Felder vorzieht und in seinem nächsten Zug die Dame selbstsicher über das Brett rauschen lässt, drohend und zugleich den eigenen Bauern schützend. Agnes denkt nach. Wir vermeiden es, ihren rechten Arm anzusehen, der schwer und leblos auf dem Tisch liegt, oder den rechten Mundwinkel, der einen immer an irgendeine zähe Flüssigkeit denken lässt. Lange schaut sie die Dame an. »Gibst du auf?«, fragt Tryggvi grinsend. Fünf Minuten später steht er auf, blass vor Wut. Er hat die Dame, beide Läufer, Türme und die Hälfte seiner Bauern verloren und wurde von einem Turm und zwei Bauern matt gesetzt. Die schwarze Dame hat sich während der gesamten kurzen, aber erbitterten Partie nicht bewegt. Agnes spielt ähnlich wie Tryggvi, immer offensiv, aber sie agiert noch entschlossener, rücksichtsloser und verschlagener, als wir es bis dahin je erlebt haben. Ich nehme ihr gegenüber Platz, wir fangen an, ich baue unwillkürlich eine Verteidigungsstellung auf und stehe doch wie ein einbeiniger, waffenloser Soldat einem Kampfjet gegenüber. Nach sechs Zügen bin ich matt.

Würstchen zum Essen

Unsere Niederlagen gegen Agnes und die Schilderungen ihrer Kampfkunst bekommen kräftige Beine, die von einem Treppenhaus zum nächsten eilen und auch die anderen Kinder einholen. Es ist aber nicht ihre Freude über den Sieg, die diesen Neuigkeiten Beine macht, sondern Tryggvis unverhohlene Bewunderung, jawohl, Bewunderung, und wären wir zehn Jahre älter, würde ich sogar ein zweifelhaftes und brandgefährliches Wort wie Liebe verwenden. Jedenfalls ist es ein Gefühl, das Tryggvi so unvorbereitet, schnell und heftig überfällt, dass es wie ein leiser Stromschlag durch seinen Körper fährt. Ich höre das Summen, blicke von meiner totalen Niederlage auf und sehe, wie Tryggvi Agnes völlig gebannt ansieht. In den nächsten Tagen hat er nichts Besseres zu tun, als überall herumzuposaunen, wie uns Agnes in Grund und Boden gespielt hat, und unermüdlich ihre Spielweise zu beschreiben, die allerdings unbeschreiblich sei. Tryggvi redet nur noch von Agnes, er verprügelt alle, die ihren hinkenden Gang nachahmen, er will sie heiraten: Er wird abends nach Hause kommen, seinen riesigen Laster vor dem Block abstellen und Agnes in die Zunge beißen. Abends wird er auf dem Sofa sitzen, die Beine auf dem Tisch – der linke große Zeh guckt durch ein Loch im Strumpf –, er wird Agnes zusehen, die über das Schachbrett gebeugt dasitzt, und es wird Würstchen zum Abendessen geben.

Es wird Frühling

Eines Morgens flaggt der Kalender den ersten Sommertag. Alle Jungen kommen in kurzen Hosen, manche sogar in T-Shirts. Wer aber wie der letzte Doofmann in Anorak und blauen Kordhosen dasteht, ist kein anderer als ich.
Stiefmutter lehnt es ab, sich nach dem Kalender oder Presseverlautbarungen in Rundfunk und Zeitungen zu richten. Sie verbietet mir, kurze Hosen zu tragen, und befiehlt mir, den Anorak überzuziehen. Sie sagt, dass die, die den 24. April zum ersten Sommertag bestimmt haben, ihr Leb-

tag nicht in Salzwasser gepinkelt hätten. Und sie hätten bestimmt nie das Wachstum der Pflanzen im April geprüft oder auf das Brausen des Windes gehört, um herauszubekommen, ob es in der Nacht friert. Stiefmutter kann sich total darüber aufregen, Papa pflichtet ihr die ganze Zeit bei, es sei absolut richtig, was sie sage, und ich wage nichts anderes, als zu gehorchen. Traue mich nicht einmal, den Anorak auszuziehen, als ich draußen bin und sie mich nicht mehr sehen können. Da stehe ich also vor Safamýri Nr. 54, die 125 Zentimeter große, rothaarige und sommersprossige Personifikation der Erklärung meiner Stiefmutter, dass sich der Kalender und sogenannte Experten irren. Pétur guckt mich an. Er trägt kurze Hosen und lutscht eifrig an einem Eis. Dabei zittert er ein wenig. »Komm«, sage ich und ziehe ihn mit mir, ehe die Brüder und Agnes aus dem Haus kommen, ehe sie mich wie einen Doofmann in Anorak und Kordhosen sehen.
»Komm!«, sage ich.
Und wir gehen. Weit. Den ganzen Weg an den Blöcken vorbei bis in den Ampferwald, der sich unterhalb des letzten Wohnblocks ausbreitet, ein riesiges Gebiet, durchschnitten von der Miklabraut. Es ist gefährlich, sich in diesen Wald zu begeben, da gibt es Sumpflöcher, die machen »Schwupp«, und du bist auf ewig von der Bildfläche verschwunden. An manchen Stellen steht der Wald so dicht, dass du nur deinen Arm auszustrecken brauchst und hast ihn schon verloren. Du verlierst die ganze Welt und findest bloß noch Angst an ihrer Stelle.
Die längsten Stängel des Großen Ampfers sind höher als Pétur oder ich, und wenn wir uns auf den Boden setzen, verschwindet alles, bis auf den Himmel. Wir werden un-

sichtbar. Mit denen, die unsichtbar sind, die Geräusche der Welt aber noch hören, verhält es sich nun so, dass sie von einer seltsamen Unruhe erfasst werden, die sie nicht anders abschütteln können als indem sie sich völlig ausziehen und mit Ringergriffen umklammern, die weder Umarmungen noch eine echte Rauferei darstellen.
Dann liegen wir außer Atem da.
Pétur und ich.
Haben alles verloren, bis auf den Himmel über uns. Liegen dicht nebeneinander. »Bald wird es Sommer«, sagt Pétur. »Ja, Mann«, sage ich. »Das wird klasse. Dann machen wir was.« »Ja, Mann«, sagt Pétur.
Es wird kühl, die Erde ist noch kalt nach dem Winter, und das Einzige, das wärmt, ist seine Gegenwart.

Wer von einer Gewehrkugel getroffen wird, zuckt zusammen

Es ist Mai geworden. Wir sitzen an der Südseite des Blocks, Pétur, ich, die Brüder und Agnes. Es ist so warm, dass wir die Pullover ausziehen, aber es reicht, einmal um die Ecke zu gehen, und schon erinnert uns der Nordwind kräftig an den Winter. Agnes und Pétur spielen Schach, sie spielen viele Partien pro Tag und haben Ende April das erste Schachturnier des Blocks ausgerichtet. Die beiden haben punktgleich mit weitem Abstand vor allen anderen gewonnen. Pétur hat das Ergebnis schriftlich festgehalten und in sämtliche Briefkästen verteilt. Sie spielen, die Partie steht Spitz auf Knopf. »Ich schlage dich«, sagt Agnes und grinst übers ganze Gesicht, da zittert die Erde und der fiese Frikki kommt um die Hausecke.

Er kommt auf uns zu, stößt mit dem Fuß die Figuren um, sieht Pétur an und sagt: »Du hast doch dieses beschissene Schachturnier gewonnen. Deshalb wirst du jetzt gegen mich spielen!« Als Agnes einwirft: »Wir waren beide auf dem ersten Platz«, zischt er aus dem Mundwinkel: »Halt die Klappe, du verkrüppelte Möse!« Tryggvi springt sofort auf, wie ein schreiender Falke oder so, doch Frikkis Faust schießt vor, und Tryggvi wälzt sich japsend auf dem Bürgersteig.

Frikki tritt ihm noch einmal in die Seite, befiehlt mir, die Figuren aufzustellen, und die Partie beginnt. Pétur hat so die Hosen voll, dass er kaum denken kann, und jedes Mal, wenn er seine zitternde Hand über das Schachbrett hält, spürt er Frikkis blauen Blick auf seinem Gesicht. Nach knapp fünfzehn Zügen sieht es nach einem lächerlich leichten Sieg für Frikki aus. Pétur spielt wie ein blutiger Anfänger, selbst ich könnte ihn jetzt schlagen. Frikki grinst uns an, und Pétur ist den Tränen nahe, als sich Agnes zu ihm beugt und ihm nur ein paar Worte ins Ohr flüstert. Frikki räuspert sich und rotzt in Agnes' Richtung. Die Ladung landet in ihren Haaren. Aber als Pétur das nächste Mal seine schöne, weiße und sensible Hand ausstreckt, ist das Zittern daraus komplett verschwunden, und er spielt, wie er es eigentlich kann. Wenig später blickt Frikki vom Schachbrett auf. Seine himmelblauen Augen richten sich auf mich, und ich kann nicht schnell genug ein triumphierendes Grinsen verbergen. »Ich polier dir die Fresse!«, kündigt Frikki gelassen an und steht auf.

Du lieber Mann, und wie er mich vermöbelt hat! Meine Nase blutete, und ich bekam überall blaue Flecken. Ja, ich war so übel zugerichtet, dass die Partisanen sich an die Ruinen von Stalingrad nach monatelangem Beschuss durch die deutsche Artillerie erinnert fühlten.

Der Vorfall sprach sich rasch herum. Ich meine nicht meinen schrecklich geschundenen Körper, der nur noch zu Gunnhildur hinaufgetragen werden und mit einem ergreifenden Abschiedswort auf den Lippen seinen Geist in ihren Armen aushauchen wollte, sondern Frikkis Niederlage gegen Pétur. Der ganze Block summte vor schadenfrohem Getuschel. Tage voll Péturs Siegesrausch vergehen, Frikki ist verschwunden, als sei er durch seine Niederlage wie vom Erdboden verschluckt. Der Mai schreitet voran, ein undeutliches Schauern durchläuft die kahlen Bäume, das Gras treibt zögernd das erste Grün aus, die Sonne breitet sich über den Himmel – da legt sich Frikkis Hand auf meine Schulter und saugt mir sämtliche Kraft aus dem Körper.

Es ist eines Morgens in aller Frühe, nur wir beide sind auf den Beinen. Ich mache mich auf das Schlimmste gefasst, aber während seiner Abwesenheit hat sich der üble Schläger kräftig gewandelt. Anstatt über mich herzufallen, spricht Frikki freundlich und respektvoll mit mir. Er benutzt sogar solch wassergekämmte Worte wie ›bereuen‹. Er bereue es, mich geschlagen zu haben, nicht nur das letzte Mal, als mein geschundener Leib an Stalingrad erinnerte, sondern auch die vorangegangenen Monate und Jahre. Jedes einzelne Mal, wenn er mich gequält und geprügelt habe. Auch die eine Sache, wo er mich gezwungen habe, auf einem Bein um den Block zu hüpfen und dabei das Vaterunser mit Flüchen zu durchsetzen: Vater unser, du verdammtes Arschloch im Himmel. Oder als er meine Nase, meine Ohren und meinen Mund mit seiner Spucke füllte, oder als er ... oder ... Es war sicher eine halbstündige Litanei, und Frikki war die ganze Zeit so lieb und butterweich und reuevoll, sein Mund so voller sauber gewaschener und gekämmter Wörter, dass es mir fast auf der Zunge lag, zu sagen: He, hör auf damit und hau mir lieber eine rein! Ich weiß nämlich nicht, wen ich schlimmer finde, den Frikki von heute oder den von vor einer Woche. Aber anstatt mir eine runterzuhauen, will er mich begleiten, riesengroß und schüchtern fragt er mich, ob wir Freunde sein könnten. Ich habe so viel Schiss, dass ich darauf gar nichts antworten kann. Frikki scheint auch nicht sonderlich auf eine Antwort erpicht zu sein. Wir gehen in Richtung Baumreihe, und er redet und redet, und hinter den Bäumen stöhnt die Miklabraut unter dem Verkehr. Zwischen den Bäumen bleibt Frikki stehen und kniet sich hin. Gedankenverloren fängt er an, in der Erde zu wühlen, sagt, er habe seit längerem das Gefühl, dass ich der Einzige sei, der ihn verstehen könne. Der Einzige, der ihm verzeihen würde. Ich wäre einfach so, und dann erwähnt er meine Mutter.

Ich zucke zusammen, als hätte mich eine Kugel getroffen, denn wer von einer Gewehrkugel getroffen wird, zuckt zusammen.

»Ich hätte tierisch geheult, wenn meine Mutti gestorben wäre«, sagt Frikki leise, »und trotzdem habe ich dich immer wieder gepiesackt und verdroschen. Ich war ein Riesenarschloch.« Ich murmle etwas, das »Ach was, schon okay« heißen könnte. Jedenfalls schüttelt er den Kopf und antwortet: »Nein, nein, das ist überhaupt nicht okay. Aber glaubst du, du könntest mir trotzdem verzeihen, obwohl ich es nicht verdient habe? Können wir nicht Freunde sein? Ich meine, du musst doch noch oft an sie denken, oder nicht?« Frikki hat aufgehört, in der Erde zu graben. Er sieht mich direkt an, milde wie Jesus mit seinen himmelblauen Augen. Ganz langsam schüttelt er den Kopf: »Eine tote Mutter zu haben, schrecklich! Dass die eigene Mutter in der Erde liegt wie ein toter Vogel!« Langsam, behutsam und mit der Magie eines Zauberers steckt Frikki die Hand in das Loch, das er gegraben hat, und zieht einen kleinen Vogel daraus hervor. »Ich habe ihn vor ein paar Monaten hier verbuddelt, hatte ihm den Hals umgedreht«, vertraut mir Frikki an. »Und guck ihn dir jetzt an! Jetzt ist er nur noch ekelhaft. Riech mal, wie er stinkt! Und sieh mal hier, guck, die Augen sind ihm ausgefressen worden. Stell dir mal vor, die Würmer haben seine Augen gefressen! Nicht wegsehen! Bitte, tu's für mich, sieh hin! Weißt du noch, wie die Augen deiner Mutter waren? Bestimmt erinnerst du dich noch. Du musst dich an sie erinnern, denn inzwischen werden die Würmer sie gefressen haben, und mit Sicherheit verbreitet sie jetzt auch diesen schrecklichen Gestank. Sie ist voller Würmer und Larven. Nein, nicht wegsehen!« Seine Linke trifft meine Schulter, ehe mich meine Füße in Sicherheit bringen können. Er ringt mich zu Boden, fast behutsam. Er setzt sich rittlings auf mich, seine Rechte packt mein Haar und hält meinen Kopf fest, während seine Linke versucht, mir den toten Vogel in den Mund zu stopfen.

Ein paar Worte über die Nacht

Die Nacht ist wechselhaft und launisch. Manchmal bläst sie nur ganz leise in die sterngefüllte Sackpfeife und verwandelt Mächte der Dunkelheit und Furcht, die die Welt beherrschen, in ein wehmütiges Wiegenlied, manchmal ist sie hell wie der Tag, und die Gespenster, die sich aus der Erde trauen, platzen mit einem leisen Knall. In alten Büchern wird die Nacht nicht als Dunkelheit beschrieben, sondern als Zeit, in der der Schlaf alles Lebendige zur Ruhe bringt, kein Lüftchen sich regt, das Wispern der Sterne leise wird, und die Welt den Atem anhält. Es steht geschrieben, dass gerade diese Stille die Erde, das Reich der Toten, mit unerträglicher Unruhe erfüllt. Die Toten wälzen sich in ihren Gräbern, und davon zittern die Blätter an den Friedhofsbäumen selbst bei Windstille.

Wird es dann dunkel und still?

Es ist Nacht, so hell, wie sie Ende Mai nur sein kann. Die Sonne hängt tief am Osthimmel, schwer und glühend vor Müdigkeit. Kein Auto durchbricht die Stille, kein Laut, und es ist vermutlich diese unheimliche Stille, die mich aufweckt. Ich öffne die Augen einen Spalt, sehe, dass die britische Armee auf dem Schreibtisch in stummem Schrecken gebannt ist, und sehe, dass die Partisanen oben auf dem Regal vor Angst wie gelähmt verharren. Alle starren wie ein Mann zur angelehnten Tür meines Zimmers. Ich schließe die Augen, drehe mich um und vergrabe das Gesicht im Kis-

sen. Keine Macht der Welt bringt mich dazu, die Augen zu öffnen und zur Tür zu blicken. Ich hebe den Kopf und gucke. Irgendetwas kommt näher.
Ein undeutlicher Schatten fällt durch den Türspalt, und dann wird leise mein Name geflüstert. Sehr leise. Vorsichtig geht die Tür auf, wie in einem Traum, und meine Mutter tritt ein. Ihr gutes schwarzes Kleid ist zerrissen, ihre hellen Kniescheiben scheinen durch. Ich kapiere nicht, wie sie mich sehen kann, denn ihre beiden Augen sind aufgefressen. Sie waren einmal grau. Ich begreife auch nicht, wie sie – fast ein wenig vorwurfsvoll – flüstern kann: Du bist aber gewachsen! Denn auch ihre Lippen und die Zunge sind weggefressen. Ihr Mund ist nur ein dunkles Loch. Sie kommt näher, und ihre Hände berühren mich an den Schultern. Ihre Hände, die einmal Juni und August mit einem ewigen Juli dazwischen waren, sind eiskalt. Es wird kühl im Zimmer, ich schlottere vor Kälte, und das Einzige, das wärmt, ist körperwarmer Urin. Ich falle aus dem Bett, die eiskalten Hände meiner Mutter schleifen mich fort, über die Schwelle, aus dem Zimmer. Bestimmt fühlt sie sich einsam in der Erde, außerdem kann sie nicht mehr singen, sie hat keine Lippen mehr und keine Zunge. Sie möchte mich bei sich haben, sie möchte in meinem Haar wuscheln, während mich die Würmer fressen, und es ist ganz in Ordnung so, wenn sie nur weiter in meinen Haaren wuschelt; dann vergesse ich alles, nur nicht, dass wir zusammen sind, aber ich habe doch ein wenig Angst davor, wenn sie mit den Augen anfangen, das tut bestimmt weh, nur nicht aufhören, in meinen Haaren zu wuscheln, du, mit Händen, kalt wie Januar, nicht aufhören, bloß nicht aufhören!
Und dann wird es dunkel und still.

18

Im Vergleich zu Arnarstapi ist Reykjavík eine laute und beängstigend große Stadt. Großvater und seine kleine Schwester können sich nicht recht entscheiden, ob sie eingeschüchtert oder neugierig sein sollen. Ihre ältere Schwester geht alte Freunde besuchen. Sie kommen bei Guðrún in der Vesturgata unter. Urgroßmutter blickt zu einem Giebelfenster auf. »Schick mir den Burschen, ich werde ihm die Leviten lesen!«, knurrt die Vesturgata unter dem Fenster. Guðrún hat Neuigkeiten von Urgroßvater. »Allerdings sind es keine verlässlichen Nachrichten, sondern eher Klatschgeschichten, und ich weiß nicht, ob ich überhaupt etwas davon erzählen soll.«
»Klatsch muss nicht unbedingt schlimmer als die Wahrheit sein«, gibt ihr Urgroßmutter zur Antwort.
»Doch, Klatsch und Gerüchte sind das Unkraut der Zunge«, sagt Guðrún, »aber es ist wahrscheinlich besser, wenn du das Ärgste von mir erfährst.«
Urgroßmutter hört sich alles an und geht am nächsten Tag zum Friedhof. Dort steht ein einfaches Holzkreuz mit dem Namen einer Frau darauf. Urgroßmutter lässt sich auf die Knie nieder und bringt das Grab in Ordnung. Dabei spricht sie. Sie redet viel, und Erde setzt sich unter ihre Fingernägel. Es stellt sich heraus, dass es nahezu unmöglich ist, Gerüchte und Wahrheit auseinander zu halten. Angeblich hat Urgroßvater eine Kuh gekauft oder ein Auto, Möbel aus

dem Fenster geworfen, sich geprügelt, Geld geliehen, und eine Frau sei auch im Spiel, womöglich sogar zwei Frauen. Urgroßmutter sucht verschiedene Leute auf, sie fragt und fragt. Es sind Fragen, die um sie herum betretenes Schweigen entstehen lassen. Sie fragt immer weiter nach und erhält schließlich den Namen einer Frau: Sólveig. Wütend und voller Rachegedanken sucht Urgroßmutter sie auf. Da bricht sie schnell in Tränen aus, diese Sólveig. Sie ist noch eine junge Frau von zweiundzwanzig Jahren. Blondes Haar, blaue Augen und eine Haut wie Seide. Urgroßmutter streicht ihr über diese Haut. »Wie Seide«, sagt sie.
»Ich hatte ja keine Ahnung, dass er verheiratet ist!«, heult Sólveig auf.
»Aber natürlich hast du das gewusst«, erwidert Urgroßmutter ruhig und geradeheraus. »Bist du in Umständen?«, fragt sie, und da schwillt das Weinen noch lauter an.
Anschließend geht Urgroßmutter zu Gísli. Er hat hoffentlich einen Überblick darüber, ob die Schulden, in die sich Urgroßvater gestürzt haben soll, Bagatellbeträge oder eine ernste Sache sind. Urgroßvater hat die fatale Neigung, auf seinen Sauftouren mit großen Summen um sich zu werfen. Einmal kaufte er bei einer solchen Gelegenheit ein gottverlassenes Tal, das irgendwo im Osten tief in die Einöde führte. »Ein Mann muss eigenen Grund und Boden besitzen«, hatte er damals geäußert. »Eine eigene Heimstatt mit Land. Dann hast du wenigstens schon mal die Erde für deine Knochen und bist insoweit auf der sicheren Seite.« Diesmal aber verhielt es sich nahezu umgekehrt, er war als landbesitzender Bauer nach Reykjavík gekommen. »Barðastaðir ist *mein* Land«, hatte er zu Gísli gesagt, der gerade eine Zigarre raucht und sich dazu ein Gläschen

genehmigt. Urgroßmutter muss sich mit einer heißen Schokolade zufrieden geben. Die beiden sitzen in Gíslis Bibliothek, sie auf dem Sofa, er in einem hohen und ausladenden Ledersessel. Langsam und bedächtig raucht er seine Zigarre und denkt an Urgroßvater, der mit dem Kopf voller Ideen und Zukunftsträume in Reykjavík aufgetaucht war. Ein Traktor, ein größeres Boot, sechzig Schafe und Anteile am Handel in Arnarstapi. »Die verstehen da nichts von Geschäften«, hatte er entrüstet gesagt.

»Du weißt, wie er sich aufführt, wenn er in dieser Stimmung ist«, sagt Gísli. »Sein Gesicht strahlt vor Begeisterung, und jedes Mal soll man sich wider alle Vernunft und allen Verstand mitreißen lassen. Man will ihm sogar glauben. Ich denke, das ist der Punkt. – Im übrigen waren seine Ideen gar nicht so abwegig. Sie stimmten mit dem überein, was sich derzeit in den fortschrittlichsten Landgemeinden tut, aber ... nun ja, er ist wieder einmal abgestürzt. Im Suff hat er sich ein Auto gekauft. Ja, es stimmt, er hat ein Auto gekauft«, sagt Gísli und schüttelt den Kopf. Dabei presst er die Lippen zusammen; vielleicht, um sich ein Lächeln zu verkneifen. »Und einen Chauffeur eingestellt. Gleich bei der ersten Ausfahrt sind sie einem Bauern mit einer Kuh am Halfter begegnet. Es war ein Stückchen außerhalb der Stadt.«

»Wohin des Weges?«, fragte Urgroßvater, und der Bauer wollte mit der Kuh zum Schlachthof. »Sie ist doch noch gar nicht so alt«, stellte Urgroßvater fest und schaute der Kuh in die großen, traurigen Augen. »Nein, alt ist sie nicht, aber mit der Wirtschaft ist es eben nicht gut bestellt«, gab der Bauer Bescheid und schaute erst die Straße entlang und dann zum Himmel auf. Er räusperte sich, spuckte aus und zuckelte mit der Kuh am Halfter weiter. Urgroßvater kletterte aus dem Wagen und ging dem Bauern nach. »Hör mal!«, sagte er und zog einen Flachmann mit geschmuggeltem Cognac aus der Tasche. Eine halbe Stunde später hatten sie einen glatten Tausch ausgehandelt: Der Bauer fuhr im Wagen mit Chauffeur in die Stadt, Urgroßvater folgte ihm zu Fuß mit der Kuh. Zwei Tage lang führte er diese Kuh an der Leine mit sich herum wie einen Hund. Dann klopfte er irgendwo in der Innenstadt bei einer Frau an. Als sie die Tür öffnete, stand Urgroßvater davor, die Kuh an der Leine. Die drückte er der Frau in die Hand und sagte: »Ich empfinde die allergrößte Hochachtung vor dir.« Damit verbeugte er sich, machte auf dem Absatz kehrt und setzte über die Schulter noch hinzu: »Und vor der Kuh ebenso.«

Gísli saugt an der Zigarre, Urgroßmutter sieht zu, wie die Glut aufleuchtet und sich mit leisem Knistern in den Tabak frisst. Ach, wäre das schön, jetzt auch eine Zigarre zu rauchen, denkt sie und seufzt. Gísli wirft ihr einen Blick zu. »Ja, ich weiß«, sagt er, »was kann man anderes tun als seufzen?« Er führt die Zigarre wieder an den Mund, hält dann aber inne, ohne daran zu ziehen, und sagt: »Sicher, natürlich hat er einen zuweilen in den Wahnsinn getrieben und sich derart leichtsinnig verhalten, dass man ihm am liebsten eine gelangt hätte. Umbringen können hätte man ihn so manches Mal! Ich vergesse nie, wie er einmal an dieses teure Grundstück gekommen ist … mitten im Zentrum, und für nichts, für einen Preis, der weit unter allem lag, was angemessen gewesen wäre. Ich habe nie begriffen, wie er damit umgegangen ist. Du kennst die Geschichte natürlich. Ich habe ihm geraten, eine Weile abzuwarten, zwei oder drei Jahre. Dann hätte er ein Vermögen damit verdienen können! Aber was macht er? Verkauft das Grundstück nur wenige Wochen später für einen Apfel und ein Ei, hat es beinah weggeschenkt! Und als ich ihn frage, was für ein Teufel ihn da bloß geritten habe, fängt er an, mir etwas von irgendwelchen Augen und Poesie vorzuschwafeln!«

Die Zigarre ist ausgegangen. Gísli blickt vor sich hin und murmelt etwas von Abenteuer. »Weißt du«, sagt er dann, »als wir uns damals als junge Burschen kennen gelernt haben ... – verdammt noch mal, man war tatsächlich einmal jung«, unterbricht er sich, setzt die Zigarre neu in Brand, zieht kräftig daran, und Urgroßmutters Nasenlöcher weiten sich.

»Tja, jung. Er wollte damals jedenfalls in die Welt hinaus wie ein verspäteter Jón Indienfahrer, und ich wollte ihn begleiten. Ich! Nun ja, wollte ... Das war wohl überwiegend in der Nacht, als man sowieso nie schlief und von Mondenlicht und Sternenschein lebte, wie wir damals sagten, und, tja, dann liegen die Abenteuer nicht in weiter Ferne. Aber ich habe ihn überredet, noch zu bleiben, und ihn ausgerechnet in der Immobilienbranche untergebracht. Ich frage mich oft, ob meine übertriebenen Sicherheitsbedürfnisse nicht vielleicht ein aufregend abenteuerliches Leben im Keim erstickt haben. – Was meinst du dazu?«, fragt er plötzlich und sieht Urgroßmutter in die Augen.

Ob ich ihn aus dem Gleichgewicht bringe, wenn ich ihn um eine Zigarre bitte, denkt Urgroßmutter und gießt sich noch etwas Kakao nach. Er ist kalt geworden. Dann versichert sie Gísli, es sei voll und ganz überflüssig und vor allem sinnlos, sich Gewissensbisse zu machen, weil man vielleicht irgendeine abenteuerliche Unternehmung verhindert habe. Urgroßvaters einzige und wirkliche Heimat liege in der Sprache, darin, große Worte zu machen. Und so sei es immer gewesen. »Er kann nichts dagegen tun, er meint es auch nicht böse. Er ist einfach das, was er im einen Augenblick behauptet, und dann kommt der nächste Augenblick, andere Worte und andere Behauptungen, ein anderes Zuhause.«

»Genau«, murmelt Gísli, »ganz genau.«

Der Zigarrenrauch im Zimmer wird dichter, Urgroßmutter betrachtet die Bücherrücken, es sind schon eine Menge Bücher hier aufgestellt, von draußen dringt gedämpft die Stimme von Gíslis Frau herein. Er sieht Urgroßmutter lange an, dann schenkt er sich noch einen Schnaps ein, räuspert sich ein paar Mal und beginnt dann: »Ich, hm, ich stehe natürlich auf der Stufenleiter der Gesellschaft um einiges höher, bedeutend höher, und daher, ähemm, mag es vielen merkwürdig vorkommen, dass ich es bin und nicht er, der Stolz auf diese Freundschaft empfindet. Für ihn ist unsere Freundschaft einfach etwas Selbstverständliches. Und wenn wir hier in diesem Zimmer sitzen, Zigarren paffen und miteinander quatschen, dann habe ich manchmal das Gefühl, er ist der *wahrhaftigere* Mensch von uns beiden. Verstehst du, was ich meine? Er ist ein Mensch, der nur sich selbst folgt und nichts anderem, während wir anderen doch festgekettet sind an, na ja, unsere Gewohnheiten, nehme ich an. Wir sind geprägt von unserer Zeit, er aber ist zeitlos, ungebunden ... Ach, ich weiß, das sind alles nur haltlose Spekulationen«, sagt Gísli und lacht, »aber über die eigenen Phantasien und Visionen hat man nicht halb so viel Kontrolle wie über seine Geschäftsbücher.«

Wie kommt es nur, denkt Urgroßmutter, dass ein Mann mit Zigarre immer so unangreifbar wirkt, vollkommen sicher, nichts tastet ihn an. Und eine Frau mit Zigarre? Wonach sieht die aus?
»Du lächelst«, sagt Gísli. »Rede ich so viel dummes Zeug?«
»Nein, überhaupt nicht, ganz im Gegenteil. Mir ist nur gerade etwas durch den Kopf gegangen, was mit Zigarren zu tun hat. Ansonsten bin ich mir nicht sicher, ob er wirklich so frei ist, wie du glaubst oder gerne glauben möchtest. Ist nicht nur der wirklich frei, der ein reines Gewissen hat?«
Sie verließ Gísli mit zwei Fotografien und einem Bündel Geldscheine. Urgroßvater hatte den Hof verkauft. Er war zu Gísli gekommen, hatte das Harmonium abbezahlt und darauf bestanden, noch weitere alte Schulden zu begleichen. Er achtete nicht auf Gíslis Einsprüche und Ermahnungen, knallte nur das Geld auf den Tisch und stürmte davon.
»Aber ich will dieses Geld nicht«, hatte Gísli zu Urgroßmutter gesagt. »Nimm du es! Betrachte es als ... ach, zum Teufel, als wenn es darauf ankäme! Nimm es einfach, ich bitte dich.«
Urgroßmutter hatte den Stapel Geldscheine betrachtet und dann Gísli angesehen oder vielmehr zu ihm aufgesehen, denn sie standen auf einmal ganz dicht voreinander.
»Das reicht wohl eher für einen ganzen Konzertsaal als nur für ein Harmonium«, hatte sie schließlich gesagt und den Blick nicht von ihm gewandt. Da war Gísli ein ganz klein wenig rot geworden, es war kaum zu sehen gewesen, und er hatte den Blick niedergeschlagen, nach dem Glas gegriffen und schließlich wieder von Urgroßvater zu reden begonnen. »Äh, ja, hm, also ich glaube, er hält sich derzeit in Hafnarfjörður auf, mag sein bei einer Frau. Es tut mir

furchtbar Leid. Aber ich kann mir nicht vorstellen, dass es etwas Ernstes ist.«

Auf den Fotos ist Urgroßvater wie ein Bauer gekleidet. Auf dem einen schaut er ernst und verschlossen in die Kamera, hat die Hemdsärmel bis über die Ellbogen aufgekrempelt und hält eine Sense in der Hand. Auf dem anderen streckt er die Hände vor, die Handflächen nach vorn, und verdeckt damit sein Gesicht. »Er wollte unbedingt ein Foto von den Schwielen an seinen Händen«, sagt Urgroßmutter zu Guðrún. Die betrachtet den Mann auf den Fotos und dann fängt sie an, ihn mit einer Tirade übelster Flüche zu verwünschen. Urgroßmutter grinst: »Er hat jeden einzelnen von ihnen verdient.«

»Jetzt nutzt du die Gelegenheit und trennst dich von ihm!«, bestimmt Guðrún. »Niemand wird dir deswegen einen Vorwurf machen. Ganz im Gegenteil. Dieser Kerl hat nichts Gutes verdient, am allerwenigsten, dass du ihm treu bleibst.«

»Treue«, sagt Urgroßmutter. »Ein schönes Wort.«

»Ohne ihn kommst du viel besser zurecht«, fährt Guðrún voller Eifer fort, »du hast das Geld von Gísli. Dieser Mann ist ein wahrer Engel, nichts Geringeres! Du bist tüchtig, gewissenhaft und überaus begabt. Die Leute wissen das, und du wirst eine gute Stellung bekommen. Die Kinder können tagsüber bei mir bleiben, dann sparst du das Essen, und für mich ist es eine Freude. Ist schon viel zu lange her, seit hier im Haus Kinderstimmen zu hören waren. Du hast ein anderes und ein besseres Leben verdient als an der Seite von diesem ... Strolch!«

Urgroßmutter schließt die Augen, und im Westen auf Snæfellsnes zuckt ein Mann zusammen.

Jetzt hat mich das Schicksal angerührt

Zunächst mietet sie eine Kellerwohnung, der Hausrat und die Möbel kommen aus dem Westen. Ein Brief ist beigelegt, ein sehr langer Brief. Sie liest ihn, wie man sich von der Sonne wärmen lässt, sie liest ihn, wie man die Sterne betrachtet, sie liest ihn, wie man träumt. Für den Anfang nimmt sie Näharbeiten an. Und sie schickt einen Brief nach Hafnarfjörður, nein, eigentlich keinen Brief. Das Schreiben enthält nur ein Wort und ihre neue Anschrift.
Das eine Wort lautet: Komm!
»Manchmal ruft er im Schlaf meinen Namen«, hat sie Guðrún anvertraut. »Nicht liebevoll, sondern verzweifelt, wie ein Ertrinkender.«
»Teufel, genau so machen sie es! Auf die Weise kriegen sie uns gepackt und eingewickelt. Jetzt hör mir mal zu! Lass dich bloß nicht von ihm ...«
»Ich finde es so beruhigend, wie er seinen Kaffee schlürft. Dabei wird er oft ganz nachdenklich und guckt so abwesend vor sich hin. Es ist vielleicht nichts Besonderes daran, aber mir gefällt es.«
Komm, schreibt sie, und er kommt, auf der Stelle. Urgroßmutter gestattet den beiden kleineren Kindern, ihn zu umarmen, sie können vor Freude kaum an sich halten. Er trägt sie huckepack, sie ziehen ihn zu einem Spaziergang vor die Tür und zeigen ihm die verschiedenen Geheimnisse in der näheren Umgebung. Er kommt aus dem Staunen nicht heraus. Es wird Abend, er bringt sie zu Bett und erzählt ihnen Gute-Nacht-Geschichten. Das große Mädchen braucht lange, bis es einschläft. Den Tag über hat es den Vater mit schnippischen Bemerkungen und bösen Seitenhieben auf

Abstand gehalten, jetzt kann es nicht einschlafen, wenn er nicht seine Hand hält. Endlich schlafen alle drei, aus der Wohnung über ihnen sind Husten, Schritte und Stimmen zu hören. »Nicht die gleiche Stille hier wie auf Snæfellsnes«, bemerkt Urgroßmutter. Er schaut auf seine Hände und wartet, aber mehr sagt sie nicht. Er wartet und schweigt, bis er es nicht mehr aushält. »Ich konnte nicht zurückkommen«, sagt er fast flehentlich, aber ohne aufzusehen. »Es sollte nur ein kurzer Ausflug in die Stadt werden.« Jetzt blickt er auf. »Das schwöre ich. Ich dachte, nein, ich war sicher, meinen Platz gefunden zu haben, mein Zuhause, die Erde für meine Knochen; das, was mir immer gefehlt hatte, mein Gleichgewicht. Du hättest hören sollen, wie ich den Hof den Leuten hier in Reykjavík beschrieben habe. Wie andere vom Paradies reden! Dann aber – es war nicht einmal in einem Gespräch, sondern auf einem Spaziergang, den ich ganz allein um den Stadtteich unternahm, um ein bisschen frische Luft zu schnappen –, da empfand ich auf einmal Angst vor der Weite rund um Barðastaðir, vor all dieser, all dieser Leere und diesen gewaltigen Entfernungen zwischen den Menschen. Es fiel mir so manches wieder ein, das ich verdrängt hatte. Ich habe dir zum Beispiel nie von einem Traum erzählt, den ich nicht einmal, sondern mindestens fünfmal geträumt habe. Es war immer der gleiche Traum: Ich schob das Boot ins Wasser, nachdem ich mich vergewissert hatte, dass es auch wirklich gut an dem Pfahl festgebunden war, und ruderte los. Anfangs ging alles gut, aber dann hörte ich auf einmal einen Knall wie von einem Donner, und das Seil war gerissen. Ich trieb aufs offene Meer hinaus, weg von allem, ich war mutterseelenallein auf der endlosen See, und sie war so unendlich, unendlich tief. – Ich hatte das Gefühl, ich könne nie wieder nach Snæfellsnes zurückkehren. Du musst mich verstehen!«, sagt er plötzlich sehr erregt und sieht ihr offen in die Augen.

»Hast du den Hof nach diesem Spaziergang um den Stadtteich verkauft?«

Er schweigt, schlägt die Augen nieder, blickt dann traurig wieder auf.

»Ich habe mich lange mit Gísli unterhalten«, sagt sie. »Nein, halt, ich habe etwas ausgelassen. Zuerst habe ich deine Fährte gesucht wie ein Spürhund. Dabei traf ich eine Frau oder ein Mädchen. Sag, ist diese Sólveig eine Frau oder noch ein Mädchen? Ein Mädchen wahrscheinlich, bis sie sich vor dir auszog. Ich hatte ihr das eine oder andere sagen wollen oder ihr vielleicht die Augen auskratzen, doch dann fing sie an zu heulen, und ich setzte mich zu ihr, um sie zu trösten. Ihre Haut ist unwahrscheinlich glatt und weich. Das hast du immer zu schätzen gewusst. Ich kam als rächende Furie und ging als Trösterin. Bin ich nicht eine tolle Frau?! Dann ging ich zu Gísli ... sieh mich an, wenn ich mit dir rede!«

Urgroßvater schaut auf wie jemand, der nicht weiß, ob ihn das Hinrichtungskommando erwartet oder ein Wunder, das ihn von all seinen Sünden erlöst.

»Ich ging zu Gísli«, wiederholt Urgroßmutter und versucht, sich von Urgroßvaters Gesichtsausdruck nicht beeinflussen zu lassen. »Wir haben über vieles geredet. Er bewundert dich und er dankt der Vorsehung dafür, sich zu deinen Freunden zählen zu dürfen. Es gibt bestimmt viele, die dich für deine Lebensweise bewundern. Manche sprechen sogar von Mut und Verwegenheit. Ich finde allerdings, dass das, was sie Verwegenheit nennen, in Wahrheit Schwäche ist, mangelnde Standhaftigkeit oder Durchhaltevermögen. Was sagst du dazu?«

Urgroßvater wagt gar nichts dazu zu sagen.

»Ja, sie träumen heimlich davon, so zu leben wie du. Hast du das gewusst? Aber sie trauen sich nicht, und daher hast du so viele Bewunderer und Neider. Das ist schon ein bisschen komisch, muss ich sagen. Aber Gíslis Gefühle sind ganz ohne Falsch, er ist ein guter Mensch. Er bietet einer Frau Schokolade statt Zigarren an, und er steht sehr weit oben auf der Stufenleiter der Gesellschaft. Vielleicht sollte ich dich nach Hafnarfjörður zurückjagen und seine Geliebte werden, das könnte ganz lustig werden. Er ist ein zärtlicher und rücksichtsvoller Liebhaber. Übrigens habe ich unser Haus auf dem Hof im Westen angesteckt. Es ist völlig abgebrannt.«

Das mit Gísli und dem Haus erwähnt sie, ohne im Geringsten den Tonfall zu ändern. Urgroßvater scheint den Inhalt ihrer Worte gar nicht zu begreifen und guckt sie bloß an.

»Ich habe das Haus angezündet«, wiederholt sie. »Es ist komplett abgebrannt, aber vorher hat mir jemand geholfen, die Möbel ins Freie zu tragen. Ja, mir ist sehr geholfen worden. Die Sache dürfte Folgen haben. Ich gehe davon aus, dass du den Hof mitsamt dem intakten Haus verkauft hast. Irgendwer muss dafür geradestehen.«

»Das werde ich«, wirft Urgroßvater sofort ein wie ein Verstoßener, der unerwartet noch einen Weg zur Rettung sieht. »Ich gehe dafür ins Kittchen!«

»Und wäschst damit auch gleich dein Gewissen rein?«

Er sieht sie an, das Haar fällt ihm in die Stirn, und er ist voller Demut, ganz unterwürfig.

»Du sollst dich niemals unterstehen, mich so anzusehen! Nie, nie, nie!«

»Aber ich schäme mich so«, flüstert er.

»Das ist keine Entschuldigung«, sagt sie und wiederholt das eine Wort, das sie nach Hafnarfjörður geschrieben hatte: »Komm!«

Sie sagt: »Komm her!«, und so vergeht der Herbst.

Es wird Winter, Monate vergehen, Jahre vergehen. »Komm her!«, sagte sie, und achtzig Jahre später sitze ich hier am Stadtrand von Reykjavík. Alle sind inzwischen gestorben, bis auf das kleine Mädchen, das mit einer seltenen Muschel unter dem Kopfkissen schlief. »Komm her!«, hatte Urgroßmutter gesagt, und Urgroßvater hatte sich erhoben. Großvater drehte sich im Bett um und sollte am nächsten Morgen frohgelaunt erwachen, weil er seinen Vater wiederhatte. Großvater drehte sich um, damals sieben Jahre alt, und jetzt ist er tot. Seine ältere Schwester ebenfalls. Ich habe es noch erlebt, wie ihr ehemals so hellblondes Haar grau wurde, es wurde matter wie ein langsam, aber sicher herabgedrehtes Licht. »Komm!«, hatte Urgroßmutter gesagt, und Urgroßvater kam; allerdings hatte er keine Ahnung, dass bereits wieder Leben in ihr wuchs, das vierte und letzte Kind, das später Dichter werden sollte. Sein Leben verlief unbeständig wie das Wetter, er ließ eine Spur in der Sprache zurück, doch jetzt ist er ebenfalls tot. »Du überlebst uns alle«, hatte er zu seiner Schwester gesagt, als er den Tod nahen fühlte. Bei der Einsargung stand ich neben ihr. Sie weinte. Es geht einem nah, eine alte Frau weinen zu sehen. Danach ging sie nach Hause und drehte einen Stein zwischen den Fingern, einen Stein, der wie ein kleiner Mensch geformt war. »Hör mal, wie es darin rauscht«, sagte sie

manchmal zu mir und zog ihre Muschel hervor. »Horch! Das ist das Meer vor Snæfellsnes.« Ich lauschte und hörte das Brausen. Aber das Meer vor Snæfellsnes? Damals habe ich es geglaubt, aber jetzt bin ich mir dessen nicht mehr so sicher. Mittlerweile habe ich den Verdacht, das Brausen stammt eher von der Geschwindigkeit der Erde, mit der sie durch den Weltraum schießt auf ihrer ungewissen Reise. Mitunter hören wir dieses Brausen auch in unseren Träumen. Die, die es früher hörten, sagten gewöhnlich dazu: »Oh, jetzt hat mich das Schicksal angerührt.«
Ich möchte dieses Buch abschließen, meine Skizzen von einigen Atemzügen auf der Erdoberfläche. Danach möchte ich meine Großtante besuchen, die einmal vier Jahre alt war und todkrank in den Armen meines Urgroßvaters lag. Er schacherte mit Gott und dem Teufel, dass sie am Leben bliebe, und sie blieb am Leben. »Komm her!«, sagte Urgroßmutter, und Urgroßvater erhob sich. Dann verstrich die Nacht, und der nächste Tag stieg herauf, und die jüngeren Kinder weckten überglücklich ihren Vater. Der Tag ging herum und der nächste auch. Das kleine Mädchen wurde zu einer jungen Frau und sah das Dorf Reykjavík zu einer Stadt heranwachsen. Die Frau wurde älter und schenkte mir ein Fahrrad, rot war es und hatte einen Gepäckträger. Da wird Gunnhildur sitzen, dachte ich, und wir machen eine Fahrradtour zusammen, aber jetzt ist das Fahrrad verschwunden und Gunnhildur auch. Sie hat nie auf dem Gepäckträger gesessen. »Komm her!«, sagte Urgroßmutter, und die Muschel rauschte unter dem Kopfkissen. Diese Muschel hatte der Mann gefunden, der Tóbielk hieß oder auch Jón, ein rothaariger Seemann am Snæfellsjökull, der Urgroßmutter neunzehn Briefe schrieb, neunzehn lange

Briefe, die wir nach ihrem Tod in einem verschlossenen Kästchen gefunden haben. Der Dichter schloss es auf und stieß einen Laut der Überraschung aus, ich saß auf dem Sofa und ließ die Konfektstücke in meinem Mund schmelzen, Großvater legte das Gemälde des Snæfellsjökulls weg, sah seinen Bruder an und fragte: »Was ist los?« Die vier Geschwister lasen die Briefe, mehrere von ihnen fünfzehn oder zwanzig dicht beschriebene Seiten lang. Der rothaarige Kapitän war irgendwo in Amerika gestorben.

»Ich erinnere mich«, schreibt er, »dass ich deiner kleinen Tochter einmal eine Muschel geschenkt habe, und in dem fünfzehn Jahre alten Brief von dir, in dem du mir den Tod deines Mannes mitteilst (ich konnte ihn gut leiden, there was something about him, wie man hierzulande sagt), heißt es, die Kleine schlafe noch immer mit der Muschel unter dem Kopfkissen. Das hat mein Herz erfreut, denn es gibt mir das Gefühl, meine Hände seien noch immer in deinem Leben gegenwärtig. Ich habe lange darüber nachgedacht, ob ich nicht nach Island zurückkehren und in deiner Nähe noch einmal aufleben sollte. Ich weiß nicht, was mich davon abgehalten hat, aber ich lebe seitdem auf ewig im Schatten dieses Zögerns. Weißt du noch, wie ich mir einmal wie der letzte Angeber die Kleider vom Leib gerissen und einen schweren Schrank für dich getragen habe? Damals hast du gesagt: ›Ich werde vielleicht noch an dich denken.‹ Trotzdem beklage ich mich nicht über mein Leben. Ich habe dieses Riesenland Amerika bereist und die Menschen kennen gelernt, das Gemeine an ihnen, aber auch das Schöne. Ich habe mich nützlich gemacht, manchem eine helfende Hand gereicht, und sie nennen mich hier den alten Isländer, einige wenige auch mit dem Namen, den du mir gabst, Tóbíelk. Die drei Waisenkinder, die ich zu mir genommen habe, kennen mich nur unter diesem Namen. Ich habe ihnen tausend, nein, zehntausend Geschichten über dich erzählt. Das Foto, das dem Brief beilag, von dir und deinem dreijährigen Jungen, verwahre ich sicherer als mein Herz. Tausend oder zehntausend Mal habe ich es hervorgeholt und den Kindern von dir erzählt. In einigen dieser Geschichten reisen wir beide zusammen nach London oder Moskau, in den meisten aber ragt unser Gletscher bis in den Himmel. Es macht Spaß, sich solche Geschichten auszudenken, ich glaube am Ende selbst, dass sie wahr sind, und das bereichert mein Leben. Du schreibst in deinem Brief (den ich so oft gelesen habe, dass die Blätter kaum noch heil sind): ›Verzeih mir die Eitelkeit, dir ein fast zehn Jahre altes Bild von mir zu schicken.‹ Ich entgegne dir darauf: Es ist keine Eitelkeit, denn so hast du ausgesehen, als uns das Leben zusammenführte. Manchmal vertiefe ich mich in die Gesichtszüge des Jungen, kann darin aber nichts finden, das mir ähnlich sähe. Doch ich bewahre mir diesen Traum. Danke, dass du ihn mir nie genommen hast! Jetzt bin ich ein alter Mann. Weißt du, dass die Prärie hier an das Meer erinnert, nur dass man hier an den Steinen horcht und nicht an Muscheln.«

Nicht an Muscheln. Das kleine Mädchen schlief mehr als siebzig Jahre lang mit dieser Muschel unter dem Kissen. Es wuchs heran und bekam selbst ein Kind, das die Augen eines Engels hatte. In seinem Kopf aber herrschte das Weiß von Schnee und Totenstille. Sieben Jahre lang guckte es mit diesen Augen in die Welt und begriff doch nie etwas. Dann starb es.

Es ist lange her, dass ich mich getraut habe, meine Großtante zu besuchen.

Dazu muss ich weit, weit durch öde Landschaften fahren, über sturmzerzauste Geröllflächen, vorbei an verfallenen Häusern, einem Schutthaufen der Trolle, Tausende von Möwen kreischen, und ich rieche den Geruch des Todes. Die Tante erkennt mich schon lange nicht mehr und tappt durch die langen Gänge wie eine aufgezogene Puppe, starrt vor sich hin, ohne etwas zu sehen, wankt durch die gesichtslose Landschaft zwischen Leben und Tod.
Niemandsland.
Und das ist alles, was von sechs, nein, sieben Leben geblieben ist, wenn wir den rothaarigen Seemann mitzählen; alles, von hundertfünfzig Jahren, von Mond und Sternen, zwei Weltkriegen, Pferdekarren und Raumflügen. Sieben Leben, hundertundfünfzig Jahre. Urgroßvater und Gísli im Hotel Island, Urgroßmutter, siebzehn Jahre alt, in einem Giebelfenster, und total verliebt in ihre Brüste – schüttel dich, Vesturgata, und lass es Sterne in ihren Schoß regnen! – ein rothaariger, junger Seemann, der den Oberkörper frei macht, vier Kinder ... und alles, was davon übrig ist, ist die Vesturgata, ein leeres Giebelfenster und eine alte Tante, die alles vergessen hat, sogar ihren eigenen Namen. Sechs Leben, hundertfünfzig Jahre und ein rothaariger Seemann: Ich habe mein ganzes Sprachvermögen gebraucht, um einigermaßen von ihnen zu erzählen. Und bald ist gar nichts mehr von ihnen übrig, bis auf eine Muschel und einen wie ein kleiner Mensch geformter Stein. Eines Tages werde ich beides nehmen, damit nach Snæfellsnes fahren und es an seinen Platz zurücklegen: Den Stein auf einen Hügel, die Muschel ins Meer. Danke für die Leihgaben, sage ich.

Anmerkung des Übersetzers

Im isländischen Original spricht die Großmutter ein abenteuerlich mit norwegischen Brocken durchsetztes Isländisch und benutzt zum Teil Ausdrücke, die keiner der beiden Sprachen zuzuordnen sind. Das hört sich liebenswert, aber auch ein wenig kauzig, eigenwillig und verschroben an. Um diese Charakterisierung durch die Sprache im Deutschen beibehalten zu können, werden der Großmutter hier ebenfalls ein paar ungebräuchliche Ausdrücke und norwegische Wörter in den Mund gelegt.
Das Gedicht auf Seite 71 Stammt aus Grönland und ist der von Halldóra B. Björnsson 1959 ins Isländische übersetzten Anthologie *Trumban og lútan* (Felltrommel und Laute) entnommen.

Die Arbeit an dieser Übersetzung wurde vom
Fund for the Promotion of Icelandic Literature, Reykjavík,
und vom Deutschen Übersetzungsfonds gefördert.

Originaltitel: Snarkið í stjörnunum
Originalverlag: Bjartur, Reykjavík

© Jón Kalman Stefánsson, 2003
© für die deutschsprachige Ausgabe Reclam Verlag Leipzig,
2005
2. Auflage, 2006
Umschlaggestaltung: Simin Bazargani
unter Verwendung eines Motivs von © ZEFA / Dale Wilson
Autorenfoto Umschlagklappe: © Einar Falur Ingolfsson
Morgumbladid
Gesetzt aus Rotis serif
Satz: Steffi Glauche, Leipzig
Druck und Bindung: Ebner & Spiegel, Ulm
Printed in Germany
ISBN-13: 978-3-379-00855-6
ISBN-10: 3-379-00855-9

www.reclam.de